GOLDMANN

Buch

Schreckenvisionen über die Zukunft der Gen-Technologie erregen schon seit längerem die Gemüter. Ein Roman wie »Zucker«, der das Thema erfindungsreich verdichtet und humoristisch-grotesk darstellt, trifft den Zeitgeist mitten ins Herz.
Um mit ihrem Gatten, dem berühmten Molekularbiologen Professor Dr. Dr. Dr. Leo Kaminski, konkurrieren zu können, entwickelt die Gen-Technikerin Lydia Kaminski-Smith eine neue Art von Mikroorganismen, die unsere gigantisch anwachsenden Müllhalden zersetzen sollen: Recycling-Bakterien!
Eine unvorhergesehene Panne setzt jedoch ausgerechnet jene Mikroben frei, die Papier in Zucker verwandeln. Mit rasendem Tempo breitet sich die Seuche weltweit aus und schafft eine neue Zeitrechnung in der Geschichte der menschlichen Kultur, nämlich »vor« und »nach« dem »Zucker-Phänomen«.
Denn die gefräßigen, vermehrungsfreudigen Zellulose-Killer haben weder vor den Beständen der Bibliotheken noch vor Papiergeld Respekt, nicht vor Schulheften, Finanzamtsakten, Toilettenpapier oder Zeitungen. Telegramme und Liebesbriefe können durch Postboten bald nur noch mündlich übermittelt werden.
»Erde zu Erde, Asche zu Asche, Zucker zu Zucker...«, murmelt Amanda, die heimliche Geliebte, am offenen Grab des Professors, der, für die Unachtsamkeit seiner gehässigen Frau verantwortlich gemacht, diese schließlich umgebracht hat und selbst spektakulär aus dem Leben geschieden ist.

Autor

Rainer Erler, 1933 in München geboren, war 1961–72 Autor, Regisseur und Produzent bei der Bavaria; später gründete er seine eigene Produktionsfirma. Für Filme wie »Die Delegation«, »Das blaue Palais«, »Fleisch«, »Das schöne Ende dieser Welt« und »Reise in eine strahlende Zukunft« erhielt er zahlreiche Preise; die von ihm verfaßten gleichnamigen Romane waren ebenso erfolgreich, teilweise wurden sie zu Bestsellern. Der Film »Zucker« wurde zuerst 1989 im ZDF gezeigt.

RAINER ERLER

ZUCKER

Roman einer süßen Katastrophe

GOLDMANN VERLAG

Ungekürzte Ausgabe

Der Goldmann Verlag
ist ein Unternehmen der Verlagsgruppe Bertelsmann

Made in Germany · 1. Auflage · 5/91

Umschlagentwurf: Design Team, München
Umschlagfoto: Bildarchiv Engelmeier, München
Druck: Elsnerdruck, Berlin
Verlagsnummer: 9938
MV · Herstellung: Ludwig Weidenbeck
ISBN 3-442-09938-2

Ich gratuliere Ihnen!
Sie sind auserwählt unter Millionen!
Sie halten dieses Buch hier in Ihren Händen. Es scheint im Augenblick noch unversehrt zu sein. Aber der Schein trügt.
Schon in wenigen Minuten kann der Verfall beginnen. Und nichts, absolut nichts, kann ihn stoppen!
Beherzigen Sie daher meinen ernstgemeinten Rat: Waschen Sie sich, bevor Sie mit der Lektüre beginnen, die Hände! Unbedingt, mehrmals und gründlich!
Wechseln Sie die Kleidung: Frische Unterwäsche ist zu empfehlen, ein neues Hemd, eine neue Bluse.
Am besten: Sie lesen nackt. Nach einem heißen Vollbad von mindestens 40 Minuten Dauer.
Suchen Sie die hellste, sauberste Ecke Ihrer Wohnung auf, die absolut frei ist von Staub und von Zucker! Sie wissen ja: Chemische Desinfektion ist zwecklos! Und dann lesen Sie, bitte, so schnell Sie können! Lassen Sie sich von niemandem ablenken und keinesfalls unterbrechen. Gönnen Sie sich keine Muße. Machen Sie keine Pausen. Nutzen Sie die kurze, kostbare Zeit, die Ihnen mit diesem Buch noch verbleibt. Jede Sekunde ist kostbar!
Vielleicht schaffen Sie es, das »Zucker-Phänomen« zu überlisten und zu begreifen.
Vielleicht dringen Sie bei diesem Bericht über eine süße Katastrophe tatsächlich bis zum bitteren Ende vor, bis zum vorletzten oder letzten Kapitel.
Vielleicht sogar bis zur allerletzten Seite!

Dann sind Sie nicht nur auserwählt – dann sind Sie ein begnadeter Glückspilz! Und dann gehören Sie künftig zu diesem kleinen, exklusiven Kreis, der weiß, wie und warum und durch welche tragische Verkettungen unsere Kultur in ihren selbstverschuldeten Untergang stürzte und wie durch Überheblichkeit und Beschränktheit des forschenden Geistes ein Chaos ausgelöst wurde: nämlich das einschneidendste Ereignis für unsere menschliche Zivilisation seit der Erfindung des Buchdrucks im fünfzehnten Jahrhundert.

Das »Zucker-Phänomen«, von konservativen Politikern zur Beruhigung der Öffentlichkeit auch schlicht »Papier-Phänomen« genannt, war über viele Wochen hinweg lediglich ein Objekt der Spekulation. Widersprüchliche Behauptungen, Gerüchte, Befürchtungen und die allgemeine Panik der Öffentlichkeit, akuter Informationsmangel und die Zahlungsunfähigkeit der Banken vernebelten erfolgreich die bittere Wahrheit.

Ich liefere Ihnen nun die absolut authentische Aufklärung des »Phänomens« auf zweihundertvierzig leicht lesbaren Seiten.
Aber außer dieser Lieferung garantiere ich für nichts!
Mein Name ist Robert Fleming. Ich bin Diplomkriminologe, also vom Fachstudium her durchaus kompetent, wenn es darum geht, den Dingen auf den Grund zu gehen.
Ich bin den Dingen auf den Grund gegangen.
Nachdem meine Doktorarbeit, immerhin das Resultat

einer achtzehnmonatigen intensiven Recherchentätigkeit zum Thema: *Der perfekte Mord in der Literatur von Euripides bis Edgar Wallace aus psycho-pathologischer Sicht des Opfers* ein, nun ja, »Opfer des Papier-oder-auch-Zucker-Phänomens« geworden war, beschloß ich diese hier vorliegende Chronik des Grauens zu verfassen, sachlich und gewissermaßen aus erster Hand, denn ich war Tat-Zeuge der ersten oder zumindest der zweiten Stunde.

Ich war zufällig dabei, als das »Phänomen« bzw. seine Auslöser in die Bestände der Königlichen Staatsbibliothek eingeschleppt wurden. Ich mußte untätig mit ansehen, wie die Verhörakten Miller und Zabatini sowie ein entliehenes Fachbuch über die Risiken der Biochemie sich auf meinem Schreibtisch in der Staatsanwaltschaft in Staub auflösten. Ich besuchte den Zeitungsverlag der *Daily Mail* und der *Sunday Times* kurz nachdem die Rotationsmaschinen stehenblieben und die Abend- wie auch die Morgenausgabe aus Papiermangel nicht mehr erscheinen konnten – und möglicherweise nie mehr erscheinen werden.

Ich habe den *Oskar-Flobell*-Preisträger Professor Dr. Dr. Dr. Leo Kaminski auf meinem alten Fahrrad durch die halbe Stadt kutschiert, und ihn dabei ebenso subtil wie unauffällig über alle Details seiner Mitschuld verhört und ausgeforscht, und ich war anwesend, als er sich während seiner eigenen Preisverleihung in der Kuppel der Queen Victoria Halle des weltberühmten King's-College, nach einem eindeutigen Geständnis, fünfunddreißig Fuß hoch, das sind über zehn Meter, über den Köpfen der entsetzten Festversammlung das Leben nahm.

Anschließend an die Beisetzung habe ich seine Ge-

liebte verführt, eine gewisse Amanda Primavera, Stewardeß einer internationalen Fluglinie, weil es sich günstig und zwanglos ergab. Bei dieser reizvollen Gelegenheit erzählte sie mir in aller Unschuld den Rest der Geschichte aus ihrer eigenen, subjektiven Sicht.
Das Buch entstand in der Abgeschiedenheit der Neuseeländischen Südinsel, in dem malerischen Ort Invercargill. Denn der Weitsicht der neuseeländischen Regierung ist es zu verdanken, daß das »Phänomen« nicht bis zum Ende dieser Welt vordringen konnte: Neuseeland wurde für alle Seuchenträger und für alles bedruckte Papier rechtzeitig und hermetisch von den Infektionsherden der übrigen Welt isoliert.
Jetzt, viele Wochen nach dem Ausbruch des Desasters, wo die Verseuchung selbst in der alten Welt langsam abzuklingen beginnt und das »Phänomen« mangels noch vorhandenen Papiers langsam verebbt, versucht mein Verleger, diesen Bericht an interessierte Zeitgenossen auszuliefern, auf die Gefahr hin, daß nur einige wenige Exemplare tatsächlich die Leserschaft unbeschädigt erreichen werden.
Dies hier ist eines jener Exemplare!

Beginnen wir, obwohl solches heutzutage fast unüblich ist, mit dem Anfang der Geschichte:
Ein neuer Tag beginnt zu dämmern, und ein ungleiches Paar liegt in liebevoller Umarmung im Bett: Ein Wissenschaftler mit weltweiter Reputation, grauen Schläfen und gelichtetem Scheitel, souverän, erfahren und für sein Alter erstaunlich potent – sowie eine fast drei-

ßig Jahre jüngere, schwarzkräusellockige, blauäugige Schönheit mit einer entzückenden Figur: Amanda Primavera und Professor Dr. Dr. Dr. Leo Kaminski.
Die beiden waren noch oder bereits wieder »unheimlich stark«, wie Amanda mir wörtlich berichtete, »bei der Sache«, als das Schicksal der Menschheit im wahrsten Sinne des Wortes an die Tür pochte.
Das war ein Gekuschel und Gekicher, ein Geraune und Geflüster und Gebalge – als plötzlich ganz ungemein störend, überraschend und erschreckend eben dieses laute Klopfen und Hämmern von Fäusten gegen die verschlossene Eingangstür durch das enge Treppenhaus hallte, dazu das Schrillen einer dieser impertinenten Drehklingeln, die in manchen angelsächsischen Ländern noch in Haustüren eingebaut werden.
Und Amanda schreckte hoch.
»Was ist das?« fragte sie, und ihr Puls begann zu rasen, und der Adrenalinspiegel in ihrem Blut erklomm rasch einsame Höhen, denn sie hatte einen ganz bestimmten Verdacht.
Der reife Liebhaber entließ sie allerdings nicht ohne weiteres aus seinen Armen und ignorierte anscheinend absichtlich die unvermutete Störung zu dieser frühen Stunde, eine Tortur, die sich nun ständig wiederholte: Pochen und Schrillen der Klingel und Pochen und Schrillen…
»Professor…! Darling!« flüsterte Amanda und schob entsetzt seine zärtlichen Hände von ihren Brüsten. »Hörst du es nicht?«
Er hörte es durchaus, blieb jedoch ruhig und gelassen und hatte ganz offensichtlich andere Interessen.
»An der Haustür«, murmelte er nur und kuschelte und streichelte weiter.

»Logisch, an der Haustür! Wo sonst?« sagte Amanda ebenso leise wie gereizt, ärgerlich über seine Ignoranz und diese banale Erklärung. »Aber wer ist es?«
»Ich weiß es nicht!« gab der Professor ehrlicherweise zu und traf auch keinerlei Anstalten, das Rätsel zu lösen oder Amandas Neugierde zur Kenntnis zu nehmen oder gar zu befriedigen.
Mit leicht bebender Stimme gab Amanda nun ihren ungeheuren Verdacht preis: »Deine Frau…!«
Der Professor winkte nur müde ab: »Lydia? Kaum!« Er streckte sich wohlig aus und schickte seine Fingerspitzen wieder auf Wanderschaft über Amandas Pfirsichhaut mit ihren reizvollen Höhen und Tiefen.
»Lydia arbeitet auch nachts«, erklärte er weiter, »und sie hätte, um hier hereinzuplatzen, einen eigenen Schlüssel.«
Amanda sah das ein, dachte für sich: »logisch« und sagte laut: »Irrsinnig peinlich wär' das! Unausdenkbar! Grauenvoll!« Und da das Schrillen und Pochen nicht verstummte, stellte sie eine weitere sinnlose Frage: »Wenn es Lydia nicht ist… Wer ist es dann?«
»Ich müßte runter und nachsehen!« Der Gedanke allein schon war Leo Kaminski unangenehm. »Und wozu? Um diese Zeit? Ich erwarte keinerlei Besuch…!« Er hatte nicht die geringste Lust, dieser quälenden Störung nachzugehen, war weder neugierig noch irritiert. Nur Amanda war nachhaltig verunsichert, von Sekunde zu Sekunde, von Klopfen zu Klopfen mehr: »Sieh nach! Bitte! Mir zuliebe!«
Also wälzte sich der Professor Dr. Dr. Dr. Leo Kaminski mühsam und mürrisch aus der Umarmung und aus dem Bett: »Na gut! Ich geh!« Er stand auf und wankte zur Tür.

»Ich komm ja schon!« rief er laut in das noch nächtlich-dämmrige Treppenhaus. Aber diese Ankündigung verhallte offenbar ungehört. Wieder polterte irgendwo weit entfernt eine energische Faust gegen die Tür.
Nun tappte der Professor kurzsichtig, nackt und frierend durch den Raum auf der Suche nach irgendeiner Art passender Bekleidung. Dabei stolperte er gegen einen Stuhl, prallte gegen eine Kommode und murmelte Unverständliches.
»Mach Licht!« bat er schließlich Amanda.
Die tastete nach der Lampe, stieß sie fast vom Nachttisch auf der Suche nach dem Schalter, und als es endlich hell wurde, hielt er ihr seine Uhr, die er unter der Lampe abgelegt hatte, unter die Nase: »Wie spät ist es? Meine Brille…«
Er konnte das Zifferblatt nicht entziffern.
Amanda konnte: »Fünf nach sechs!« Sie nahm ihm die Uhr aus der Hand, legte sie zurück auf den Nachttisch und lauschte. Es war ganz überraschend und möglicherweise auch schon eine ganze Weile unheimlich still im Haus.
»Er ist weg!« Mit dieser erleichterten Feststellung fiel Professor Dr. Dr. Dr. Leo Kaminski wieder in sein Bett.
Aber Freude und Erleichterung waren nur von kurzer Dauer: Das Schrillen und Pochen begann von neuem.
Außerdem konnte man dumpfe, unterdrückte Rufe wahrnehmen, die nach »Hallooo!« klangen.
Und wenn man Amandas Erzählung vertrauen kann, dann sprang dieser reife und überraschend vitale Liebhaber in diesem Augenblick mit einem Satz und dem Ruf: »Nun reicht es mir! Der Kerl kann was erleben!« aus dem Bett und verließ ebenso eilig wie nackt den Raum.

Amanda hatte mit dem Ruf: »Zieh dir was an, Professor, Darling!« den sie ihm nachrief, leider keinen Erfolg. Trotz dämmrigster Finsternis stürmte Professor Dr. Dr. Dr. Leo Kaminski so rasch er konnte die knarrende Treppe dieses alten Gemäuers, das er zur Zeit mehr oder weniger allein bewohnte, nach unten, durcheilte das Foyer mit dem riesigen englischen Kamin und öffnete die Haustür so weit er konnte – um sie sofort wieder bis auf einen Spalt zu schließen.
Denn was er dort draußen erblickte, war überaus überraschend und erfreulich.

»Ein Eilbrief, Sir!«
Ein junges Mädchen nahm mit der einen Hand den signalroten, posteigenen Dienststurzhelm ab, aus der es seine lange, blonde Löwenmähne schüttelte, während es mit der anderen Hand Leo Kaminski ein nachtschwarz-glänzendes Kuvert einladend vor die Nase hielt. »Ich dachte schon, Sir, ich bekomme Sie nicht wach!«
Es lächelte dabei und schien an Professor Kaminskis ungewöhnlich nacktem Aufzug nichts weiter Anstößiges zu finden.
Der hatte, wie gesagt, die Tür bis auf einen schmalen Spalt wieder geschlossen, flüsterte kleinlaut ein »Oh, verzeihen Sie!« und streckte seinen stark behaarten Arm begehrlich nach dem Eilbrief aus.
Aber er erhielt ihn nicht.
»Er ist eingeschrieben, Sir. Ich brauche zuerst Ihre Unterschrift.«

Formular, Stift, ein Brief, der Sturzhelm...
Die junge Postbotin hatte gewisse Probleme, ihre beiden Hände mit vier unterschiedlichen Gegenständen für den nötigen Papierkrieg sinnvoll zu koordinieren. Anschließend versuchte Leo Kaminski so gut es in einem Türspalt möglich war, auf dem Formular seine Unterschrift zu leisten, ohne selbst samt seiner Blöße in Erscheinung zu treten.
»Es tut mir außerordentlich leid!« Leo Kaminski gab sich zerknirscht. »Ich konnte nicht ahnen, daß die Post neuerdings minderjährige Mädchen für die Nachtschicht einsetzt.«
»Ich bin volljährig!« behauptete die junge Person, während sie das unterschriebene Formular entgegennahm. »Und ich gehöre zur Frühschicht. Es ist bereits nach sechs!« Und während sie die Unterschrift in ihrer ledernen Umhängetasche wie eine Beute verschwinden ließ, gab sie bereitwillig eine unverlangte Erklärung ab: »Ein Ferienjob, verstehen Sie? Es ist mein erster Tag und mein erster Eilbrief.«
Leo Kaminski nickte und fand die Postbotin entzükkend.
Die las nun in aller Ruhe Empfänger, Anschrift und Adresse von dem nachtschwarzen, glänzenden Kuvert ab und fragte mit höchst interessiertem Unterton: »Sie sind Professor?«
Eigentlich hatte Leo Kaminski nicht die geringste Lust, morgens kurz nach sechs und splitternackt, hinter einer Haustür schamhaft und nur zum Teil verborgen, Konversation mit einer Briefträgerin zu machen und seine Identität zu begründen, auch wenn diese Person, die sich mit harten Faustschlägen bemerkbar gemacht hatte, noch so reizend lächeln konnte.

Aber trotz aller Bedenken gegenüber dieser ungewöhnlichen, unmöglichen und ungemütlichen Situation gab er sich routiniert charmant und bestätigte die Frage mit einer zusätzlichen Auskunft: »Biotechnologie und Molekulargenetik. Hier an der Universität.«
»Ach, toll! Spitze!« Die Postbotin war begeistert und verriet nun ihrerseits: »Ich studiere dort Philosophie!«
»Philosophie?« Kaminskis so bewußt aufgesetzte Fröhlichkeit verschwand und machte einer mehr sorgenvoll-skeptischen Miene Platz. »So jung. Und schon Philosophie!«
Die Postbotin nickte und strahlte in ihrer ungebrochenen Naivität. »Ich finde Philosophie einfach superirr!«
»Schade!« Leo Kaminski hatte ganz plötzlich – aber keineswegs überraschend – völlig andere, abwegige Gedanken. »Bei mir... also... da hätten Sie auch viel lernen können!«
Er war von dieser spontanen Behauptung ganz und gar überzeugt und erhielt nun endlich den eingeschriebenen, schwarzglänzenden Eilbrief mit der Versicherung überreicht: »Philosophie ist nur vorläufig. Vielleicht sattle ich noch um.«
Das klang wie eine kokette Offerte, und Leo Kaminski revanchierte sich mit dem bezwingendsten Lächeln seiner leicht angegilbten Jacketkronen: »Ich fände das entzückend!«
»Guten Morgen, Herr Professor. Schönen Tag noch!«
Das hübsche Gesicht der Postbotin verschwand samt blonder Löwenmähne unter dem graubraunen, fast undurchsichtigen Sicherheitsglas des posteigenen Sturzhelms, daher war der Rest des Satzes nur noch undeutlich zu verstehen.

Leo Kaminski vergaß seine Blöße und die so absichtsvoll halbgeschlossene Tür, trat heraus aus diesem Haus auf die hölzerne Vortreppe mit den abgetretenen Stufen und blickte, das schwarzglänzende Kuvert in der Hand, der erfreulichen Erscheinung einer frühmorgendlichen Postbotin noch nach, als diese mit ihrem Dienstmofa längst knatternd verschwunden war.
Dann erst nahm er die Morgenkühle und das Kuvert in seiner Hand zur Kenntnis und wurde sich auch seiner Nacktheit und seiner Scham wieder bewußt.
Sich scheu nach etwa möglichen, frühaufstehenden Nachbarn umblickend, verschwand er rasch im Haus und warf die Tür hinter sich zu.

Sie werden sich nun zu Recht fragen, weshalb ich diesen scheinbar unwichtigen Details so große Bedeutung beimesse, so großen Raum einräume und soviel Papier opfere, das inzwischen mit Gold aufgewogen wird, sofern es überhaupt erhältlich ist und nicht spontan zerfällt.
Die Erklärung ist einleuchtend und einfach, und die allgemeine Lebenserfahrung bestätigt meine Theorie: Große Katastrophen werden meist durch nichtige, banale Anlässe ausgelöst, durch persönliche Rivalität, durch primitive Leidenschaft, Ehrgeiz, Dummheit, Eitelkeit... Außer natürlich Sturmfluten, Orkane und Erdbeben! Obwohl diese Annahme einer Ausnahme auf höherer Ebene erst noch zu beweisen wäre.
Denn daß menschliche Dummheit in ihrer grotesken Zusammenballung und Konzentration kosmisches

Unheil heraufzubeschwören imstande ist, das wird als Theorie in manchen Kreisen inzwischen ernsthaft diskutiert. Doch nun zurück zum »Zucker-Phänomen«.
Mit dem Brief in der Hand, diesem schwarzglänzenden Plastikkuvert, das in großen, schwungvollen Lettern eines dicken, silbernen Filzschreibers seinen Namen und seine Anschrift trug, kam Professor Dr. Dr. Dr. Leo Kaminski also zurück in das Dämmerlicht seines Schlafzimmers, nackt, frierend und frustriert, denn das Kuvert war nicht ohne weiteres zu öffnen!
Und Amanda Primavera erwartete ihn weniger sehnsüchtig als vor allem berstend vor Neugierde.
»Von Lydia!« sagte er nur, und es klang enttäuscht. Er warf das Kuvert auf das Bett, und Amanda griff erwartungsvoll danach.
»Ach, wie irrwitzig!« kommentierte sie und betrachtete den ungeöffneten Brief von allen Seiten. »Ihr verkehrt also nur noch schriftlich miteinander?«
»Wir verkehren eigentlich gar nicht mehr«, bekannte Leo Kaminski und ließ sich in das Bett fallen. »Weder schriftlich noch...« Er verschluckte jede weitere, detaillierte Erklärung und kroch zu Amanda unter die Decke und genoß die Wärme ihres Körpers. »Ich meine«, fuhr er nach einer Weile fort, »ich lebe hier. Sie – zumeist – in ihrem Labor. In *unserem* Labor, um genau zu sein. Ganz korrekt wäre: in *meinem* Labor. Sie hat sich dort eingenistet und mich verdrängt. Persönliche Begegnungen sind seit geraumer Zeit immer seltener geworden und reiner Zufall gewesen.«
Leo Kaminski war bereits wieder im Begriff, sich liebesspielerisch Amanda zu widmen, als diese sich den beginnenden Zärtlichkeiten spröd entzog und ihn fragte: »Interessiert es dich nicht, was sie schreibt?«

»Ich kann mir nicht vorstellen, daß Lydia mir etwas Wichtiges mitzuteilen hat. Morgens um fünf nach sechs. Außerdem: perfekt eingesiegelt! Nullkommafünf Millimeter PVC und nicht ohne weiteres aufzukriegen.«
Amanda versuchte es nun ihrerseits. Mit einem Bleistift, einer Haarklammer. Aber das Plastikkuvert widerstand allen Versuchen.
»Wahrscheinlich hatte sie nichts anderes zur Hand in ihrem Labor als diese dicke Plastikfolie!« mutmaßte Amanda und bemühte nun – ebenso vergeblich – ihre spitzen, weißen Zähne.
»Laß es!« riet er ihr. »Es ist nicht wichtig!«
»Woher weißt du das?« fragte Amanda. »Wie kannst du einfach annehmen, daß es nicht wichtig ist?« Und mit diesem Einwand hatte sie völlig recht.
»Sie beantragt in diesem Brief vermutlich die Scheidung! Logisch!« kombinierte sie. »Sie hat herausgefunden, daß du mit mir hier im Bett liegst...!«
Leo Kaminski lachte nur und vergrub sein Gesicht in Amandas tiefschwarzer Lockenpracht. »Soviel Interesse darfst du von Lydia nicht erwarten, mein Kind! Wenn sie bei jeder meiner Affären einen Eilbrief... morgens um sechs...!«
Wieder verschluckte er seine restlichen Gedanken, ließ den Satz unvollendet, was ehrlich gesagt auch höflicher war. Aber Amanda zog ihre eigenen Schlüsse aus Situation und Bekenntnis und stellte euphorisch eine neue und höchst anfechtbare Vermutung zur Diskussion: »Professor, Darling... Sie gibt dich schriftlich frei!«
Leo Kaminski zuckte nervös zusammen und erhielt den Brief zurück, damit er endlich die Wahrheit her-

ausfinden möge und die quälende Ungewißheit ein Ende habe.
»Niemals!« behauptete er. »Niemals gibt Lydia mich frei!« Seine Erkenntnisse entstammten einer bitteren und langjährigen Erfahrung: »Lydia wird man so einfach nicht los! Ich werde sie töten müssen! Es gibt leider keine andere Lösung des Problems!«
Er hatte es lachend gesagt. Wie man eben so einen Scherz macht, den man selbst nicht ernst nimmt, und um Amanda von falschen Hoffnungen abzubringen. Aber wie die bald darauf folgenden Ereignisse zeigten, schlummerte der Entschluß, an Lydia einen perfekten Mord zu begehen, vermutlich schon seit geraumer Zeit in seinem Herzen – mehr sachlich bzw. psychologisch gesehen: in seinem Unterbewußtsein. Und die Ausführung war zu diesem Zeitpunkt, wie ich als Diplomkriminologe aus rein fachwissenschaftlicher Einsicht bestätigen kann, nur noch eine Frage der günstigen Gelegenheit.
Amanda studierte das Kuvert und entzifferte die zahlreichen Vermerke der Post: »Abgestempelt heute morgen, fünf Uhr dreißig!« Und dann begann sie zu rechnen und kam mit Hilfe von Leo Kaminskis Uhr zu dem überraschenden Ergebnis: »Erst vor einer dreiviertel Stunde! Aufgegeben! Persönlich! Auf dem Hauptpostamt! Ganz schön beknackt. Findest du nicht?«
Leo Kaminski fand das auch, aber es interessierte ihn nicht sonderlich.
»Lydia hatte es sich schon immer viel Mühe kosten lassen, mir den Morgenschlaf zu vermiesen!«
Amanda lachte. Von Schlaf war eigentlich keine Rede gewesen. Und Leo Kaminski lachte mit und grapschte wieder mit begehrenden Händen nach seiner Bettge-

fährtin. Aber die war in erster Linie von einer geradezu perversen Neugierde geplagt, und in solchen Fällen hatte jeder Trieb, auch der schönste und mächtigste, schlicht und bescheiden zurückzustehen.
»Mit einer Schere! Aufschneiden! Ganz einfach!« Amanda war glücklich über ihren genialen, simplen Einfall und hielt Leo das Kuvert vor das Gesicht, damit er diese Idee auch sofort und umgehend in die Tat umsetze.
Als ob er, der geniale Professor und dreifache Doktor mit einem unbestrittenen IQ von 185 (nur 10 weniger als Einstein!) nicht selbst auf diese Lösung des Problems gekommen wäre. Zum richtigen Zeitpunkt. Irgendwann. Nur nicht jetzt.
Aber Amanda ließ nicht mehr locker: »Professor, Darling! Komm, mach ihn auf!«
Sie schubste und stieß ihn und brachte schließlich das Kunststück fertig, Leo Kaminski zwar nicht gerade zu motivieren, aber ihn zumindest aus dem Bett zu befördern.
»Wo gibt es bei euch eine Schere?«
»Auf dem Schreibtisch. In meinem Arbeitszimmer...!« behauptete er, aber sicher war er nicht.
Er stöhnte mitleiderregend, gähnte demonstrativ und lief hinaus. Immer noch nackt und immer noch fröstelnd.
Und Amanda glitt wie eine Schlange unter der Decke hervor und eilte ihm nach.

Das war er nun: der Augenblick der Wahrheit! Mein Bericht nähert sich hiermit dem ureigensten Ereignis, dem Kern der Katastrophe, dem Ursprung des »Phänomens«, der Stunde, ja der Sekunde »Null«! Der Countdown läuft: Professor Dr. Dr. Dr. Leo Kaminski sucht im Papierchaos, das seinen Schreibtisch lückenlos bedeckt, die benötigte Schere, erst vergeblich, findet sie schließlich tatsächlich, nimmt sie umständlich zur Hand, greift nach dem Brief und schneidet, während Amanda ihm lüstern nach sensationellen Mitteilungen, gierig nach Enthüllungen aus der Feder Lydias über die Schulter blickt, die Seitenkante des schwarzglänzenden Plastikkuverts kurzerhand ab.
Man stelle sich die Situation einmal vor, bildlich und in allen delikaten Details: Ein Arbeitsraum, dessen Wände bis hoch zur stuckverzierten Decke ausschließlich – bis auf einige dramatische Bilder von berühmten Segelregatten – aus dunklen Eichenregalen und tausenden von Bücherrücken bestehen. Frühes Sonnenlicht fällt durch ein halbgeöffnetes Fenster, das vor drei oder vier Jahren zum letzten Mal geputzt worden war. Vergilbte, lappige, zerschlissene Vorhänge wehen in der Morgenbrise. Auf einem Regal verstauben unter Glas Modelle von Segelyachten und signalisieren das Hobby des Hausherrn. Und vor dem überladenen Schreibtisch, der unter der Papierflut von Büchern und Manuskripten fast zusammenbricht, stehen zwei nackte Gestalten: eine noch sehr junge dunkelhaarige Schönheit, gesegnet mit dem knackigsten Hintern, der mir, dem Chronisten, persönlich und mit all seinen Vorzügen je begegnet ist. Der sommerlich gebräunten Haut und den beiden kecken, wohlgeformten Brüsten

verleiht das gedämpfte Licht einen bronzefarbenen Schimmer.
Und daneben: ein wenig zu wohlgenährt und nicht ganz so sportlich, extrem weißhäutig und mit den für dieses Alter typischen kleinen Fettwülsten um Hüfte und Bauch, mit Denkerstirn und kahlem Scheitel – der reife Galan.
Faun und Nymphe.
Und beide vertieft in eine ebenso banale wie konspirativ wirkende Tätigkeit: das Öffnen eines Briefes.
Die Kante des Plastikkuverts war also abgeschnitten, und Professor Kaminski zog aus dieser so sorgfältig versiegelten Hülle eine Karte aus edlem, hellgrauen Karton mit Leinenprägung. Dies, zumindest, war keine Überraschung. Das Briefpapier war ihm bekannt.
Die Karte trug in schwarzer englischer Stahlstichschrift dezent, aber auch unübersehbar, in der linken oberen Ecke den Namenszug der Absenderin: »Lydia Kaminski-Smith«.
In der gleichen markanten, selbstbewußten Handschrift wie die Adresse auf dem Kuvert und mit dem gleichen Typ Filzschreiber geschrieben, nur diesmal in Grün, stand quer über die ganze Breite der Karte:

»SIE FUNKTIONIEREN, WIE DU SIEHST!«

Darunter war dann noch höchst überflüssig vermerkt:

»GRUSS LYDIA«

Sonst nichts! Kein Kommentar, keine weitere Erklärung. Leo Kaminski drehte die Karte um. Aber die Rückseite war leer.
Er las nochmals den ganzen Text, inspizierte eingehend das leere Plastikkuvert, roch hinein, schüttelte irgendwelche Dinge, die er übersehen haben könnte, auf ein weißes Blatt Papier. Aber nichts fiel heraus. Nichts zumindest, was man mit dem bloßen Auge hätte wahrnehmen können.
Da stellte Amanda, die alles genauestens beobachtet hatte, die Frage, die nun einfach gestellt werden mußte: »Wer funktioniert?«
»Wer funktioniert wie?« fragte Leo Kaminski irritiert zurück.
Da nahm ihm Amanda die Karte aus der Hand und zitierte: »*Sie funktionieren...*« und wiederholte ihre Frage: »Wer, bitte, funktioniert...?«
Dann las sie weiter: »*...wie du siehst!*« um resigniert festzustellen: »Ich sehe nichts!«
»Ich sehe auch nichts!« gab Leo Kaminski offen zu. »Wieder einmal so eine Seifenblase von Lydia. Ein spontaner Einfall. Vermutlich hat sie vergessen, das Wesentliche mitzuschicken.«
»Was könnte das Irres gewesen sein?« fragte Amanda naiv.
Da wurde Leo Kaminski ganz väterlich zumute: »Mein Kind«, sagte er mit begütigender Nachsicht und legte dabei seinen behaarten Arm um die schöne, nackte Schulter seiner Gefährtin, »mein Kind, das erraten wir beide nicht! Aber Lydia wird es uns mitteilen. Irgendwann. In ein, zwei Stunden kommt dann die nächste Sendung, der nächste Eilbrief. Oder sogar sie selbst. Persönlich. Übernächtigt. Atemlos. Oder sie erwartet

jetzt, da sie mich aus dem Bett gejagt hat, einen neugierigen Anruf von mir: Was ist dir denn da so Großartiges gelungen, mein Schatz? Wozu darf ich dir denn herzlich gratulieren? Was, zum Teufel, funktioniert denn so überraschend und plötzlich und so genial in unserem geheimnisvollen Labor? Mit welchem Fortschritt willst du die Menschheit jetzt wieder beglücken...?«
Er warf die Karte achtlos und ein wenig ärgerlich auf den Schreibtisch, auf diesen wirren Stapel von Papier, von engbeschriebenen Seiten, gezeichneten Diagrammen und Statistiken.
Aber dann hatte er doch einen gewissen Respekt vor dieser geheimnisvollen Mitteilung und schaffte ihr gebührend Platz: Er schob das Papier zusammen, die Briefe, die Bücher und Manuskripte und machte für Lydias Botschaft eine ganze Ecke seines Schreibtisches frei. Dort lag sie nun, die Karte mit der lapidaren Erfolgsmeldung, auf dem blanken Holz, was, wie wir sehen werden, keine schlechte Lösung war.
Und Leo Kaminski wandte sich nun wieder realeren, reelleren Dingen zu, drehte sich zu Amanda um, die schön und stumm hinter ihm stand, und zog sie langsam, ganz langsam und ganz lüstern in eine nicht allzu keusche Umarmung.
»Lydia hin, Lydia her«, flüsterte er. »Wann geht dein Flieger und wohin?«
»New York«, flüsterte sie zurück. »Elfdreißig Boarding der Crew.«
»Wir haben also noch Zeit«, stellte er tiefbefriedigt fest. »Und was da auch immer bei Lydia funktionieren mag: Ich finde, wir nutzen den frühen Morgen und bringen auch die letzte Runde unseres schönen Abschiedsspiels zu einem erfreulichen Ende...«

So verließen die beiden den Raum, ohne Lydias Botschaft noch einen einzigen Blick zu gönnen.
Während geheimnisvolle, mikroskopisch kleine Mächte, von denen sie beide nichts ahnen konnten, auf gemeine, heimtückische Weise ihr stilles, zerstörerisches Werk begannen.

Es gibt Paare, die lieben sich im Dunkeln. Schamhaft löschen sie das Licht und tun es, weil es nun einmal sein muß, in tiefster puritanischer Finsternis.
Andere sehen sich während dieses Liebesspiels bei hellstem Tageslicht tief in die Augen, lassen sich lustvoll durch die Betrachtung ihrer Körper anregen und schrecken auch vor ihrem Spiegelbild, das diese in reizvoller Verknotung zeigt, nicht zurück.
Die einen bleiben dabei stumm wie die Fische, andere jubilieren ekstatisch, wieder andere pflegen dabei ein gewisses Maß an Konversation. Die Themen variieren zwischen geflüsterten Bekenntnissen, pornographischen Phantasien und banal-sachlichem Meinungsaustausch über Wirtschaftsfragen.
Professor Kaminski würzte die Situation des Beischlafs, der in seinem Alter den Vorteil mit sich bringt, genußvoll und ohne triebhafte Eile in die Länge gezogen zu werden, stets gern durch allerlei Anekdoten und Bonmots.
An diesem heutigen, ereignisreichen, frühen Morgen drehte sich besagtes Gespräch im schweren, viktorianischen Eichenbett der Kaminskis um die Problematik wissenschaftlicher Rivalität unter nahestehenden Kol-

legen, insbesondere zwischen ihm und seiner Gattin Lydia Kaminski-Smith, und so kam Amanda Primavera in den Genuß einer etwas ungewöhnlichen Mischung aus fleischlicher Lust und Information.

»Ich hatte Erfolg!« bekannte der Professor in aller Bescheidenheit. »Und sie war meine Assistentin, später zusätzlich Geliebte, irgendwann Gattin. Das konnte nicht gutgehen, nicht bei ihrem Ehrgeiz.«

Er wechselte die Stellung, überließ Amanda mehr Bewegungsfreiheit, dann berichtete er weiter: »Auf der Basis meiner Hypothesen aus den frühen siebziger Jahren – Umgestaltung des genetischen Bauplans von Lebewesen zur Erzeugung absolut neuer Formen mit neuen Eigenschaften, konstruiert je nach beabsichtigtem Verwendungszweck – forschte sie weiter.«

Amanda schloß genießerisch die Augen, gurrte und begann mit ihren geübten Hüften, sanft und zielgerecht zu kreisen.

Das spornte Leo Kaminski an, seine Bemühungen zu intensivieren und weitere Erfolgsmeldungen abzuliefern: »Ich schuf die Bakterien, die Erdöl zersetzen, aufspalten in diverse verdaubare Eiweißmoleküle. Ein Segen bei allen künftigen Tankerkatastrophen!«

»Oh, toll«, jubelte Amanda. »Spitze! Professor! Darling!« Wobei unklar blieb, ob sie die Forschungserfolge meinte.

»Ja, das war toll, das war Spitze!« bestätigte der Professor. »Aber was machte Lydia? Etwa zur gleichen Zeit?«

»Ja, was machte sie denn...?« hauchte Amanda.

»Sie zog nach mit einer neu entwickelten Hefepilzart, die zwar erfolgreich Blattläuse von gelben Teerosen vertreibt, aber anschließend diese nun blattlausfreien Teerosen vernichtet, total, bis in die Wurzeln hinein!«

»Peinlich...!« stöhnte Amanda. »Schlimm...! Richtig beknackt!« Sie preßte ihre Fersen gegen die Lenden des Professors und stellte sich dabei vor, sie trüge Sporen.

Davon weitgehend unbeirrt berichtete Leo Kaminski weiter: »Mir gelang der entscheidende Durchbruch in einer hocheffizienten Verfahrenstechnik, bei der in integrierter Anwendung von Mikrobiologie, Genetik und Biochemie selbstorganisierende Mikroorganismen Hormone und Impfstoffe im industriellen Maßstab produzieren. Zur Bekämpfung der infektiösen Gelbsucht, zum Beispiel. Gegen Malaria, Cholera und Tollwut.«

»Wahnsinn!« schrie Amanda, und noch einmal »Wahnsinn!« Und besonders dieser letzte Ausruf der Begeisterung, das fand zumindest Leo Kaminski, geriet ihr eine Spur zu laut.

»Lydia experimentierte damals mit genetisch manipulierten Achselschweiß-Bakterien«, berichtete er weiter. »Die produzierten von nun an einen Duft, der, nun ja, leicht an frische Aprikosen oder überreife Walderdbeeren erinnerte.«

Amanda hielt kurz inne, sog tief die schwere Luft gemeinsamer Leidenschaft durch ihre kleinen, vibrierenden Nasenflügel ein und begann albern zu kichern: »Find' ich richtig dufte, Professor, Darling!« kommentierte sie höchst überflüssig Lydias zweifelhaften Forschungserfolg, den Leo Kaminski umgehend relativierte: »Dieser Duftstoff aus der Familie der dreiwertigen aromatisch-polymeren Ester verätzte allerdings nachhaltigst die Haut der Versuchspersonen.«

»Tragisch!« Amandas Mitleid war echt. »Schon wieder ein Flop!«

»Sehr richtig!« stimmte Leo Kaminski zu. »So wie ihr ›Algentod‹ für öffentliche Schwimmbäder. Bei Sonneneinstrahlung wurde ein Farbstoff frei. Das Wasser verfärbte sich blutrot, und es stank. Oder ihre impfstoffproduzierenden Bakterien aus der Familie der ›colii‹, gegen Milzbrand bei Schweinen. Man weiß bis heute nicht genau, warum alle geimpften Tiere an Tuberkulose erkrankten und starben. Ihre Apfelsorte, die niemals mehr fault, war hochgradig giftig. Ihre Mikroben gegen Kopfschuppen verursachten totalen Haarausfall. Und so weiter. Und so weiter!«

»Sie hatte eben einfach nur unheimlich Pech, diese Lydia. Weiter nichts!« Feministische Solidarität gewann bei Amanda kurzzeitig die Oberhand bei einer derart auffälligen Anhäufung grotesker Mißerfolge. Sie kroch unter dem Professor hervor und machte es sich nun rittlings auf ihm bequem.

»Pech kann sich ein Gen-Techniker, ein Molekularbiologe heute nicht mehr leisten.« Leo Kaminski empfand die neue Stellung als ausgesprochen erfreulich und begann die sich dabei ergebenden Möglichkeiten voll auszuschöpfen, ohne dabei den Faden seines Berichts zu verlieren: »Er bringt entweder die Branche noch mehr in Verruf, oder er löst irgendwann eine gewaltige Katastrophe aus! Oder beides zusammen!« Seine Fingerspitzen tasteten zärtlich über Amandas Brüste, die aufreizend über seinem Gesicht hin und her wippten, bevor er seine Hände auf ihren Rücken wandern ließ und er ihren Körper mit sanfter Gewalt zu sich herunterzog.

»Gott schütze Lydia!« raunte er dicht an Amandas Ohr. »Und vor allem uns! Vor ihr! Und vor ihren Erfindungen!«

Amanda sagte einen Augenblick lang gar nichts, sie stellte sogar ihr Schnurren ein, hielt den Atem an, dann richtete sie sich plötzlich schreckhaft auf, blickte sich entsetzt um und lauschte angstvoll und irritiert in die Geräuschkulisse des erwachenden Tages hinein.
»Was ist?« fragte Leo Kaminski, nicht weniger irritiert.
»Ssssst!« Amanda hob abwehrend die Hand und gab erst nach langen, bangen Augenblicken den Grund ihrer Panik preis: »Sie kommt!« flüsterte sie mit bebender Stimme.
»Wer kommt?«
»Lydia!« Der Name fiel kaum hörbar.
»Unsinn!« Leo Kaminski entspannte sich wieder und fürchtete nach diesem Schock um seine Potenz.
»Du hast selbst gesagt, Leo, Darling: Sie könnte... Schlimmstenfalls... Jeden Augenblick!«
»Jeden Augenblick, ja! Aber doch nicht jetzt!« Der Professor konzentrierte sich wieder intensiv auf das Objekt seiner Begierde, das so herrlich verführerisch auf seinem Schoß saß, und fand nach und nach zu seiner alten Form zurück.
Auch Amanda beruhigte sich wieder und signalisierte das durch das berühmt-berüchtigte Rollen ihres Bekkens.
»Ich habe Lydia in den letzten sechs Wochen nicht gesehen.« Liebesspiel und Konversation gingen wieder ihren gewohnten Gang, und Leo Kaminski nahm den Faden des Berichts wieder auf.
»Sie schläft im Labor. Sie ißt im Labor. Sie arbeitet Tag und Nacht.«
»Woran?« Amandas Neugierde triumphierte, wie wir bereits erfahren haben, stets über jede Lust.

»An ein oder zwei oder drei fixen Ideen. Seit mein Name ernsthaft mit dem *Oskar-Flobell-Preis* diskutiert wird, findet sie keine Ruhe mehr. Sie muß mich – und vor allem noch rechtzeitig – übertrumpfen!«
Amanda war in leichten Trab übergegangen, was ihr etwas den Atem nahm. Trotzdem stellte sie in Frageform fest: »Es wird ihr kaum gelingen! Oder doch? Professor, Darling?!«
Professor Dr. Dr. Dr. Leo Kaminski schüttelte siegessicher den Kopf: »Zu spät für Lydia! Die Entscheidung des Komitees findet bereits in vier Wochen statt!«
»Gut! Toll! Ja! Oh, Leo, mein Darling, du machst das Rennen!« Sie gurrte und stöhnte wieder, und sie beschleunigte ihren Trab. »Und welche irre Geheimwaffe hat sich deine Lydia diesmal ausgedacht?«
Leo Kaminski hielt mit der Reiterin Schritt und blieb dabei überraschend und bewundernswert sachlich: »Sie versucht Mikroben zu züchten, die Müll vernichten. Diese Millionen Tonnen Abfall, die unsere Zivilisation täglich produziert. Sie möchte sie auf natürliche Weise sinnvoll zerlegt und zerkleinert wissen. Recycling!«
»Stark ist das! Unheimlich stark!« Amanda schloß genießerisch die Augen.
»O ja! Unheimlich stark wäre es und sehr bedeutsam!« räumte Leo Kaminski ein. »Aber nur, wenn es irgendwann funktioniert!«
Amanda verfiel nun in leichten Galopp, was ihrem Ritt eine durchaus willkommene Steigerung gab.
Auch bei Leo Kaminski machte sich nun eine gewisse Atemlosigkeit bemerkbar, als er fortfuhr: »Lydia träumt in diesem Zusammenhang von einer Mikrobenart, die Plastikabfälle oder Metallschrott vernichtet,

und die Zellulose in Zucker und Stärke zerlegt. Aus unseren Altpapierhalden, aus Zeitungen und verjährten Finanzamtsakten, aus Schulheften und unverkäuflichen Taschenbüchern, wird Brot für die Dritte Welt. Zuckerbrot!«

»Toll!« stöhnte Amanda. »Toll, toll, toll! Ich werde wahnsinnig! Wahn... sinnig...! Nicht sofort... nicht jetzt... aber gleich... gleich... gleich...!!!«

»Nein! Natürlich nicht jetzt, nicht gleich.« Leo Kaminski nahm das Stichwort auf. »Auch nicht irgendwann...! Überhaupt niemals wird es Lydia gelingen... Nicht bei ihrer fachlichen Inkompetenz... Bei Lydias Unfähigkeit wird jeder Traum... zu einem Alptraum...! Wenn überhaupt zu irgend etwas...!!«

Ganz plötzlich hatte Amanda beschlossen, daß nun der Augenblick für einen scharfen Galopp gekommen sei. Die Haare flogen, peitschten Leo Kaminski ins Gesicht. Die Brüste wippten. Der knackige Hintern rotierte im Sattel. Und aus dem sich wahnwitzig steigernden Tempo heraus zitierte Amanda mit geschlossenen Augen und weit zurückgebogenem Kopf überraschend und wörtlich den Text aus Lydias Brief: »Sie funktionieren... wie Du siehst!«

»Wie?« Leo versuchte vergeblich, den rasenden Ritt zu stoppen, obwohl ihn in diesem Augenblick höchster Lust eine böse Ahnung überfiel.

»Der Eilbrief...« stöhnte Amanda. »Die Karte... im Plastik... umschlag... ohhh!«

Das Ziel war fast erreicht, das Kopf-an-Kopf-Rennen in wenigen Sekunden zu Ende, zweimal der erste Platz, zweimal Sieg, als Amanda es kraftvoll hinausschrie: »SIE FUNKTIONIEREN... WIE DU SIEHST...! GRUSS... LYDIA...!!!«

Damit brach sie im Sattel zusammen und begrub mit letzten, feindosierten Zuckungen den Professor unter ihrem wohlproportionierten Körper.
Der allerdings gönnte sich keinen Augenblick der Ruhe und Entspannung, um den gemeinsamen Sieg auszukosten: Er wälzte sich hektisch unter seiner erschöpften Reitgefährtin hervor, sprang aus dem Bett und verließ panikartig den Raum.

Der Countdown war zu Ende: zero – null!
Professor Dr. Dr. Dr. Leo Kaminski starrte auf den Schreibtisch, und seine Ahnungen, Befürchtungen und Assoziationen hatten ihn nicht betrogen – obwohl es die Ahnungen, Befürchtungen oder auch Assoziationen von Amanda waren, die im Augenblick höchster Lust intuitiv in ihr freigesetzt worden waren.
Wie auch immer: Lydias Karte lag da, wo sie liegen sollte, immer noch am alten Platz neben der schwarzglänzenden Plastikhülle, aber der edle, feine Karton, das dicke, graue Briefpapier mit der Leinenprägung und der eingedruckten Stahlstichschrift in der rechten oberen Ecke – »Lydia Kaminski-Smith« – hatten sich auf eigenartige Weise verändert. Die große, selbstbewußte Schrift mit der Erfolgsmeldung aus grünem Filzschreiber schien nun, leicht unscharf, auf einer dünnen Schicht hellgrauen Pulvers zu schwimmen.
Die Nachricht war trotz allem noch lesbar, nur eben leicht verwischt und in ihren Konturen gebrochen:
»SIE FUNKTIONIEREN, WIE DU SIEHST. GRUSS LYDIA!«

Leo Kaminski sah es, las es und wußte Bescheid, und die Verwirrung nahm ihm den Atem und setzte gleichzeitig eine Überdosis Adrenalin in ihm frei.
Mit großen, immer noch ungläubigen Augen beugte er sich über das Resultat biochemischer Zauberei.
Vorsichtig berührte er mit der angefeuchteten Spitze seines rechten Zeigefingers das, was von der Karte noch übrig war. Dann führte er den Finger an seine Lippe.
»Und?«
Amanda stand überraschenderweise hinter ihm und hielt ihm mit liebevoller, fürsorglicher Geste den Bademantel hin. Sie selbst hatte sich die dunkelblaue Bettdecke wie einen persischen Schador umgehängt.
»Süß?« fragte sie nun. Und als Leo Kaminski auch auf diese zweite Frage nicht reagierte, wußte sie, was das zu bedeuten hatte: »Also Zucker!« sagte sie voller Gewißheit. »Lydia hat es tatsächlich geschafft!« Und in ihrer Stimme klang fast so etwas wie weiblicher Triumph.
Mit einer geradezu nachtwandlerischen Gelassenheit schlüpfte Leo Kaminski in den ihm so freundlich hingehaltenen Bademantel, ohne sich umzusehen, ohne sich zu bedanken. Und Amanda überprüfte nun ihrerseits den höchst erstaunlichen Sachverhalt, leckte an ihrem Finger winzige Spuren weißen Pulvers und kommentierte den Geschmack auf ihre Art mit den üblichen Ausrufen wie: »Wahnsinn! Spitze! Einfach irre!«
Leo Kaminski nickte ebenso zustimmend wie abwesend mit dem Kopf, und während Amanda die zerfallende Schrift zitierte: »Sie funktionieren, wie Du siehst! Gruß Lydia!«, erwachte er wie aus einem bösen Traum und fühlte Panik in sich hochsteigen wie plötzliches Fieber.

»Ich muß sofort zu Lydia! Ich muß ins Labor!« Er knotete entschlossen den Gürtel seines Bademantels fester, was als Geste zwar überzeugend wirkte, aber leider völlig sinnlos war. Und dann verriet er den Grund seiner so demonstrativen Aktivität: »Ich muß herausfinden, wie sie das geschafft hat!«
Er wandte sich zur Tür. »Pack deine Sachen zusammen, mein Kind. Ich bring dich zum Flughafen!«
»Viel zu früh!« protestierte Amanda. »Mein Flieger geht um eins, und Boarding der Crew ist elf Uhr dreißig, und jetzt ist es erst acht!«
»Mir ist völlig gleichgültig, wieviel es ist, wann dein Flieger fliegt und die Crew an Bord geht. Wir beide fahren *jetzt!*«
Obwohl im Zusammenhang mit dieser Anordnung keinerlei Widerspruch eingeplant war, wagte Amanda doch einen Einwand: »Du hast mir ein gemütliches Frühstück versprochen, Professor, Darling, mit Sekt und so... Und keine Panik!«
»Panik? Wer ist hier in Panik?« Leo Kaminski kam zurück in den Raum. »Und Frühstück mit oder ohne Sekt gibt es an jeder Ecke, in jedem Coffee-Shop.«
Amanda fand, daß ein Tag, der so schön und harmonisch begonnen hatte, wenn man von einer Eilbriefstörung einmal absah, so nicht enden durfte: »Kaum hat diese Lydia mal ein bißchen Erfolg«, beschwerte sie sich, »schon drehst du durch!«
Leider wurde Leo Kaminski an dieser Stelle der Diskussion überflüssigerweise etwas laut: »Ich drehe nicht durch! Weder wegen Lydia noch wegen ihres Erfolgs, sondern wenn überhaupt, dann aus rein wissenschaftlichen Gründen!«
Und da Amanda mit dieser Behauptung absolut nichts

anfangen konnte und skeptisch reagierte, verstieg sich Leo Kaminski noch zu einer nicht weiter nachprüfbaren, dafür aber realistischeren Ausrede: »Die Bücher hier müssen dringend zurück. Die Staatsbibliothek öffnet um neun. *Deshalb* bin ich in Eile.« Von Lydia oder von irgendeinem Erfolg war nun keine Rede mehr.
Er nahm tatsächlich einen größeren Bücherstapel vom Tisch, bei dem jedes einzelne Exemplar mit einem weißen Etikett auf dem Rücken gekennzeichnet und mit Dutzenden von bunten Merkzetteln zwischen den Seiten gespickt worden war, und drückte ihn Amanda in die Hände.
»Was soll ich damit?« fragte sie überrascht.
»Halten! Sonst nichts!«
Also hielt Amanda diese Bücher, drückte sie gegen ihren Busen, während sie sich fester in die abrutschende Decke wickelte.
Leo Kaminski schaufelte inzwischen vorsichtig eine Probe des Zuckers auf ein Blatt Papier, das er anschließend faltete und einsteckte.
Er war ganz zweifellos voller Hektik und im Begriff, nun endgültig aus dem Raum zu stürzen, als er sich Amanda noch ein letztes Mal zuwandte und eine allerletzte Anweisung gab: »Rühr mir nichts an, bring die Bücher und komm!«
Damit lief er hinaus.
Und Amanda rührte tatsächlich nichts an. Sie pustete lediglich das weiße, süße Pulver lachend und wie eine Wolke über den Tisch mit seinen zahllosen Büchern, Briefen und Papieren.
Sie hätte es nicht tun sollen!

Es gibt Verkettungen, Verstrickungen und Zufälle von geradezu unglaublicher Qualität.
Ich, Robert Flemming, Diplomkriminologe und Chronist des »Zucker-Phänomens«, Verfasser dieses bitteren Berichts über eine süße Katastrophe, fahre mit meinem Fahrrad die Wellington-Street in Richtung Ocean-Parade hinunter, als mir ein Jaguar XJ, ein silbergrauer Oldtimer mit einem Mann in gesetztem Alter und mit gelichtetem Scheitel am Steuer, an seiner Seite eine dunkelhaarige Schönheit, die Traumfigur in die blaue Stewardessen-Uniform einer internationalen Airline gezwängt, die mir gesetzlich zustehende Vorfahrt raubte.
Der Wagen raste mit geradezu unvorstellbarer Rücksichtslosigkeit, quietschenden Reifen und eindeutig überhöhtem Tempo aus der Einfahrt eines alten Tudor-Hauses und bog nach diesem spätpubertären Kavalierstart in die zum Meer hinführende Straße ein, und zwang mich so zu einem waghalsigen Ausweichmanöver.
Es war acht Uhr und zweiundzwanzig Minuten.
Der Fahrer blickte weder nach links noch nach rechts, nahm mich infolgedessen auch nicht zur Kenntnis. Nur seine Begleiterin schenkte mir ein entschuldigendes Lächeln.
Auf dem Rücksitz lag ein kleiner, blauer Koffer und eine ebenso blaue Reisetasche. Die Beifahrerin hatte einen Stapel Bücher auf dem Schoß und ihr buntes Halstuch, Accessoir der Stewardessen-Uniform, flatterte keck im Fahrtwind.
Aufgrund meiner Ausbildung als Diplomkriminologe war es mir möglich gewesen, alle diese Details in Bruchteilen einer Sekunde wahrzunehmen, während

ich gleichzeitig nur durch Zufall und dank meiner raschen Reaktion die lebensgefährliche Situation überlebte.
Als ich dann weiter hinunter zum Meer fuhr und entlang der Küste, beruhigte sich zwar mein Puls, und mein Zorn verflüchtigte sich beim Anblick dieser wie aus der Unendlichkeit heranrollenden Wogen, aber meine Ruhe war nur von kurzer Dauer. Eine Begegnung mit diesem rücksichtslos gesteuerten Fahrzeug, anhand der in meinem Gedächtnis gespeicherten Indizien jeweils eindeutig identifizierbar, sollte sich in den nächsten vierzig Minuten noch weitere drei Male, die mit seinem Fahrer allein noch ein viertes Mal wiederholen.
Unter diesen Umständen lediglich von Zufall zu sprechen und weniger an schicksalshafte Verkettungen zu glauben, wäre pure Häresie, oder, weniger drastisch ausgedrückt, von enttäuschend beschränkter Ignoranz.
Denn, wie Sie als Leser dieses Berichts richtig vermuten: Es handelt sich bei den Insassen dieses Jaguars um Professor Dr. Dr. Dr. Leo Kaminski und um seine Geliebte, die Stewardeß Amanda Primavera. Und damit wären wir endlich wieder beim Thema.

Leo Kaminski war also nervös. Er fuhr hektisch, unkonzentriert und zu schnell, und Amanda litt unter diesem Fahrstil heimliche Qualen.
Trotzdem lächelte sie und heuchelte Interesse, als Leo Kaminski ihr seine Strategie detailliert enthüllte: »Rufe

ich an«, empörte er sich, »läßt Lydia sich verleugnen. Platze ich in ihr Labor, hat sie sich in die sterile Zelle eingeschlossen, oder sie pennt auf einem Feldbett in irgendeiner Ecke und ist für Stunden unansprechbar.«
Aber dann hatte Leo Kaminski einen seiner genialen Einfälle: »Ein Glückwunschtelegramm!« Er war stolz, die Lösung des Problems gefunden zu haben. »Es ist die einzige Chance! Eine Gratulation von ganzem Herzen, zusammen mit der Ankündigung meines Besuchs. Auf Schmuckblatt. Edel und teuer und dem Ereignis angemessen. Und zwar sofort!«
Eine Minute später war Leo Kaminski mit Jaguar und begleitender Schönheit im Stau des morgendlichen Verkehrsgewühls gefangen, da half auch kein Hupen, kein halsbrecherisches Überholen, höchstens ein gewisses Maß an Geduld. Aber genau daran mangelte es dem Professor an diesem Vormittag am meisten.
Als er den Kern der City erreichte, durchfuhr er die nächste Einbahnstraße entgegen der vorgeschriebenen Fahrtrichtung und parkte in der verkehrsfreien Fußgängerzone genau vor den Stufen der Hauptpost, was ihm zahlreiche Umwege und vor allem Zeit ersparte.
Bei diesem sportlich rasanten und in jeder Hinsicht gesetzeswidrigen Manöver gelang es einem Zeitungsjungen und einem Radfahrer nur knapp, sich in allerletzter Sekunde in Sicherheit zu bringen.
Der Radfahrer war ich.
Ich gebe zu, es bereitete mir ein gewisses Vergnügen, im morgendlichen Berufsverkehr auf meinem Rad und im Wettbewerb mit den teuersten Sportwagen stets der erste zu sein, vergleichbar etwa jenem Igel, der sich mit dem Hasen duellierte.
Ohne sich bei uns zu entschuldigen, sprang Leo Ka-

minski voll jugendlich-dynamischer Energie aus dem Wagen, ließ die dunkelhaarige Schönheit zurück auf dem Beifahrersitz, kaufte dem nur durch glückliche Umstände einem Anschlag entkommenen Zeitungsjungen den *Daily Mirror* ab, tauschte ihn nach einem prüfenden Blick auf die offenbar enttäuschenden Schlagzeilen gegen die konservative *Morning-Post* um, zahlte mit einem Schein, nahm Münzen als Wechselgeld entgegen, reichte seiner Gefährtin die Zeitung in den Wagen, damit sie sich die Wartezeit damit vertreibe und stürmte die Stufen zur Hauptpost hinauf.
Dabei überholte er mich, und ich sah diesem Professor Dr. Dr. Dr. Leo Kaminski für einen kurzen Augenblick zum ersten Mal ins Gesicht.
Und ich fand ihn durchaus sympathisch.
Als ich mein Postfach geleert hatte, hörte ich Fragmente einer Diskussion, die sich zwischen ihm und der freundlichen, älteren Dame hinter dem Telegramm-Annahmeschalter entsponnen hatte: »Nein!« erklärte Leo Kaminski mit unendlicher Geduld, die ganz im Gegensatz zu seiner morgendlichen Hektik stand. »Es soll heißen *Begeisterung!* Ja! *Mit großer Begeisterung und Bewunderung!*«
Und dann entschuldigte er sich: »Meine Handschrift... ich weiß... tut mir leid!«
Er fragte zurück: »Bitte?... Ach so...!«, warf einen Blick auf das von ihm selbst ausgefüllte Formular und entzifferte hilfsbereit: »*Segen!* Es heißt *Segen für die Menschheit!* Nicht *Regen.* Das ergäbe ja auch keinen Sinn.«
Dann griff er unter dem Gitter des Schalters hindurch: »Geben Sie noch mal...«, und besserte aus.
Nach Abschluß einiger Korrekturen übermittelte er

seine endgültige Version: »Das hier soll heißen *genial*. Und hier: ...*meinen Besuch anzukündigen*... Der Rest ist ja wohl lesbar.«
Die nun folgenden Anweisungen waren nur noch rein sachlicher Natur: »Das Ganze auf Glückwunschformular. Schmuckblatt, ja. So mit Blumen oder irgendwie repräsentativ, festlich, feierlich...«
Anscheinend wurden ihm Muster vorgelegt, und Leo Kaminski hatte sich zu entscheiden: »Dies hier! Und was kostet das nun?«
Man sagte es ihm, und er stutzte und fragte zur Sicherheit noch einmal nach: »Wieviel? Mein Gott!... Innerhalb der Stadt...!«

Was mich bewogen hatte, hinter ihm in der sich rasch gebildeten Warteschlange stehenzubleiben, weiß ich nicht mehr. Die zweimalige Begegnung mit Beinahe-Kollision konnte es allein nicht gewesen sein.
In meinem Beruf entwickelt man gewisse Instinkte für Zusammenhänge mit unklaren Komponenten und zweifelhaften Konstellationen. Die Neugierde ist da rasch geweckt. Mutmaßungen und Kombinationen mit fiktiven Parametern, wie es in unserer Fachsprache heißt, werden da zur reinen Fingerübung, und hin und wieder ist dann – überraschenderweise – doch was dran an einer Vermutung.
Aber eine Vermutung im eigentlichen Sinn hatte ich nicht.
Noch nicht. Nicht zu diesem Zeitpunkt.
So beobachtete ich also, wie dieser mir noch völlig Un-

bekannte, der mir lediglich zweimal nach dem Leben getrachtet hatte, die beiden letzten Scheine aus seiner Geldbörse der Beamtin durch das Gitter reichte und eine Quittung entgegennahm.
Hinter ihm verließ ich das Hauptpostgebäude und bewunderte, mit welch sportlicher Leichtfüßigkeit er immer zwei Stufen auf einmal nahm.

Die Überraschung, daß ihn an seinem Wagen eine Verkehrspolizistin erwartete, war für Leo Kaminski ganz offensichtlich nicht sehr groß.
»Ich habe ihr gesagt«, verteidigte sich Amanda, »es geht um Leben und Tod und ein Glückwunschtelegramm für eine unheimlich starke Erfindung...«
Die Polizistin schrieb unbeirrt weiter auf ihrem Block mit Formularen und gönnte Leo Kaminski keinen Blick. Auch nicht, als er fragte: »Wieviel?«
»Zwanzig«, sagte sie nur, ohne aufzublicken, und fuhr routiniert mit einem Standardtext fort: »Sie können sich weigern und Einwände vorbringen, die auf der Rückseite dieses Formulars begründet werden müssen. In diesem Fall geht die Anzeige zu der für Sie zuständigen Staatsanwaltschaft...«
Leo Kaminski unterbrach die emotionslos vorgebrachte Belehrung über die gesetzlichen Rechte und Pflichten des falsch parkenden Bürgers: »Leider habe ich keine Zeit für eine Diskussion!« Er griff nach seiner Börse, öffnete sie und stellte fest: »Ach ja, und kein Bargeld. Bitte, warten Sie!«
Er wandte sich ab und rannte davon.

»Wo läuft Ihr Begleiter jetzt hin?« fragte die Polizistin ausgerechnet Amanda. Und da sie von dieser keine Antwort erhielt, lag es nun an mir, zum ersten Mal in diese Geschichte aktiv einzugreifen und eine Information zu liefern: »Vermutlich zu einer Bank.«
Und dorthin folgte ich ihm.

Leo Kaminski war bescheiden. Wissenschaftler zählen bekanntlich nicht zu den Großverdienern unserer Gesellschaft, sowenig wie Buchautoren oder Diplomkriminologen. Die Summe, die sich der Professor in bar und in Form von Papiergeld und in kleinen Scheinen als Gegenwert für einen Scheck auszahlen ließ, hielt sich in Grenzen: »Zwanzig-vierzig-sechzig-achtzig-einhundert...«, zählte die Kassiererin, und schob ihm das dünne, bunte Papierhäufchen unter der Panzerglasscheibe durch.
Leo Kaminski bedankte sich mit einer Handbewegung, steckte das Geldbündel etwas nachlässig und zusammengerollt in seine Hosentasche und ging hinaus.
Dort riß die Verkehrspolizistin gerade den zweiten Strafzettel von ihrem Block: »Zweimal zwanzig, Sir: einmal für die Hauptpost, einmal für die Bank!« Sie überreichte dem Professor beide Strafzettel mit gelangweilter Geste. Aber Leo Kaminski gab ihr einen der beiden Strafzettel sofort wieder zurück, zusammen mit nur einem einzigen Schein: »Ich habe für beides nur einmal falsch geparkt, und für die Bank lediglich, um Barmittel für Ihre Forderung zu besorgen. Tut mir leid! Für den Rest gehen wir vor Gericht!«

Er ließ sich in den Sitz seines Wagens fallen, startete und brauste davon, ohne sich noch einmal umzusehen, während ich mein Fahrrad wieder von der Kette befreite, mit der ich es an einen Baum angeschlossen hatte. Das kostete Zeit.
Diesen Vorsprung gönnte ich dem Jaguar. Obwohl ich sicher war, ihm niemals mehr zu begegnen.
Denn ich war auf dem Weg zur Staatsbibliothek!

Es ist – so finde ich – an der Zeit, eine kurze, einprägsame, kriminalistische Zwischenbilanz zu ziehen.
Halten wir folgende Fakten fest:
Professor Dr. Dr. Dr. Leo Kaminski trägt in seiner linken Jackentasche in einem zusammengefalteten Blatt Papier den Beweis, nämlich Proben von Lydias Zukkerproduktion.
Was er mit diesem Indiz beabsichtigt, ist auch ihm im Augenblick noch unklar, aber wir werden ja sehen.
Er hat ferner, und damit erhält die Kette der Ereignisse ihre signifikante Bedeutung, gegen bares Papiergeld eine Zeitung gekauft, dieselbe jedoch nach flüchtiger Lektüre der Schlagzeilen wieder zurückgegeben und gegen eine andere ausgetauscht.
Er hat ein Telegrammformular ausgefüllt, ein Schmuckblattmuster zur Hand genommen und ebenfalls mit zwei Scheinen Papiergeld den Glückwunsch an Lydia bezahlt.
In einer Filiale der Kreditbank hat er einen persönlichen Scheck auf sein eigenes Konto ausgestellt und ihn anschließend eingelöst. Den Gegenwert von einhun-

dert Pfund trägt er, abzüglich einer Strafe für falsches Parken, in Form zusammengerollten Papiergeldes ebenfalls in seiner Jackentasche.
Den fehlenden Schein hat die Polizistin kassiert und in einer dafür vorgesehenen Tasche verstaut. Dort landete auch der von Leo Kaminski zwar berührte, aber nicht akzeptierte Strafzettel.
Die Stewardeß Amanda Primavera vertrieb sich die Wartezeit in Kaminskis Oldtimer-Jaguar mit der Lektüre der Morgenzeitung und transportiert auf dem weiteren Weg durch die Stadt immer noch den Stapel Bücher für die Staatsbibliothek auf ihrem Schoß.
Dies dürfte für den Augenblick bereits genügen!
War der erste Countdown ein persönliches Schicksal, nämlich die Verwandlung von Lydias Botschaft in Zucker zu Demonstrationszwecken und um den rivalisierenden Gatten Leo Kaminski erfolgreich zu beeindrucken, hatte nun ein zweiter Countdown von weltumspannender Konsequenz begonnen, eine Kettenreaktion gewissermaßen war in Gang gesetzt worden, von der zu diesem Zeitpunkt niemand etwas ahnte.
Daher ist es auch nicht weiter verwunderlich, daß die Insassen des Jaguar sich vorläufig immer noch mit dem ersten Countdown beschäftigten, der bereits genügend ungelöste Fragen aufzuwerfen schien. Und während Leo Kaminski mit ungebremster Hektik und stark überhöhter Geschwindigkeit die wenigen freien Streckenabschnitte der Innenstadt durchraste, mal bei Rot und mit Bravour eine Kreuzung nahm, mal in sportlicher Slalomfahrt die üblichen Berufsverkehrsstaus zu umrunden versuchte, rekapitulierte er laut und für Amanda zum Mithören und Mitdenken den Ablauf des biochemischen Wunders: »Nehmen wir an, Lydia hat

das Papier ihres Briefes gegen fünf Uhr früh mit ihren Mikroben infiziert, das Kuvert lichtdicht und luftdicht versiegelt und um fünf Uhr dreißig, laut Poststempel, persönlich auf der Hauptpost aufgegeben.« Soweit schien ihm das alles problemlos klar zu sein und der Forschung keine größeren Rätsel aufzugeben.
»Um sechs Uhr fünf traf der Eilbrief bei mir ein, um sechs Uhr fünfzehn hatten wir ihn endlich geöffnet. Und etwa eine Stunde später hatten die kleinen Mikroben ihre Zuckerproduktion bereits erfolgreich beendet… oder wie lange haben wir beide…? Ich meine… Im Bett…!«
Er lächelte Amanda schelmisch zu, aber die war für ein laszives Blickgeplänkel dieser Art nicht in der rechten Stimmung. Leo Kaminskis Fahrstil nervte sie zusehends. Soeben wurde beim bravourösen Durchfahren einer Kurve ein Radfahrer fast vom Sattel gehoben.
»Das war nun schon der dritte, den du von der Straße fegst«, kritisierte Amanda. Aber dann kamen ihr gewisse Erinnerungen, und sie blickte sich zu dem beinahe Gestrauchelten um: »Oder war es immer der gleiche? Das ist doch nicht möglich!«

Es war möglich. Es war immer der gleiche.
Wiederum traf es ausnahmsweise mich. Aber um das festzustellen, war Amanda samt Jaguar zu rasch um die nächste Ecke verschwunden.
Ich hatte nämlich, während Leo Kaminski die Princess-Road hinunterfuhr und über den Oxford-Circle die halbe Innenstadt umrunden mußte, mein Fahrrad

auf die Schulter genommen und war auf dem hohen, hölzernen Fußgängersteg über die Gleise der Eisenbahn geklettert.
Nun hatte allerdings aus meiner Sicht der Hase bereits gesiegt, auch wenn Amanda, die mir später eine verläßliche Zeugin für alle diese Gespräche wurde, Leo Kaminski nach dieser dritten Begegnung nahelegte: »Wenn du es so unheimlich irrwitzig eilig hast, nehme ich mir lieber ein Taxi!«
»Bleib bitte ganz ruhig!« bat Leo Kaminski, ohne vom Gas zu gehen. »Wir haben genügend Zeit. Die Staatsbibliothek liegt genau am Weg und öffnet erst in zehn Minuten. Du erreichst deinen Flug auf jeden Fall!«
»Ich erreiche ihn nicht, wenn du weiterhin so beknackt fährst«, drohte Amanda. »Entweder wir sind irgendwann tot oder sie stoppen dich, Professor, Darling! Und das kostet dann wirklich Zeit!«
Möglich, daß Leo Kaminski seine Geschwindigkeit um einige wenige Prozente reduzierte, was allerdings subjektiv nicht weiter ins Gewicht fiel.
»Schon aus rein wissenschaftlich-statistischen Gründen«, begann er zu dozieren, »ist eine zweimalige Konfrontation mit der Polizei an ein und demselben Vormittag, das ergibt sich aus der Wahrscheinlichkeits-Kombinatorik, so gut wie unmöglich.«
Normalerweise hätte Amanda ihm geglaubt. Nur in diesem Fall, da bereits die Polizei mit Sirenengeheul hinter ihnen herjagte, blieb sie skeptisch: »Mag sein, daß du recht hast, Professor! Aber nur so gut wie!«
Nach diesem charmant-zynischen Kommentar teilte sie ihm sachlich mit: »Es gilt uns. Fahr links ran. Sie blinken.«
Sie hatte sich neugierig den Verfolgern zugewandt und

versuchte diese mit einem ihrer bezauberndsten Lächeln gnädig zu stimmen.
Aber auch in diesem Punkt hatte sie Gründe, skeptisch zu sein.
»Was schätzt du? Wieviel?« fragte sie, als der Ernstfall nun einzutreten begann.
Leo Kaminski war wie gewünscht an den linken Straßenrand gefahren und suchte in seiner Tasche nach dem erst jüngst erworbenen Bargeld. Zwei Scheine brachte er zum Vorschein und begann sie zu glätten.
»Der Erfahrungswert liegt in solchen Fällen bei vierzig Pfund.« Leo Kaminski mußte es wissen. Erwartungsvoll blickte er den Polizisten entgegen, die betont langsam ihren Streifenwagen verlassen hatten, und nun keineswegs überstürzt näherkamen, während sie erst noch in aller Ruhe ihre Dienstmützen aufsetzten.
»Machen wir's kurz, meine Herren«, begrüßte Leo Kaminski die beiden Uniformierten und hielt ihnen die Geldscheine entgegen. »Ich habe absolut keine Zeit!«
»Wir auch nicht«, entgegnete der offenbar Ranghöhere und lehnte sich bedächtig gegen den Jaguar, während er den berüchtigten Formularblock aus der Uniformtasche zog. »Aber wir nehmen sie uns!«
In diesem Augenblick passierte ich auf meinem Rad den Tatort, unbemerkt und unerkannt von den beiden Insassen des Jaguar, und ich wußte, daß wieder einmal der Igel das Rennen gewonnen hatte.

Mein erstes, offizielles und persönliches Zusammentreffen mit Professor Dr. Dr. Dr. Leo Kaminski verlief, aus meiner Sicht zumindest, etwas bizarr.
Im Gegensatz zu mir, der ich ihn von gewissen riskanten Begegnungen her bereits kannte, hatte er mich bisher nicht zur Kenntnis genommen.
Er wirkte etwas abgeschlafft, frustriert und gestreßt, als er nun in großer Hast, einen Bücherstapel auf dem Arm, von seinem schon wieder falsch geparkten Wagen her zum Eingang der Bibliothek gelaufen kam.
Er drängte sich an den Wartenden, die sich diszipliniert und geduldig aufgereiht hatten, zielstrebig vorbei, murmelte eine Entschuldigung, die nach »Verzeihen Sie, bitte... Ich bin sehr in Eile... Ein Flug nach New York...« klingen konnte und landete, da niemand einen solchen Fall von internationaler Dringlichkeit sabotieren mochte, schließlich bei mir, der ich als erster vor dem verschlossenen Portal eingetroffen war, und stellte die höchst überflüssige Frage: »Noch zu?«
»Noch zu!«
Er atmete schwer und nahm wortlos zur Kenntnis, daß ich meinen ersten Platz nicht kampflos preisgeben würde.
So standen wir eine Weile schweigend, bis ich mich nicht länger zurückhalten konnte und ein kleines, harmloses Fragespiel begann, das nur böswillige Zeitgenossen als Verhör bezeichnen würden:
»Wann, sagten Sie, geht Ihr Flug nach New York?«
Leo Kaminski sah mich irritiert an, bevor er etwas kleinlaut zugeben mußte: »Nicht *mein* Flug...«
»Nein?«
»Nein!«

»Sondern?«
»Wieso?«
»Ich dachte... Sagten Sie nicht eben...«
»Richtig. Ich sagte das... Aber ich sagte nicht, daß *ich*... Vielmehr eine junge Dame... Stewardeß... Es ist ihr Job... Sie muß pünktlich sein...«
»Natürlich. Und sie sitzt jetzt dort drüben in Ihrem Wagen, ja?«
»In meinem Wagen. Ja.«
»Er steht im Halteverbot!«
»Ich sagte doch bereits: Ich bin in Eile.«
»Das kann teuer werden.«
»Ich kenne den Tarif, danke!« Er blickte sich um, dann auf seine Uhr.
Ich kam ihm zu Hilfe: »Noch dreißig Sekunden. Sofern das Personal pünktlich ist.«
»Es ist nicht pünktlich. War es noch nie. Ich bin hier regelmäßig und meist um diese Zeit.« Er zeigte den Stapel seiner Bücher vor: »Ich gebe lediglich diese zwölf Bücher hier zurück.«
»Ich nur dieses eine, einzige.« Es steckte in der Plastiktüte eines Supermarktes, und da er neugierig schien, nahm ich es heraus und zeigte es ihm.
Er las den Titel und schien etwas verblüfft: »*Der Schiffsmord?*«
»Der Schiffsmord!« bestätigte ich ihm. »Eine wissenschaftliche Analyse mit Fallbeispielen.« Und da er sich unter diesem doch wirklich eindeutigen Titel offenbar nichts Rechtes vorstellen konnte, erläuterte ich ihn: »Der Schiffsmord ist die absolut sicherste Methode, gewisse Zeitgenossen auf immer loszuwerden. Unauffällig, diskret und ohne dafür zu hängen.«
Er warf mir einen irritierten Blick zu und griff nach

dem Buch. Und während er darin blätterte, plauderte ich scheinbar harmlos weiter, senkte allerdings die Stimme und versuchte der Situation etwas Verschwörerisches zu verleihen: »Eine Gattin geht über Bord. Nachts um eins. Während eines Maskenballs anläßlich einer Luxuskreuzfahrt.«

Leo Kaminski blickte kurz und verwirrt auf, dann blätterte er weiter.

»Ein Rivale verunglückt bei einem Segeltörn und verschwindet still und für immer in den Fluten der Karibik. Nur die See ist jeweils Zeuge, die Nacht, der Neumond – und der Mörder!«

Wieder schenkte mir Leo Kaminski einen höchst seltsamen Blick.

»Um die Indizien zu beseitigen«, fuhr ich fort, »genügt jeweils ein einziger Hai! Von denen jagen Millionen durch die Ozeane dieser Welt!«

Der Blick, der mich nunmehr traf, bestand überwiegend aus blankem Entsetzen, worauf ich mich genötigt sah, einen klärenden Kommentar zu meiner Person abzugeben: »Ich bin Diplomkriminologe und schreibe zur Zeit an meiner Doktorarbeit zum Thema: *Der perfekte Mord in der Literatur von Euripides bis Edgar Wallace aus psychopathologischer Sicht des Opfers.*«

Leo Kaminski schien immer noch irritiert, daher fragte ich ihn: »Woran arbeiten Sie?« und deutete dabei auf die in die Bücher eingelegten Merk- und Notizzettel.

»Ach so, ja, die Zettel...« Er begann sie aus den Büchern einzeln herauszuziehen und steckte sie in seine Jackentaschen.

»Es wird ein Sachbuch«, bekannte er. »Eine eindringliche Warnung vor den Gefahren der Gen-Manipulation: Veränderung der Erbinformation und dadurch künstliche Veränderung vorhandener Lebensformen. Sie verstehen...?«

Ich verstand und nickte: »Natürlich!«

»Ich bin einschlägig vorbelastet«, bekannte Leo Kaminski nicht ohne einen gewissen Stolz. »Ich habe diese wissenschaftliche Disziplin mit erfunden.«

Er hätte sich jetzt vorstellen, seinen Namen, seinen akademischen Grad, seinen Titel nennen können. Das hätte meine künftigen Recherchen sehr erleichtert und mir viel Zeit erspart. Aber er tat es nicht.

Also unterließ ich es ebenfalls, mich namentlich vorzustellen und stieg ein wenig auf sein Thema ein: »An sich ja eine faszinierende Idee: Der Mensch greift in die Schöpfung ein, erschafft sich neue Wesen nach seinem Wunsch und Willen. Darin gleicht er Gott!«

»Leider nein!« widerspricht mir Kaminski. »Wir sind weder allwissend noch allmächtig, und uns fehlt jegliche Weisheit.«

Das Gespräch drohte in theologische Banalitäten abzugleiten. Aber Kaminski hob das Thema bereits auf eine andere, sachlichere Ebene: »Die Evolution hat das System vier Milliarden Jahre lang stets ausbalanciert. Wir machen unsere Fehler auf die Schnelle. Und dummerweise steckt der Teufel dabei im Detail und bläst unvermeidlich – irgendwann – scheinbar kleine Irrtümer und Nachlässigkeiten zu riesigen, irreparablen, weltweiten Katastrophen auf.«

Das klang überraschend vernünftig, besonders aus dem Mund eines Molekularbiologen, und war doch in diesem Augenblick, da der von ihm irrtümlich und nachlässig in Gang gesetzte große Countdown bereits lief, nicht nur grotesk, sondern im hohen Maße makaber.

»Ich habe meine Naivität verloren«, gestand Kaminski, »und ich argumentiere mit begründeter Skepsis. Dreihundertfünfzig von etwa vierhundert Seiten meines Protestbuches sind bereits geschrieben. Die Arbeit von anderthalb Jahren. Das Werk erscheint im April und wird, so hoffe ich wenigstens, einen Skandal entfesseln. Denn ich nenne auch die Namen von Kollegen, ihre Projekte, deren Risiken und Fehler und habe dabei nichts zu verlieren. Der Titel ist: ›Fluch und Segen der Molekularbiologie‹.«
»Hochinteressant! Meine Gratulation!« Mehr fiel mir dazu im Augenblick nicht ein.
Ich dachte an die aparte, junge Stewardeß an seiner Seite und an den kostbaren, alten Jaguar, und ich fragte mich, ob dieser Typ des so offensichtlich besessenen Wissenschaftlers mit diesen beiden hübschen Dingen, dem Klasseweib und dem Oldtimer, auch etwas Rechtes anzufangen wußte – oder auch nicht. So hat man als Laie eben seine Vorurteile und täuscht sich, wie sich bald herausstellen sollte, selbst als versierter Diplomkriminologe, der gewohnt ist, den Dingen auf den Grund zu gehen, bisweilen unendlich an der ach so bunten Wirklichkeit.
»Wenn Sie sich für diese Thematik interessieren…«, der mir zu diesem Zeitpunkt immer noch weitgehend unbekannte Professor Kaminski fand wieder zum Thema seines Lebens zurück: »Hier…!« Er suchte eines der Bücher aus dem Stapel heraus und reichte es mir.
Zukunftschancen und Risiken der Gen-Technologie las ich auf dem Umschlag.
»Der Autor, ein gewisser Edward Cook«, kommentierte Leo Kaminski, »selbst ein erfahrener Gen-Chir-

urg, beschreibt in diesem Buch zum Beispiel eine sensationelle Methode, die Veranlagung zu krimineller Energie im Erbgut bestimmter Menschen aufzuspüren und – nun ja – genchirurgisch zu eliminieren.«

Dann schränkte er ein: »Das geht zwar auf Kosten jeglicher Kreativität, jeglicher Motivation, aber immerhin…«

Er beobachtete mich prüfend, als er weitersprach: »Überlegen Sie gut, bevor Sie diesen Eingriff für segensreich halten. Diese Methode würde Sie und Ihre Kollegen als Kriminalisten in Zukunft arbeitslos machen.«

Ich mußte ihn korrigieren: »Diplomkriminologe! Ich bin Wissenschaftler, nicht Polizist. Auch wenn ich zur Zeit mein Praktikum in der Staatsanwaltschaft absolviere. Eigentlich wollte ich ja Kriminalschriftsteller werden, so wie Chandler, Hammett, Highsmith, Wallace und Agatha Christie und auch ebenso berühmt. Aber dann, nach einigen Jahren der Erfolglosigkeit, entdeckte ich, daß die Realität wesentlich aufregender ist als meine Phantasie.«

Nach diesem sehr persönlich vorgebrachten Geständnis betrachtete ich nochmals den Titel des mir so warm empfohlenen Exemplars und teilte Leo Kaminski mit: »Ich werde dieses Buch, wenn Sie es zurückgeliefert haben, sofort übernehmen.«

»Hoffentlich ist es nicht bereits vorbestellt.« Leo Kaminski sah wieder nervös auf seine Uhr. »Schon zweieinhalb Minuten über der Zeit…«

Aber da bewegten sich bereits, wie auf ein Stichwort hin, die beiden großen Flügel des Portals knarrend zur Seite, und ebenso diszipliniert, wie sie draußen gewartet hatten, strömten nun die Kunden der Bibliothek, mit den entliehenen Büchern in der Hand und in der

ordentlich-richtigen Reihenfolge, ins Innere des Gebäudes.
Allen voran schritten Leo Kaminski, dem ich den Vortritt gelassen hatte, und ich.

Wir blieben im Gespräch. Auf dem Gang durch die Halle der Bibliothek versuchte ich dem Professor, um unsere Konversation nicht so brutal abreißen zu lassen, die Vorzüge eines Schiffsmordes näherzubringen: »Das Fehlen eines Mörders, und daher auch das Fehlen von Indizien und eines Motivs, sind nicht die einzigen Vorteile bei der Verübung eines Schiffsmordes. Die finden Sie bei ordinären Morden hin und wieder auch. Das Besondere in diesem Fall ist die Abwesenheit des Resultats einer strafbaren Handlung, denn das angestrebte Endergebnis, in diesem Fall das Opfer, der oder die Tote, die Leiche als solches, bleibt in der Regel ja unauffindbar. Ohne Ergebnis ist ein Verbrechen nicht nachzuweisen. Was nutzen alle Gesetze ohne den Nachweis einer gesetzeswidrigen Tat?«
Der Professor hatte anscheinend interessiert zugehört und fand gewisse Parallelen: »In meiner Wissenschaft ist es umgekehrt – obwohl: auch da geht der Täter straffrei aus! Der Nachweis einer Schuld ist zwar – in der Regel – kein großes Problem. Biotechnische Katastrophen dürften weltweit Aufsehen erregen und der Übeltäter ist aufgrund seiner spezifischen Fachrichtung rasch ermittelt. Nur: dieser Beweis nutzt herzlich wenig. Ein Verbrechen ohne ein entsprechendes Gesetz bleibt ungesühnt!«

Wir waren am Rückgabe-Auslieferungsschalter angekommen, Leo Kaminski knallte seine zwölf Bücher auf den Tisch, und eine diskrete Staubwolke wirbelte hoch. Das allein fand ich nicht weiter bemerkenswert. Nur die Reaktion des Professors war ein wenig erstaunlich. Er beobachtete die Staubwolke mit hochgezogenen Brauen, betrachtete neugierig und sehr intensiv jedes einzelne Buch, roch daran, feuchtete die Spitze seines rechten Zeigefingers an, fuhr über Bücherrücken, Umschläge, aufgeblätterte Seiten – und leckte ihn vorsichtig prüfend ab. Von diesem Augenblick an schien er wie verändert, unruhig und zutiefst irritiert.

Ich versuchte ihn, da der Oberbibliothekar in seinem grauen Mantel uns stumm und abwartend ansah, mit höflicher Geste aus seiner Nachdenklichkeit zu wekken: »Bitte!«

Er sah mich einen Augenblick lang entgeistert an. Dann winkte er ab: »Nein, nein! Nach Ihnen! Ihren *Schiffsmord* übernehme ich ohnehin.«

»Und ich Ihre *Zukunfts... ängste...*« Mir war der Titel leider entfallen.

Der Professor verbesserte mich und schob mir das Buch hin. »*Zukunftschancen und Risiken*... von Edward Cook.«

Der Oberbibliothekar wurde langsam ungeduldig: »Also wer, bitte, und was zuerst?« fragte er. »Ihre Ausleihkarten, bitte, meine Herren. Das muß nämlich alles ordentlich in den Computer.«

Es gab Situationen wie diese, wo ich das Vorhandensein eines Computers als lästige Drohung zutiefst verabscheue. Auch in meinem Alter, ich bin Ende Zwanzig, läßt sich ein gewisses Maß an konservativen Gedankenklischees nicht immer vermeiden.

Aber was die Computer der Bibliothek im speziellen und die elektronische Datenverarbeitung insgesamt und im allgemeinen betraf: Ich sollte sie im Laufe meiner Ermittlungen in Sachen »Zuckerphänomen« noch zu schätzen wissen.

Der Abschied war überraschend förmlich, mit anderen Worten: kurz und kühl:
»Nett Sie zu treffen...«
»Ganz meinerseits...«
Seit Professor Kaminski seine Bücher, eingehüllt in die ihnen eigene Staubwolke, auf den Tisch des Rückgabe-Auslieferungsschalters gelegt hatte, schien es, als hätte eine eigenartige Form der Verwirrtheit sich seiner bemächtigt.
Immer wieder fuhr er sich mit der Zunge über die Lippen oder leckte prüfend und gedankenverloren seine Fingerspitzen ab.
Wissenschaftler, dachte ich mir, sind eben eigenartige Menschen und nicht immer von dieser Welt. Daß er in diesen Augenblicken und im vollen Bewußtsein der Situation der erste Zeuge des größten Desasters in der Geschichte der menschlichen Kultur geworden war, kam mir natürlich nicht in den Sinn.
Ich übernahm also wie verabredet die *Zukunftschancen und Risiken*... Und er ging rasch davon, den *Schiffsmord* in der Hand.
Und während ich wieder einmal die Kette und das Schloß von meinem Fahrrad löste, blickte ich ihm nach und machte mir so meine Gedanken. Allerdings

waren es, wie sich bald herausstellen sollte, die falschen...
Ein Polizist stand neben dem Jaguar, und Amanda nahm ihn erst zur Kenntnis, als er seinen Strafzettel hinter den Scheibenwischer klemmte. »Hallo!« sagte sie vorwurfsvoll. »Was soll denn das, bitte?«
Der Polizist erklärte es ihr: »Ein Ticket. Ein Strafzettel. Für verbotenes Parken. Es macht runde zwanzig Eierchen, wenn Sie gleich bezahlen.«
»Ich sitze doch nur hier und lese Zeitung!«
»Lesen Sie ruhig weiter«, schlug der Hüter des Gesetzes liebenswürdig vor. »Dazu ist ein Halteverbot schließlich da!«
In diesem Augenblick trat Leo Kaminski an seinen Wagen und griff, ohne zu zögern, in seine Tasche.
»Wieviel?« fragte er. Statt des Polizisten gab Amanda Auskunft: »Zwanzig. Wenn du sofort bezahlst.«
Der Professor war dazu bereit. Er legte den *Schiffsmord* auf den Rücksitz, wo Amanda auch schon ihre Zeitung abgelegt hatte, brachte das gerollte Bündel Banknoten zum Vorschein, zog einen der Scheine heraus – und erbleichte...
In pulvrig-kristallinen Schichten verlor das Papier seinen Glanz und vor allem seine Farbe, die nun unübersehbar und in Form bunten Puders an Leo Kaminskis Händen klebte. Und als er eine Probe mit der Zungenspitze machte, raubte ihm die zuckrige Süße fast den Verstand.
In diesem Augenblick brach die Unschuld des Universitätsprofessors Dr. Dr. Dr. Leo Kaminski, selbsternannter Warner vor den Gefahren seiner eigenen Wissenschaft, unter dem Tonnengewicht der Erkenntnis seiner Schuld jäh zusammen.

Seine Hände zitterten, als er dem Polizisten den Geldschein überreichte, der sich bereits im Zustand akuten Verfalls befand.
Sie zitterten, als er den Strafzettel unter dem Scheibenwischer hervorzog und ihn quittieren ließ.
Und seine Hände zitterten immer noch, als er in den Wagen stieg, den Motor dreimal vergeblich anzulassen versuchte und erst nach dem vierten, erfolgreichen Start verunsichert losfuhr.
Ich beobachtete ihn aus sicherer Entfernung. Aber diesmal war meine Vorsicht unbegründet und übertrieben. Seine Abfahrt gestaltete sich gemäßigt. Largo bis andante, würde ein Musiker sagen. Diszipliniert fädelte er sich in den rollenden Verkehr ein und entschwand langsam meinen Blicken.
»Aller guten Dinge sind drei!« spottete Amanda im Hinblick auf Leo Kaminskis Strafzettel-Investitionen. Und als ihr Professor-Darling nicht reagierte, fragte sie mit sanftem Zynismus: »Ist das jetzt auch wissenschaftlich-statistisch oder nur traurige Lebenserfahrung?«
Statt einer Antwort formulierte Leo Kaminski leise, fast flüsternd eine seiner aktuellen Einsichten: »Ich beginne meine Unruhe zu begreifen! Endlich wird mir bewußt, weshalb ich den ganzen Morgen so gehetzt und in panischer Eile war. Beängstigende Ereignisse kündigen sich an. Unvorstellbares! Bedrohliches!«
»Was ist denn? Leo?« Amanda nannte ihn tatsächlich einmal beim richtigen Namen!
»Eine Katastrophe!« orakelte Kaminski, und es klang drohend und düster. »Vermutlich geht es um Sekunden. Vielleicht ist es auch schon... zu spät!«
Er überkreuzte die Straße und hielt an einer Verkehrs-

insel mit Bushalteplatz und einem Wartehäuschen an.
»Nimm deinen Koffer, deine Tasche und den Flughafenbus. Er kommt garantiert hier vorbei. Nur frag mich bitte nicht wann.«
Amanda reagierte fassungslos: »Professor... Darling... Was ist los?«
Nichts war los. Nichts, was der Professor-Darling hätte erklären können. Daher blieb der Professor-Darling auch ganz ruhig, ganz souverän, stumm und scheinbar ganz beherrscht. Er stieg sogar aus, ein Kavalier alter Schule, und stellte Amandas Gepäck eigenhändig vor dem Wartehäuschen ab.
»Ich werde dich jetzt verlassen und fahre sofort zurück!«
»Zu Lydia?« mutmaßte Amanda.
»Zu Lydia. Logischerweise. In der irren Hoffnung, daß das Unheil noch zu stoppen ist.«
Er küßte sie, aber diesmal mehr väterlich. Und dann flüsterte er ihr zu, leise, fast verschwörerisch – und dabei war es nur ein gutgemeinter Rat: »Grüß mir New York. Und wasch dir die Hände. Verbrenn deine Kleider. Obwohl das jetzt auch nicht mehr viel hilft!«
Amanda reagierte verdutzt. »Und was tu ich jetzt die zweieinhalb Stunden bis zum Boarding der Crew?«
Leo Kaminski trat zwei Schritte zurück, griff in die Tasche, reichte ihr aus großer Entfernung das restliche Papiergeld, das bereits verdächtig zu stauben begann: »Kauf dir Eiscreme, Blumen und Kaffee und vielleicht sonst noch irgend etwas Liebes. Aber um Gottes willen keine Zeitschriften und kein Papier. Aber tu es bald, Amanda! Du hast nicht mehr viel Zeit dazu, mein Kind!«

»Professor... Darling...« Amanda kamen die Tränen. »Ist das jetzt ein Abschied fürs Leben?«
»Ich glaube nicht. Obwohl, man weiß nie, wie solche Katastrophen enden.«
Er wich vor Amanda noch weiter zurück und vermied so in allerletzter Sekunde eine allerletzte Umarmung.
»Nein! Keine Berührung mehr! Leb wohl mein Schatz! Und sei über nichts erstaunt!«
Sie versprach es.
Und er stieg wieder in seinen Jaguar.
»Leb wohl, Professor, Darling«, Amanda schmiegte sich trotz aller Warnungen dicht an den Wagen. »Es war richtig irre hübsch mit dir!« Aus ihrer Tasche kramte sie eine winzig kleine, rosarote Karte und warf sie Leo Kaminski zu: »Meine Adresse in New York. Schreib mir hin und wieder was Nettes! Ja?«
»Schreiben? Was Nettes? Auf Papier?« Leo Kaminski war in diesem Punkt inzwischen mehr als nur skeptisch.
»Oh, Amanda! Ich fürchte, es war vielleicht doch ein Abschied fürs Leben!«
Damit fuhr er los, und zwar in altbewährter Weise mit Kavalierstart, rauchenden, quietschenden Reifen und einer Beinahe-Kollision mit einem Radfahrer.
Der Radfahrer war ich.

Der große Countdown für das gedruckte Wort tickte nun auch in der Staatsbibliothek, und Leo Kaminski wußte es.
Und dieses Wissen verursachte bei ihm Magenschmer-

zen und eine nicht mehr abklingende Gänsehaut. Er zermarterte sich sein Gehirn und grübelte über Rettungsprogramme, wie das heraufziehende Unheil zu stoppen oder zumindest einzudämmen wäre. Aber er fand keine Lösung.

Auf dem Weg zur Universität, bisher ihm bestens vertraut, verfuhr er sich dreimal, landete in Sackgassen, in Einbahnstraßen, bis er es aufgab, nach sinnlosen Abkürzungen zu suchen. Er vermied jede Konfrontation mit der Polizei. Seine Erfahrungen hatten sich bereits zu einer Art Aberglauben verdichtet, und er wählte, um sicher zu gehen, die neueröffnete Ring-Schnellstraße um das Zentrum der Stadt.

Dort geriet er in den größten Stau des heutigen Tages. Bauarbeiter mit riesigen, gelben Maschinen waren damit beschäftigt, die neue Fahrbahndecke wieder aufzureißen und abzutragen, und der Verkehr staute sich auf allen drei Spuren.

Mit einer Vollbremsung in letzter Sekunde brachte Leo Kaminski den Jaguar zum Stehen. Sein Kopf dröhnte vor Ungeduld, hilfesuchend sah er sich nach einem Ausweg um, aber es gab keinen Ausweg, nur Barrikaden, Baumaschinen, Kiesberge und eine endlose Fahrzeugschlange.

Also faßte Leo Kaminski, um sich abzulenken und ohne sich umzusehen, zu der hinter ihm liegenden Zeitung. Nur: Er fand sie nicht mehr.

Und als er sich umwandte, erlebte er einen weiteren Schock: Auf der hinteren Sitzbank lag, vom Fahrtwind verweht und in porös-brüchige Fetzen und grauweißes Pulver zerfallen, die *Morning-Post.* Und darunter mit deutlich angefressenem, zuckrig schimmerndem Umschlag: *Der Schiffsmord.*

Wieder zitterten seine Hände, als er das Buch ergriff, und was er nun erlebte, war mit dem Verstand nur schwer zu erfassen: Langsam aber stetig rieselte aus dem Umschlag gräulich-weißer Zuckerstaub. Die Ränder der Seiten hatten längst aufgehört zu existieren. Nur noch die innersten Teile des Buches bestanden aus kompaktem Papier.
Dieser magische, bizarre Zerfall faszinierte den Professor. Irgendeine morbide Ader in seinem komplexen Wesen wurde dadurch angeregt. Der stetige, rieselnde Strom der durch Druckerschwärze verunreinigten Zuckerkristalle, die im Sonnenlicht aufglänzten, über seine Hände liefen und auf seinem Schoß winzige Häufchen bildeten, hatte eine nicht zu unterschätzende, hypnotisierende Wirkung.
Die brutalen Geräusche der gewaltigen Baumaschinen drangen nur noch gedämpft in sein Bewußtsein, ebenso das Hupkonzert der hinter ihm aufgestauten Fahrzeugschlange. Denn der Stau vor ihm hatte sich längst aufgelöst, ein Umstand, den Leo Kaminski jedoch nicht weiter zur Kenntnis nahm.
Er war ja bereits mit einer erstaunlichen Erkenntnis völlig anderer Art hinreichend beschäftigt.
Die Besatzung eines Streifenwagens hatte ihr Fahrzeug verlassen. Die beiden Beamten kamen über zwei dicht befahrene Bahnen auf diesen verkehrsbehindernden Jaguar zu, dessen Fahrer abwesend wie in Trance auf ein ziemlich zerlesen wirkendes Buch in seinen Händen starrte.
»Haben Sie eine Panne, Sir?«
Mit dieser Frage wurde Leo Kaminski aus einem Alptraum gerissen. »Bitte?«
»Benötigen Sie Hilfe, Sir?«

Die freundlich vorgebrachte Frage setzte bei Leo Kaminski Panik frei. Er entschied sich, ohne groß nachzudenken, ohne die Situation weiter zu analysieren, zur Flucht. Total verwirrt startete er den ohnehin bereits laufenden Motor mehrere Male, bis ihn das grauenvoll knirschende Geräusch seines Wagens wieder einigermaßen zur Vernunft brachte.
Leider ist der Begriff der *Vernunft* nicht eindeutig definiert und unterliegt subjektiven Kriterien. Denn aus der Sicht von Leo Kaminski war es ja durchaus vernünftig, die Vertreter der Staatsmacht zu warnen: »Kommen Sie nicht näher!« raunte er ihnen zu. »Fassen Sie nichts an! Die Mikroben sind übertragbar! Eine Seuche!«
Als er jedoch in die verständnislosen Gesichter der Ordnungshüter blickte, begriff er, daß außer ihm – vernünftigerweise – niemand etwas begreifen konnte.
Die Polizisten, für solche Grenzfälle notdürftig psychologisch gedrillt, blieben verbindlich: »Sie blockieren den Verkehr, Sir. Ich muß Sie bitten, sofort...«
Leo Kaminski hatte längst schon seine letzten Nerven verloren. »Ich zahle nichts mehr!« schrie er barsch. »Ich besitze keinen Penny mehr in Papiergeld! Ich habe dreimal bereitwillig mein Geld geopfert. Jetzt ist es weg! Fort! Dahin! Eine Zeitung zerfällt. Bargeld zersetzt sich. Ein Buch löst sich auf. Sehen Sie... hier!« Er zeigte es vor und schüttelte den süßen Staub aus den Seiten. »Zucker!« rief er und schlug auf den Rücksitz, wo die *Morning-Post* nur noch eine grauweiße Wolke produzierte. »Zucker, Zucker, alles Zucker...!!!«
Man muß Verständnis dafür aufbringen, daß die beiden Polizisten mit dieser Situation überfordert waren. Noch hielten sie sich zurück, obwohl Leo Kaminski

höchst provozierend erneut seine Warnung verkündete: »Bringen Sie sich und alles Papier in Sicherheit! Das wäre jetzt ihre erste Pflicht als Diener des Staates und als Hüter der bestehenden Ordnung. Treten Sie zurück! Ich werde jetzt losfahren, um das Schlimmste zu verhüten. Sofern es überhaupt noch etwas zu verhüten gibt!«
»Wovon reden Sie, Sir!« Bewundernswert dieses Beispiel an Beherrschung, das britische Polizisten manchmal bieten!
Aber Leo Kaminski bewunderte nicht, er pöbelte weiter: »Ich bin nicht bereit, Ihnen gegenüber irgendwelche Erklärungen abzugeben!« Wieder versuchte er, den bereits laufenden Motor zu starten. Wiederum war das Ergebnis frustrierend.
Das war der Augenblick, wo die beiden Polizisten sich aufgerufen fühlten, entsprechend ihrer Dienstvorschrift zu reagieren: Einer zog den Zündschlüssel ab, der andere gab die unmißverständlich vorgebrachte Anweisung: »Bitte, Sir, steigen Sie aus und kommen Sie mit!«
Leo Kaminski ignorierte eine offiziell gemachte Anordnung und kam von diesem Augenblick an mit dem Gesetz in Konflikt.
»Ich werde jetzt losfahren, mit oder ohne Schlüssel, mit oder ohne Ihre Zustimmung, und Sie werden mich nicht daran hindern!«
Mit Nachdruck schlug er die Wagentür wieder zu, die einer der beiden Polizisten bereits geöffnet hatte.
»Sir, Sie erlauben, daß wir Ihren Blutalkoholspiegel testen. Dazu sind wir berechtigt und verpflichtet. Wir werden Sie jetzt zwingen, auszusteigen und zu unserem Streifenwagen zu kommen.«

Die Aufforderung klang unmißverständlich. Trotzdem kämpfte Leo Kaminski, das ständig weiter zerfallende Buch in der Hand, auf einsamem Posten um verlorene Rechte und um seine geschlossene, geöffnete und wieder geschlossene Wagentür.

Neugierige waren aus ihren Fahrzeugen gestiegen und umstanden sensationslüstern den Jaguar in der Erwartung größerer Skandale.

Leo Kaminski war bereit und entschlossen, diese zu liefern: »Das ist Nötigung und Freiheitsberaubung«, rief er entrüstet. »Ohne meinen Anwalt weigere ich mich entschieden, irgend etwas zu tun oder zu lassen, und werde mich auch jedem Test widersetzen!«

»Sir! Hiermit zwingen Sie uns, Gewalt anzuwenden!«

Diese Formel aus dem Mund eines ansonsten friedfertigen britischen Polizisten ist eindeutig und jedermann bekannt und beinhaltet das allerletzte Ultimatum vor der endgültig losbrechenden Offensive.

Leo Kaminski reagierte spontan mit Einsicht, Entsetzen und mit hocherhobenen Armen als Zeichen seiner bedingungslosen Kapitulation.

Das ging der Ordnungsmacht eine Spur zu weit: »Nehmen Sie die Arme herunter, Sir!«

»Sie haben mir Gewalt angedroht!« schrie Kaminski mit schriller Stimme. »Ich gebe hiermit jeden Widerstand auf und beuge mich Ihren Anordnungen!«

Leo Kaminskis Wille war gebrochen. Mit weiterhin hocherhobenen Händen ließ er sich von den beiden Polizisten zu deren Streifenwagen eskortieren, blies dort, entsprechend spezieller Anweisungen, durch das Röhrchen, bis der Ballon sich blähte, während die Schlange hinter seinem Fahrzeug wuchs und wuchs

und das Ergebnis des Tests selbst für die Polizisten ernüchternd war.
»Sie haben also keinen Alkohol getrunken, Sir?«
»Ich hatte nicht einmal ein Frühstück!« beklagte sich Kaminski.
»Nehmen Sie irgendwelche Drogen, Sir? Oder Medikamente?«
»Nein. Aber ein Beruhigungsmittel wäre jetzt angenehm.« Es gab kein Beruhigungsmittel, es gab nur ein Protokoll, das unterschrieben werden mußte. Leo Kaminski kam auch dieser Anweisung nach, gab allerdings diesem Papier keine allzulange Überlebenschance.
»Tut mir leid, meine Herren. Aber Sie zwingen mich dazu…« Er fuhr mit der Handfläche leicht, fast liebevoll über das Formular. »In etwa sechzig Minuten, möglicherweise auch schon wesentlich früher… Aber das werden Sie ja selbst bemerken…«
Er behielt sein Geheimnis von nun an für sich. Und auch mir gegenüber leugnete er später beharrlich.
Als man ihn zurück zu seinem Jaguar brachte, beschränkte er seinen Kommentar auf die zwei Sätze: »Offenbar kann man den Lauf der Dinge nicht aufhalten! Selbst, wenn er mitten in eine grauenvolle Katastrophe führt.«

Vergessen wir für einen Augenblick Professor Kaminski, der, angefüllt mit bösen Ahnungen, bizarren Befürchtungen, aber leider auch bar jeglicher Hoffnung, auf dem Weg zum King's College war, in dessen Park sich sein Labor für Biotechnologie befand.

Wie Ihnen, verehrter Leser dieses bitteren Berichts über eine süße Katastrophe, sicher schon aufgefallen sein dürfte, wurde der Name unserer kleinen Universitätsstadt, die im Süden Großbritanniens liegt, bisher in keiner Zeile erwähnt. Sie werden auch in Zukunft auf diese Information verzichten müssen, und ich versichere Ihnen: Das hat gute Gründe.

Im Augenblick, da ich diesen Bericht verfasse, ist die Urheberin der umstrittenen Papiermikroben, Frau Dr. Lydia Kaminski-Smith, unauffindbar verschollen und möglicherweise das Opfer eines perfekten Schiffsmordes geworden.

Ihr Gatte, der *Oskar-Flobell*-Preisträger Dr. Dr. Dr. Leo Kaminski, unzweifelhaft der Mann, durch den das »Zucker-Phänomen« ausgelöst wurde, hat sich, wie schon eingangs erwähnt, in der Kuppel der grandiosen King's-College-Hall im Anschluß an seine Preisverleihung das Leben genommen, das heißt, er hat sich an der dünnen Messingkette der Lüftungsklappe sehr professionell erhängt.

Bleibt noch Amanda Primavera, seine und später auch meine Geliebte, der eine Mitschuld an der Katastrophe allerdings nicht nachgewiesen werden konnte. Sie hat nach Leo Kaminskis Beerdigung, die als ein einsamer Höhepunkt im diesjährigen Universitätsleben unserer kleinen Stadt in die Geschichte einging, ein ebenso umfassendes wie entlastendes Geständnis abgelegt.

Alle drei Personen scheiden demnach für eine Verurteilung aus, wenn das »Zucker-Papier-Phänomen« dereinst als infames Verbrechen an der menschlichen Kultur – und nicht nur als peinlicher Unfall der Wissenschaft – diskutiert werden sollte. Zwar lechzen dic Medien nach einem Tribunal. Die Öffentlichkeit sucht

ein Opfer für ihre Lynchjustiz. Aber unsere kleine, ehrwürdige Stadt, die eine der ältesten Universitäten des Landes beherbergt und die durch das »Phänomen« schon genügend gelitten hat, kann und darf nicht der Sündenbock für dieses weltweite Desaster werden, nur weil kein anderer mehr zu greifen ist.
Sie hat einen guten Ruf zu verlieren!
Obwohl: Insidern dürfte es nicht weiter schwerfallen, den Ort der Handlung zu identifizieren. Dies ist dann allerdings nicht mehr mein Problem, da ich mich als Chronist zur Diskretion verpflichtet habe.

Nach drei kurzen Aufenthalten – in einem Blumenladen, in einem Coffee-Shop für eine Tasse Kakao und in einem Pub für Schichtarbeiter – betrat Dr. Dr. Dr. Kaminski, durch drei Glas Sekt ermutigt, gegen zehn Uhr den Campus der Universität. Mit einem Strauß roter Rosen in der Hand und einem strategisch ausgeklügelten Plan im Kopf lief er etwas verloren durch den ferien-entvölkerten Park zwischen den pseudogotischen Backsteingebäuden der theologischen Fakultät und dem Sportseminar. Eine Gruppe von Studenten und Studentinnen übte unter Leitung eines greisen Chinesen die stumme Kunst des Tai-Chi in meditativer Konzentration. Mit abgezirkelten, ausgewogenen Bewegungen und großem Ernst praktizierten sie tausend Jahre altes Zeitlupen-Ballett.
Vor einem flachen Bauwerk, das mehr einem napoleonischen Fort als einem wissenschaftlichen Labor zu gleichen schien, parkte unter uralten Bäumen ein

gelber, zerbeulter Mini-Cooper mitten auf dem Rasen. Es war Lydias Wagen.
Leo Kaminski warf einen Blick hinein, registrierte ein Chaos von Blusen und Pullovern, leeren Milchtüten, etlichen Büchern, jede Menge loser Seiten eines Manuskripts und einen halbverzehrten Hamburger auf dem Beifahrersitz, auf dessen Kunststoffpolster grellrotes Tomatenketchup tropfte.
Angeekelt wandte Leo Kaminski sich ab und betrat, nachdem er die schwere Eichentür mit einem Sicherheitsschlüssel aufgeschlossen hatte und sicher war, nicht beobachtet zu werden, das Labor. Dabei wäre aufgefallen, daß er die Klinke nicht mit der Hand berührte, sondern in alter Chirurgenmanier mit dem Ellenbogen aufgedrückt hatte.
Im Korridor herrschte totale Finsternis, nirgendwo brannte ein Licht, aber für Leo Kaminski war das kein Problem. Mit geradezu nachtwandlerischer Sicherheit hatte er sich rasch bis zum Ende des schmalen Ganges, der mit überflüssigem technischen Gerät vollgestellt war, hindurchgetastet, wo unter einem Türspalt ein bläulichkalter Lichtschimmer hindurchsickerte.
Diese Tür, die zum eigentlichen *Labor für Biogenetische Forschung,* zum Allerheiligsten gewissermaßen, führte, war unverschlossen und nur angelehnt, dafür aber aus Stahl. Allerdings: Jenseits davon war der Zugang durch eine Schleuse aus mehreren dicken, transparenten, raumhohen Plastikvorhängen für uneingeweihte Besucher versperrt. Der Unterdruck im Labor, der vermeiden sollte, daß Keime oder Bakterien ins Freie gelangten, saugte pfeifend Luft durch die Spalten der Schleuse und veranstaltete so ein mannigfaltiges Seufzen in diversen Tonlagen und -stärken.

Lydia steckte in einem unförmig aufgepumpten Plastikoverall und arbeitete mit Schutzbrille, Gummihandschuhen, Leinenkappe und sterilem Mundschutz. Etwas hektisch hantierte sie hinter glänzenden Metallregalen an Reagenzgläsern und flachen Schälchen mit irgendwelchen Bakterienkulturen, die sie in ihrem Gaschromatiographen testete. Aber noch bevor sich Leo Kaminski bei Lydia bemerkbar machen konnte, wurde er von Bonnie gewittert und freudig verbellt. Bonnie war Lydias weißer Pudel und letzten Endes in Leo verliebt. Und dieser Hund hatte vermutlich als einziger der Welt Zugang zu einem sterilen, biotechnologischen Labor. Dort trug Bonnie in der Regel Plastikschuhe an den Pfoten und steckte in einem Futteral aus türkisfarbenem Operationskittelstoff.
Bellend und jaulend sprang der Pudel vom Labortisch, zerbrach bei dieser Gelegenheit etliche Bakterienkulturen, was sich als unheilvoll erweisen sollte, und hüpfte wie ein Ball an den Folien der Schleuse hoch, ohne jedoch Leo Kaminski persönlich zu fassen zu kriegen.
Lydia war alarmiert. Sie wandte sich dem Eingang zu und reagierte erstaunt auf Leo Kaminski, erstaunter noch auf den Strauß roter Rosen in seiner Hand.
»Leo...!«
»Lydia?«
»Was für eine Überraschung!«
»Die Überraschung heute morgen war ganz auf meiner Seite!«
»Wie schön!« Lydia strahlte. Triumph ist immer angenehm und macht gute Gefühle. »Aber bleib, wo du bist«, riet sie Leo Kaminski. »Ich arbeite bereits an der nächsten Überraschung! Im sterilen Unterdruck!«

Theoretisch gesehen war sie mit dieser Warnung, die durch den Mundschutz gesprochen ein wenig hohl und unheimlich klang, durchaus im Recht. Andererseits hatten es ihr die roten Rosen in Leos Hand angetan, teils der Blüten, teils der noblen Geste wegen.
Sie nahm Brille und Mundschutz ab und kam lächelnd näher. »Oh, Blumen! Sind die für mich?«
»Für dich, Lydia!« Leo Kaminski lächelte ebenso zukkersüß durch die dicke Plastikfolie zurück. »Ich konnte der Versuchung nicht widerstehen, meinen Glückwunsch auch noch persönlich... Mein Telegramm hast du erhalten, ja?«
»Habe ich erhalten, o ja. Und ich war gerührt! So wie jetzt wieder!«
Triumph macht nicht nur gute Gefühle, sondern auch leichtsinnig: »Komm herein! Aber sei vorsichtig!« Das war nun ein weiterer großer Fehler in ihrer sich gerade jetzt so erfolgreich entwickelnden wissenschaftlichen Karriere: Sie öffnete die Schleuse und ließ Leo Kaminski herein.
Dann griff sie mit ihren sterilen Gummihandschuhen als erstes nach dem Strauß.
»Vorsicht, Lydia!« warnte Leo Kaminski. »Die sind aus Papier! Ich hoffe, du verzeihst!«
Lydia überhörte den kleinen, intimen Scherz. Der Tag hatte für sie einfach zu gut begonnen: »Ich verzeihe! Heute verzeihe ich dir alles!«
»Darauf komme ich zurück!« sagte er hintergründig.
»Ich bitte darum!« Sie lachte ein naives Teenagerlachen, das ihr trotz ihrer vierzig-plus Jahre überraschend gut gelang.
»Trotzdem, Leo, dreizehn Stück... Ich hoffe, du hast dich wegen mir nicht ruininiert.«

»Ich habe, wie üblich, mit Kreditkarte bezahlt. Mein Bargeld kam mir abhanden...«

»Unstandesgemäß verjuxt«, mutmaßte sie, »mit Sekt und mit Weibern!« Sie glaubte ihn zu kennen. Aber sie täuschte sich, sonst hätte der nächste Satz sie irritieren müssen: »Du bist ganz allein?« Sicherheitshalber blickte Leo Kaminski sich um.

»Ganz allein, ja! Bis auf den Hund. Semesterferien! Alle sind ausgeflogen. Man kann dann in Ruhe... Und ich liebe das.« Aber dann kamen ihr doch gewisse Bedenken: »Warum fragst du?«

»Ich wollte dich eigentlich bitten, dein Labor zu verlassen und zu mir... verzeihung: zu uns...!« Er lächelte verführerisch, und er kannte die Wirkung.

»Die Einladung zu einer kleinen, intimen Feier...« erklärte er charmant. »Nur wir beide...!«

Die Wirkung potenzierte sich. Besonders, da er hinzufügte: »Dieser besondere Tag, dein Geniestreich... Das muß doch begossen werden...!«

Triumph macht nicht nur durstig, sondern, wie es schien, auch sonst ganz munter. Und selbstbewußt: »Und du hast nie an mich geglaubt!«

Lydias Vorwurf traf Leo mitten ins Herz: »Ich bereue das bereits!«

»Also gut! Gehen wir!« Lydia ließ die Luft zischend aus ihrem Overall entweichen und schrumpfte auf pyknisches Mittelmaß. Die Haarkappe fiel und gab leuchtend rote Naturlocken frei. Der Hund wurde von seinem Schutzanzug befreit, Lichter wurden gelöscht, Geräte abgeschaltet.

Lydia griff nach ihrem roten Papierblumenstrauß und ging hocherhobenen Hauptes voraus durch die Schleuse.

Leo Kaminski folgte mit dem Hund unter dem Arm und einem eigenartig entschlossenen Blick, den Lydia, zu ihrem Leidwesen, nicht bemerkt zu haben schien. Triumph machte zu allem Überfluß auch noch blind!

Als Lydia und Leo Kaminski das Laborgebäude gemeinsam verließen, kam ihnen das vor wie in alten, längstvergangenen Tagen. Aber keiner von beiden war bereit, sich selbst oder gar dem anderen diese sentimentale Empfindung einzugestehen.
Im Gegenteil: Während Lydia die Tür sorgsam versperrte, sah Leo Kaminski sich suchend um, als vermute er irgendwo und überall versteckte und geheime Zeugen. Aber der Park der Universität wirkte immer noch leer und wie ausgestorben, und auch der alte Chinese hatte sich samt seiner Schüler nach erfolgreich absolvierten Tai-Chi-Exerzitien davongemacht.
»Mein Jaguar steht außerhalb des Campus«, rief Leo Kaminski der Gattin zu, die Hund und Rosen bereits in dem kleinen Mini-Cooper verstaute. »Es sind nur ein paar Schritte, die frische Luft wird dir gut tun, und wir können unterwegs miteinander plaudern.«
»Plaudern?« Lydia nahm Anstoß an diesem altmodischen Wort. »Gib doch zu, du Playboy: Mein kleiner Mini ist dir nicht fein genug!«
Also scheuchte sie den Hund aus dem Wagen, nahm die Rosen wieder vom Beifahrersitz und schlug die Tür zu, ohne abzuschließen.
Leo Kaminski beobachtete das alles aus einer gewissen Entfernung. »Dein kleiner Mini ist mir einfach zu voll-

gepackt, zu sehr angefüllt mit möglicherweise wichtigem Papier.« Zwischen den Zeilen seiner Entschuldigung lauerte so etwas wie ein Test. Aber das Stichwort *Papier* setzte im Augenblick noch keinerlei Panik bei Lydia frei.

Leo Kaminski wählte einen schmalen Trampelpfad durch die Büsche. Lydia folgte ihm maulend und wunderte sich: »Wo führst du mich hin?«

»Eine Abkürzung! Der Wagen steht hinter der Zoologie.« Und dann versuchte er Lydia auf subtile Weise auszufragen: »Wie schaffst du es eigentlich«, wollte er wissen, »deine fleißigen Mikroben sicher einzusperren? Hast du nicht Angst, daß sie irgendwann ausbrechen, um irgendwo Unheil zu stiften?«

»Die Zellulose-Killer?« Lydia lachte, und es klang außerordentlich souverän: »Du fragst mich das im Ernst?«

»Ich frage dich das im Ernst, denn infizierbares Papier gibt es überall in Hülle und Fülle! Wie bremst du den Freßtrieb? Wie stellst du ihn ab?«

»Überhaupt nicht! Der ist nicht zu bremsen, nicht abzustellen!«

»Aha! Sehr mutig!« Professor Kaminski sah seine Befürchtungen bestätigt.

»Keine Sorge, Herr Kollege!« Lydia war nicht nur souverän, sie war anmaßend und überheblich: »Strengste Quarantäne, wie üblich. Sterile Umgebung. Größtmögliche Sicherheitsvorkehrungen! Das gehört, meine ich, in unserem Job doch längst zur Routine!«

Aber dann, schon nach wenigen Schritten, blieb sie stehen und blickte Leo mißtrauisch an. »Wieso fragst du mich das? Hältst du mich für leichtsinnig?«

»Verehrteste Lydia... Wie könnte ich?« Leo bemühte

sich um einen beschwichtigenden Ton. »Wir haben doch bereits jahrelang und fast ohne jede Panne zusammen gearbeitet...«
»Und du traust mir immer noch nicht!« unterbrach sie ihn, und dieser Vorwurf klang eigentlich sehr bitter. Anschließend stellte sie die Frage, die sie seit Tagen und seit Wochen zutiefst beschäftigte: »Was macht dein *Oskar-Flobell-Preis?*«
»Noch habe ich ihn nicht!«
»Ich weiß! Es heißt aber, er sei dir so gut wie sicher!«
»Das Komitee tagt irgendwann, das ist richtig. Ich verspreche dir: Ich gebe dir sofort Bescheid!«
Dann allerdings konnte er es nicht unterlassen, über sich und den Preis, die höchste Auszeichnung immerhin, die auf dem Gebiet der Mikrobiologie und Genetik vergeben wird, laut nachzudenken: »Verwunderlich ist es schon, daß man nach mehr als fünfzehn, nach fast zwanzig Jahren endlich auf meine Erfolge von damals aufmerksam wird. Auf meine Jugendsünden, gewissermaßen.«
»Die Welt hat den Wert der Biotechnologie eben erst jetzt voll begriffen. Und du warst ein Pionier!«
Professor Kaminski reagierte keineswegs geschmeichelt, wie das von Lydia eigentlich beabsichtigt war: »Die Welt, wie du es nennst«, stellte er richtig, »das ist die Industrie, die unsere Entdeckungen skrupellos und höchst profitabel vermarktet. Dabei wird es sich unter gewissen unglücklichen Umständen kaum vermeiden lassen«, räumte Leo Kaminski äußerst skeptisch ein, »daß diese Welt eines Tages und aus gutem Grund ihre positive Meinung über unsere Wissenschaft auch wieder radikal ändern wird.« Und als Lydia ihn verwundert anblickte, ergänzte er noch: »Zum Beispiel schon in den nächsten vierundzwanzig Stunden! Wer weiß...«

Das wäre nun eine gute Gelegenheit für Lydia gewesen, sich spontan nach dem Wieso und Warum zu erkundigen. Denn Leos hintergründige Andeutungen klangen erstaunlich konkret. Aber da Lydia sich aus Leos Meinung seit Jahren schon nicht allzuviel machte, ließ sie die Chance verstreichen und beschränkte sich auf eine höchst banale, vorwurfsvolle Frage: »Erkläre mir jetzt bitte, weshalb wir durchs Unterholz kriechen mußten, um hierher zu kommen!« Sie versuchte die Situation dadurch anschaulicher zu machen, daß sie maßlos übertrieb.

»Ich wollte vermeiden«, gestand Leo ihr freimütig, »daß man uns beide zusammen sieht.«

Da wurde sie hellhörig, trotz Leos verschmitztem Lächeln. Zehn Prozent Ernst lauerten in jeder seiner scherzhaften Bemerkungen. Grund genug, verärgert oder zumindest auf der Hut zu sein: »Leo?« fragte sie ihn mit inquisitorischem Unterton. »Was hast du vor?«

Er antwortete nicht sofort. Und als er sich bequemte, schließlich doch eine harmlose Erklärung abzugeben, war es fast schon zu spät, um glaubwürdig zu sein: »Man könnte sonst irrtümlicherweise zu der Annahme kommen, wir hätten uns versöhnt...!«

Lydia lächelte reserviert zurück. Ihr Humor hielt sich in Grenzen, zumindest gegenüber dem Gatten und Rivalen, außerdem wurde sie eine gewisse Irritation nicht los: Irgend etwas lag in der Luft, das ihr nicht behagte. Leo war eine Spur zu galant, eine Spur zu beschwingt. Seine Vorliebe für Champagner eingerechnet hielt sie, da es schließlich ihr Triumphtag war und nicht der seine, diese so demonstrativ zur Schau getragene heitere Gelöstheit schlichtweg für verlogen.

»Wo fährst du eigentlich hin?« Ein gewisses Mißtrauen in ihrer Frage war nicht zu überhören.
»Nach Hause... Wohin sonst...?«
»Doch nicht hier!« Nach fast zwanzig Jahren wäre ihr selbst mit verbundenen Augen eine Abweichung von der vertrauten, einstmals täglichen Rennstrecke des Ehepaares Kaminski aufgefallen.
»Ein kleiner, durchaus sinnvoller Umweg«, gab er zu.
»Aha!« Sie fand das alles etwas verwunderlich. »Erst eine Abkürzung durch die Büsche! Dann ein Umweg um den ganzen See!« Neben ihr öffnete sich das Bild einer sommerlichen Ferienidylle: Hunderte von Segelbooten, eine Armada geblähter, bunter Spinnaker, kreuzte vor der Stadt und stimmten Lydia friedlich. So harrte sie also, Hund und Rosen auf dem Schoß, ebenso geduldig wie leicht beunruhigt auf eine drohende, offenbar unvermeidliche Überraschung.
»Was sollen wir hier?« fragte sie, als Leo Kaminski endlich hielt. Er parkte seinen offenen Jaguar genau an der gleichen Stelle in der verkehrsfreien Fußgängerzone vor dem Hauptpostamt, die ihn vor etwa drei Stunden noch teuer zu stehen kam.
»Ich möchte einen Scheck einlösen«, behauptete er. »Ich brauche dringend Bargeld. Aber unsere Bank dort drüben ist leider zu. Geschlossen. Mitten am Tag. Und zwei schwarze Sheriffs bewachen den Eingang.«
Sie glaubte ihm kein Wort, was Schecks und Bargeld betraf. Aber das mit den Sheriffs stimmte offenbar. Die standen breitbeinig und sehr abweisend-dienstlich vor dem geschlossenen Eingang, und ratlose Kunden hatten sich diskutierend davor versammelt.
»Ein Überfall?«
»Ein Unfall!«

Und da Leos karge Auskunft kommentarlos keinen Sinn ergab, fügte er noch ebenso verschlüsselt hinzu: »Eine Art unerklärliches Ereignis...«
Dann zeigte Professor Kaminski in die andere Richtung: »Auch die Bank gegenüber ist zu. Und auch die weiter unten am Platz.«
Er lehnte sich weit vor, um das Schauspiel der geschlossenen Banken zu genießen. Und er registrierte, wie diese unvermeidlich um sich greifende Katastrophe ihm ganz eigenartige und sicher als verboten einzustufende Lustgefühle vermittelte.
Und da ihm diese Empfindung peinlich war, rettete er sich in geschwätzige Informationen: »Diese drei Banken werden auch morgen geschlossen sein. So wie alle anderen Banken auch, in dieser Stadt, in diesem Land. Ebenso – vermutlich – übermorgen. Und überübermorgen! Oder sogar für längere, nicht absehbare Zeit! Denn Geld wechselt rasend schnell seinen Besitzer, geht mit geradezu irrwitziger Geschwindigkeit von Hand zu Hand. Und wenn es plötzlich verschwindet, sich auflöst und weg ist wie ein böser Spuk, dann ist natürlich der Teufel los! Das läßt sich eine Gesellschaft, die so gewaltig auf Geld fixiert ist wie die unsere, doch nicht einfach gefallen. Besonders dann nicht, wenn es keine Erklärung und absolut kein Gegenmittel, keine Rettung gibt.«
Er schaute sich in Ruhe um, und Lydia folgte immer noch verständnislos seinem Blick.
»Warum erzählst du mir das alles?« fragte sie gereizt.
»Ich will dir nur erklären, warum hier kein Parkwächter mehr zu sehen ist und keine Verkehrspolizei. Anstatt von mir den üblichen Strafzettel zu kassieren, forschen diese armen, geprellten Leute nun intensiv nach

ihren verlorengegangenen Morgeneinnahmen. Ich könnte es ihnen erklären!«

»Ich verstehe nichts!« behauptete Lydia wahrheitsgemäß. »Nichts! Nichts! Nichts!«

»Niemand versteht es!« räumte Professor Kaminski überzeugend ein. »Niemand! Außer mir!«

Er begann das besondere, ihm zwar peinliche Lustgefühl bei der sich anbahnenden Katastrophe plötzlich zu begreifen. Es war die absolute Einmaligkeit seiner Existenz, die ihn in dieser Stunde und angesichts der von ihm ausgelösten Ereignisse gegenüber einer dummen, unwissenden Menschheit auszeichnete.

Der Wissende triumphierte über die Unwissenden: Ein archaisches Gefühl von Stärke und Besitz. Und Professor Dr. Dr. Dr. Leo Kaminski gestand sich schamvoll ein, einen absolut miesen Charakter zu haben.

Als verantwortungsvoller Bürger und Verursacher war er aufgerufen, das Unheil zu stoppen, zumindest alles zu tun, um es in Grenzen zu halten. Statt dessen genoß er es heimlich, wie ein Brandstifter den von ihm eigenhändig entfesselten Buschbrand, wenn auch mit wesentlich schlechterem Gewissen. Denn ob bei der Nachlässigkeit im Umgang mit Lydias Erfindung nicht unbewußt eine gewisse Absicht vorlag, müßte ein Tiefenpsychologe erst noch herausfinden.

Leo Kaminski beschloß, bei Gelegenheit intensiv darüber nachzudenken. Im Augenblick machte er einige faszinierende Entdeckungen, die sich einer Indizienkette gleich zu einem Thriller verdichteten.

Zwei weiße Lieferwagen mit der Aufschrift *Sunday Times* waren dort geparkt, wo vor kurzem noch der Zeitungsjunge seine Morgenausgabe verkaufte. Jetzt standen ratlos Passanten um ihn herum, um ihn zu trö-

sten, und ein Straßenkehrer fegte weißes Pulver in einen Gully.
»Siehst du den Zeitungsjungen dort?« fragte Leo Kaminski und setzte damit seine Folge vager Andeutungen gegenüber Lydia fort. »Wie soll der arme, kleine Junge jetzt erklären, daß er das Opfer einer gigantischen, unbegreiflichen Katastrophe geworden ist. Das Opfer Nummer zwei, um ganz genau zu sein. Das allererste Opfer, die Nummer eins, das war eine Postbeamtin am Telegrafenschalter. Darum ist die Hauptpost zugesperrt. Und das Chaos hinter den Gittertüren wird jetzt von der Polizei bewacht.« Die stand tatsächlich in dichter Reihe vor dem Hauptportal, das Gewehr griffbereit neben sich.
»Bist du nur hierher gefahren, um mir diese verwirrenden Nebensächlichkeiten vorzuführen?« wollte Lydia wissen. Ihre Laune hatte sich von Minute zu Minute verschlechtert.
»Erst die Abkürzung, ja. Dann der Umweg!« erklärte Leo überaus liebenswürdig. »Und was im Augenblick noch wie eine belanglose Nebensächlichkeit aussieht, kann in kürzester Zeit bereits die Welt ganz gewaltig verändern!«
»Bist du so liebenswürdig, mir zu erklären, was du damit meinst?«
»Nein!« sagte Leo sehr bestimmt: »Ich könnte, ja... Ich bin überhaupt der einzige, der es könnte. Wenn ich wollte. Aber ich will nicht. Noch nicht! Also nein!« Er startete wieder den Wagen. »Fahren wir noch einen weiteren, kleinen Umweg«, schlug er vor. »Und dann wirklich nach Hause!«
Sanft und ruhig und ohne den üblichen Kavalierstart verließ Leo Kaminski mit Gattin und Jaguar, mit roten

Papierrosen und Pudel, diesen Ort des dramatischen Geschehens, das sich allerdings mehr im Verborgenen abspielte.

Nicht so in der Königlichen Staatsbibliothek: Dort verkündete am Portal ein improvisiert hergestelltes, handgemaltes, weitgehend unleserliches Pappschild, seinerseits bereits im Zustand des Verfalls, daß die Bibliothek bis auf weiteres geschlossen bleibe.

Kunden mit Büchern unter dem Arm warteten auf der weitausladenden Treppe bereits ratlos und vergebens.

»Schade!« Leo zuckte die Schultern, als sei er überrascht und enttäuscht. Dabei hatte er nichts anderes erwartet, nichts anderes befürchtet. »Ebenfalls geschlossen! Wir haben heute Pech auf der ganzen Linie. Ich wollte mir dringend ein Buch...!«

In diesem Augenblick hatte Lydia beschlossen, daß es ihr jetzt reichte: »Hör auf mit dem Unsinn!« rief sie. »Du lügst doch! Was soll dieses Theater? Das sind doch alles Mätzchen! Sag endlich, was du willst, was du vorhast, aber laß diese Umwege und Andeutungen und dieses grauenvoll verlogene Lächeln! Sag endlich, daß du mich haßt!«

»Aber Lydia! Ich hasse dich doch nicht!« Wie er das so sagte, klang es entsetzlich überzeugend und ehrlich. »Du hast Recht: Ich wollte kein Buch, ich wollte Gewißheit. Die habe ich jetzt. Also kein Umweg mehr: Jetzt gibt es den versprochenen Champagner!«

Die Art des Blicks, mit dem Lydia Leo bedachte, war so, als ob sie ihn wie einen leicht Verwirrten betrachtete: mit Unverständnis, jedoch auch mit unendlicher Nachsicht!

Der Champagner war zu warm. Wer ist schon, was gekühlte Vorräte betrifft, auf eine Amanda Primavera und auf eine Katastrophe samt Lydia gleichermaßen vorbereitet?
Das leicht angegraute Ehepaar stand im ersten Stock des alten Hauses auf diesem windschiefen, knarrenden Balkon. Lydia hielt sich an Hund und Rosen fest, und Leo ließ den Champagner in die Gläser perlen.
»Auf dich, Lydia!« Mit einer geradezu verblüffenden freundschaftlich-kollegialen Geste stieß Leo auf die erfolgreiche Gattin an. »Auf dich…«, wiederholte er, »…und auf deine geniale Erfindung!«
Während Lydia das halbe Glas in einem kräftigen Zug leerte, um anschließend tief und genußvoll seufzend Luft zu holen, gab Leo Kaminski nach einem kurzen, kleinen Schluck einen Kommentar zur Situation, der in Lydias Ohren keineswegs so zynisch klang, wie er gemeint war: »Dies ist ein Tag«, begann Leo Kaminski überzeugend seine Laudatio, »den die Menschheit auch in einhundert Generationen nicht vergessen wird! Nein, wirklich! Lydia! Ich schmeichle nicht!« Er wischte ihre nicht weiter ernstzunehmende Geste der Bescheidenheit mit einer Handbewegung großzügig zur Seite. »Du wirst – unbekannterweise, hoffentlich – in die Geschichte unserer Kultur eingehen, Lydia. Denn heute fand – und findet noch zur Stunde, so nehme ich wenigstens an – das einschneidendste Ereignis seit Erfindung der Buchdruckerkunst statt.«
Lydia war sichtlich gerührt: »Ich bitte dich! Unsinn! Leo! Laß das!« Sie lachte verschämt und geriet zusehends in ihre altbewährte Jungmädchenmasche.

»Das, heute, das war erst ein ganz bescheidener Anfang!«
»Anfang?« Leo fiel das Glas fast aus der Hand bei dieser Ankündigung weiteren genialen Unheils. »Oh, mein Gott, Lydia!«
»Ich habe noch Dutzende von genetisch bemerkenswerten Kombinationen in Arbeit«, drohte sie, um gleich wieder einzuschränken: »Keine Angst, ich verrate nichts! Du bist schließlich meine älteste und mißgünstigste Konkurrenz.«
Diese Einschätzung einer außerordentlichen ehelichen Beziehung war zwar, wie bei Lydia üblich, maßlos übertrieben, entbehrte jedoch nicht einer gewissen realistischen Sicht.
Daher verstieg sich Leo Kaminski zu einem Bekenntnis: »Vorbei, Lydia!« versicherte er ihr. »Passé und vorüber. Bitte, vergiß es und verzeih! Ich habe dich noch nie beneidet. Am wenigsten heute! Ehrlich! Das mußt du mir glauben!«
Er legte die rechte Hand auf sein Herz und hob die linke samt Sektglas zum Schwur.
Sie glaubte ihm! Aber Lydia hatte beschlossen, sich von Leo unter keinen Umständen, auch nicht unter den reizvollsten – mit denen sie fest rechnete – austricksen zu lassen.
»Trotzdem, Leo…!« Sie schüttelte den Kopf und lächelte eisig. »Du erfährst nichts von mir! Nichts! Keine Details! Nur soviel: In den Brutschränken meines Labors entwickeln sich nagelneue Mikrobenstämme mit unglaublichen Eigenschaften! Mehr kann ich dir nicht sagen! Mit mir erlebt dieser Planet ein absolut neues Spektrum der Schöpfung!«
Leo verneigte sich leicht vor ihr und goß ihr Champa-

gner nach, denn sie hatte im Überschwang ihrer Bedeutsamkeit ihr Glas geleert.
»Ich bewundere deine Bescheidenheit, Lydia!« bekannte er mit einer gewissen Hochachtung in der Stimme. »Ich werde das Gefühl nicht los, aus dir spricht der Schöpfer selbst – an einem von ihm zusätzlich eingelegten Schöpfungstag.«
Lydia wuchs sichtlich über sich hinaus, in die Höhe wie auch in die Breite. Ihre Brust, ohnehin von markantem Volumen, schwoll an vor Stolz und vor nunmehr auch von einer Fachautorität bestätigten Gewichtigkeit.
»Andererseits«, schränkte Leo Kaminski ein, »du scheinst das Kaliber deiner letzten Erfindung zu unterschätzen. Denn deine Zellulose-Killer, wie du sie bescheiden nennst, eröffnen unserer Zivilisation eine neue, ungeahnte Dimension...«
Lydia fragte auch diesmal nicht »wieso und warum und im Hinblick auf was...« Und auch diesmal war ihre Unterlassung ein schwerer Fehler.
Leo machte in der weitgehend geleerten Flasche noch einen Rest an Champagner aus: »Noch einen Schluck?« fragte er. Und Lydia hielt ihm bereitwillig ihr Glas hin. »Wenn du ausgetrunken hast«, schlug er vor, »gehen wir hinein.«
Lydia lächelte ihn merkwürdig an, so merkwürdig, wie schon lange nicht mehr, und es kamen ihm dabei ganz bestimmte Erinnerungen.
»Warum nicht schon jetzt?« fragte sie, und es klang in seinen Ohren sehr verführerisch.
»Ja! Warum nicht...!« Er nahm sie bei der Hand, was nicht ganz einfach war, denn sie schleppte, fest gegen ihre Brust gedrückt, Hund und Blumenstrauß mit sich herum und hielt in der anderen das halbvolle Glas.

Dann zog sie nach links – und er nach rechts...
Und als sie ihn höchst verwundert anblickte, da sie doch sicher war, richtig verstanden zu haben, erklärte er mit all seinem Charme:
»Nein, Lydia: nicht ins Schlafzimmer! Noch nicht! Es ist etwas zu früh für eine Versöhnung!« Er nahm ihr den Hund ab. »Laß dir vorher zur Aufmunterung noch etwas zeigen, was dich beeindrucken wird: Etwas Gewaltiges! Noch nie Dagewesenes! Bei mir, in meinem Arbeitsraum...«
Sanft schob er sie, zog er sie, in die angedeutete Richtung.
»Ich bin selbst sehr gespannt«, verriet er ihr, »wie sich gewisse Dinge in den letzten drei Stunden entwickelt haben. Es wird möglicherweise für uns beide eine große Überraschung sein... Komm!«
Sie kam. Sie folgte ihm willig, und der Hund folgte wiederum ihr. Und zwischendurch nippte sie, als sie alle zusammen über den Balkon wanderten, an ihrem Sektglas, und sie ahnte, daß eine angedrohte Überraschung nun dicht vor ihrer Enthüllung stand.
Aber diese Vorstellung hatte für sie nichts Erschrekkendes. Sie hatte sich nichts vorzuwerfen. Sie war einfach nur erfolgreich und genial. Und diesmal war ihr der große Wurf gelungen. Und sie begann sich in bunten Farben und mit ebenso bunten Gefühlen genüßlich auszumalen, wie Leo ihren Geniestreich nun festlich zelebrieren würde.
Als sie jedoch, vom Balkon her kommend, in Leo Kaminskis Arbeitszimmer trat, beschlich sie schlagartig eine ungute Ahnung, daß nämlich dieser Tag nicht unbedingt zwangsläufig eine rein erfreuliche Wendung nehmen würde.

Das ehemals überreichlich mit Papier angefüllte Arbeitszimmer von Leo Kaminski hatte sich in ein weiß überzuckertes Chaos verwandelt.
Noch lag alles fein säuberlich an seinem angestammten Platz: Manuskripte, Bücher, Notizen. Nur die Konsistenz dieser Dinge hatte sich total verändert. Sie war nun weiß-zuckrig, leicht glitzrig-kristallin. Und zwar ausnahmslos!
Leo, der immerhin einiges in dieser Richtung erwartet hatte, hielt sich, das gefüllte Sektglas in der Hand, am Türrahmen fest und war erschüttert.
Und Lydia begann Zusammenhänge zu ahnen und war dankbar, vor diesem Schock reichlich mit Champagner abgefüllt worden zu sein. Sie wußte nicht, wie sie nüchtern hätte reagieren können. Sie ließ den Hund zu Boden und den Rosenstrauß sinken und sah sich um.
Und sie hörte von weit, weit weg Leos Stimme: »Es ist alles viel schlimmer, als ich befürchtet hatte!«
Und nach einer eindrucksvoll-schweigsamen Pause, die Lydia Gelegenheit gab, sich die Ursache dieser Verwandlung samt gewisser Konsequenzen auszurechnen, fuhr er schließlich fort: »So etwa sieht es jetzt in der Hauptpost aus, ...in etlichen, wenn nicht in allen Banken dieser Stadt, ...in der Strafzettel-Inkasso-Abteilung der Polizei ...und in der Königlichen Staatsbibliothek!«
In diesem Augenblick fielen leergefressene Bücherrükken unter gleichzeitiger Aussendung einer mikrobenverseuchten Staubzuckerwolke aus dem obersten Fach des Regals und auf den Boden, wo sich schon allerlei Literaturmüll mit weißem Pulver vermischt in Form kleiner Hügel angesammelt hatte.

Lydia zuckte zusammen. Eine angstvolle Beklemmung bemächtigte sich ihrer. Sie hob den Pudel wieder vom Boden auf und krallte ihre Fingernägel in dessen Fell, bis er aufjaulte und um sich biß. Daraufhin ließ sie ihn wieder fallen. Mitten hinein in den Zucker aus Dostojewskis gesammelten Werken, die, vermutlich wegen des Alters ihres Papiers, den Rekord an raschem und vollständigem Zerfall zu halten schienen.
Das leere Glas hatte sie abgestellt. Nun hielt sie sich ein Taschentuch vor den Mund, denn sie spürte den süßlichen Staubgeschmack bereits auf ihren Lippen.
Nur äußerlich behielt Leo Kaminski seine Nerven.
»Meine Gratulation, Lydia!« Und dann mutmaßte er:
»In jeder Sekunde breitet sich die Seuche weiter aus, Bücher und Geldscheine, Schulhefte und Zeitungen, Strafzettel, Bilder, Dokumente, Postkarten, Geschäfts- wie auch Pfandbriefe, Parlamentsprotokolle und Finanzamtsakten, alles zerfällt. Unaufhaltsam! Heute in unserer schönen, kleinen, ehrwürdigen Stadt. Morgen bereits überall. Weltweit! War *das* der Erfolg, von dem du geträumt hast, Lydia? War *das* deine Absicht, bei der Züchtung deiner winzigen, fleißigen Papier-Killer-Mikroben?«
Der erste Schock schien abzuklingen und Lydia fand wieder Worte. Zumindest eines. Sie sagte vorwurfsvoll:
»Leo...!«
Aber dann entwickelte sich ihre Beredsamkeit wieder in alter Frische und Qualität: »Ich arbeite, wie du weißt, stets mit der größtmöglichen Sorgfalt und mit der in unserem Beruf nötigen peinlich-präzisen Vorsicht!«
Sie holte kurz Luft, dann versuchte sie, zu ihrer Verteidigung, Argumente aufzulisten: »*Ich* habe dieses

Chaos *nicht* in die Welt gebracht! *Ich nicht!* In meinem Labor sind sämtliche Mikroorganismen, die ich entwikkelt habe, unter absolut sicherem Verschluß. Bei mir gibt es keine undichte Stelle! Keinen Unfall! Keine Nachlässigkeit! Da hat keine einzige Mikrobe eine Chance, lebend zu entkommen und Unheil zu stiften!«

Leo versuchte diese Behauptung erfolgreich zu widerlegen und rief zu diesem Zweck Lydia etwas Wichtiges in Erinnerung: »Der Brief, Lydia! Der Brief an mich: *Sie funktionieren, wie Du siehst!* Der eingeschriebene Eilbrief, heute morgen um sechs!«

»Ich habe ihn im Vakuum eingesiegelt und das Kuvert von außen sterilisiert!« Das entsprach vermutlich sogar den Tatsachen. »Alles andere«, warf sie Leo vor, »war dein Problem!«

Sie hatte das schwarzglänzende Plastikkuvert im Zukkerchaos des Schreibtisches entdeckt und unbeschädigt herausgefischt. Wie eine Trophäe hielt sie es hoch.

»Nein, mein Lieber«, verkündete sie und erhob ihre Stimme: »Du hängst mir nichts an! *Du nicht!* Du hast mich jahrelang genervt mit deiner Besserwisserei, mit deiner sogenannten Gewissenhaftigkeit! Du hast mich dressiert – und ich habe meine Lektion gelernt! Jetzt, wo ich besser bin, trifft mich kein Vorwurf mehr!«

»Du bist besser«, stellte Leo richtig, »weil ich aufgegeben habe! Ich habe resigniert! Wegen kritischer Einsicht! Und ich habe dich gewarnt!«

»Du weist mir trotzdem nichts nach!« zischte Lydia ihm zu.

»Dein Triumph hat dich blind gemacht!« stellte Leo kategorisch fest. »Du wolltest mir um jeden Preis deinen Erfolg, dein sogenanntes Bessersein nicht einfach nur mitteilen – nein! Du wolltest mir das alles *beweisen!*«

»Ja«, rief Lydia, »und zwar schwarz auf weiß! Und zum Anfassen! Damit du mir endlich glaubst! Und du bist mit diesem Beweis fahrlässig umgegangen!«

»Du hättest mich warnen müssen!«

»Eine versiegelte, licht- und luftdicht verschweißte schwarze Plastikhülle ist Warnung genug! Oder hast du einen Liebesbrief von mir erwartet?«

»Einen Brief voller Liebe und Haß und Triumph...«

Leo Kaminski lachte, und Lydia fühlte sich dadurch provoziert.

»Du hältst dich wohl für ein Genie, Professor Dr. Dr. Dr. Leo Kaminski! Dreiundzwanzig Jahre warst du mir gegenüber arrogant und fachlich achsohimmelweit überlegen! Und jetzt hast du auf jede nur erdenkliche Weise jämmerlich versagt!«

Sie hob den Pudel wieder vom Boden auf, und eine Staubwolke wirbelte hoch.

»Und da es außer sinnlosen Schuldzuweisungen nichts mehr zu besprechen gibt, werde ich jetzt gehen! Ruf mir ein Taxi!«

»Du bleibst!« Professor Kaminski wurde autoritär: »Es ist unsere Pflicht, jetzt gemeinsam nachzudenken, wie diese Katastrophe noch zu stoppen ist.«

Lydia blieb, da sie ganz offensichtlich gebraucht wurde. In dem angesprochenen Punkt war sie jedoch skeptisch: »Wenn die Dinge so liegen, wie du behauptest, gibt es keinerlei Chancen!«

»Das Chaos muß zumindest eingedämmt werden. Und zwar sofort. Und begrenzt auf... auf...«

»Auf unsere kleine Stadt«, ergänzte sie hilfreich. »Sie muß lediglich von der übrigen Außenwelt hermetisch abgeriegelt werden. Strengste Quarantäne. Wenigstens für ein paar Wochen!«

Nun war es an Leo Kaminski, skeptisch zu sein: »Bis eine Regierung den Fall tatsächlich zur Kenntnis nimmt, ihn ausführlich diskutiert, um schließlich eine – hoffentlich – sinnvolle Entscheidung zu treffen…,

…bis die Öffentlichkeit hinreichend informiert ist, ohne daß die Gefahr einer Panik entsteht…,

…bis Katastrophenpläne erarbeitet und schließlich auch ausgeführt werden…

…haben bereits Hunderte von Flugzeugen und Zigtausende von anderen Fahrzeugen ungewarnt diese Stadt verlassen.«

Und dann stellte er die Frage aller Fragen in diesem Wissenschaftszweig: »Wie schnell vermehren sich deine Mikroben?«

»Jede einzelne teilt sich im Durchschnitt alle sechs Minuten.«

»Verdoppelt sich also zehnmal pro Stunde!« Er bemühte seinen Taschenrechner: »In sechzig Minuten werden also aus jeder einzelnen Mikrobe tausendvierundzwanzig! Und in vierundzwanzig Stunden… Oh…!« Sein Taschenrechner war sehr rasch am Ende seiner Kapazität.

Aber Lydia kam ihm zuvor. Schließlich hatte sie alle Daten längst durchgerechnet: »Achtkommadreiviersieben mal zehn hoch einundsiebzig!«

»Respekt, Madame!« Leo Kaminski war beeindruckt: »Eine Zahl mit einundsiebzig Stellen!«

»Eine acht mit einundsiebzig Nullen«, verbesserte Lydia. »Um diese Menge an Mikroben satt zu füttern, braucht man drei Milliarden Tonnen Papier pro Stunde.«

»Bravo! Du hast also alles exakt berechnet!«
»So ist es, mein Lieber!«
»Nur: Soviel Papier gibt es nicht auf unserem Planeten!«
»Ich weiß. Die meisten werden also hungern! Wie alle, die sich zu rasch und zu stark vermehren! Ich habe sie schließlich auf Fruchtbarkeit gezüchtet!« Sie sagte es voller Stolz.
»Dann weißt du natürlich auch, wie sie zu töten sind. Im Ernstfall. Wie diese unendliche Sintflut dieser mikroskopisch kleinen, ausgehungerten Organismen eingedämmt werden kann!«
»Da sie von mir auch für den Einsatz auf schwelenden Müllhalden gezüchtet worden sind, sterben sie erst bei zweihundertundsechzig Grad.«
»Bei dieser Temperatur ist alles Papier längst verbrannt!«
»Du siehst wieder einmal: Was ich anfasse, mache ich richtig!«
Leo verzieht schmerzhaft sein Gesicht: »Ich erinnere mich, ja!« Dann bohrte er weiter: »Und wie sind deine kleinen Lieblinge sonst noch zu vernichten? Chemisch?« »An diesem Problem arbeite ich gerade!« gab Lydia in aller Bescheidenheit zu.
»Das ist klug von dir, und das beruhigt mich ungemein!« Leos Sarkasmus war nicht zu überhören.
Aber Lydia ignorierte ihn als alten Bekannten, und sie war schlicht und einfach abgestumpft.
»Die Versuchsreihe läuft«, teilte sie mit, »in einigen Wochen weiß ich mehr. Ich habe lediglich festgestellt: Sie sind bewundernswert robust und chemisch weitgehend resistent, und sie haben in der Natur keine natürlichen Feinde!«

»Phantastisch!« Leo wischte den Zuckerstaub von seinem Schreibtischsessel und ließ sich erschöpft in den Sitz fallen: »Ich habe es geahnt«, murmelte er, »ich habe es vorausgesehen!«

»Was hast du vorausgesehen?« fragte Lydia.
Leo Kaminski kannte ihn seit über zwanzig Jahren: diesen vorwurfsvollen, anklagend-leidenden, aggressiven Ton in der Stimme des ihm vor nahezu undenklichen Zeiten angetrauten Weibes. Kein privates Gespräch, kein fachlicher Disput, keine sachliche Diskussion ohne diesen unsachlichen, herausfordernden Klang in der Stimme seiner Partnerin, mit der er jahrelang Tisch und Bett und Labor zu teilen hatte.
Was, also, hatte er vorausgesehen? Daß die Welt eines Tages dank dieser genialen Gattin und mit seiner fahrlässigen Hilfe im Zuckerstaub ersticken würde?
Er deutete auf den Tisch, auf das so sauber, so rein wie Schnee, so glitzrig-kristallin schimmernde Chaos: *Fluch und Segen der Molekularbiologie!* Mein neues Buch. Eine einzige, eindringliche Warnung. Hier liegt das Manuskript. Das heißt: hier *lag* es! Es war das Original! Dreihundertfünfzig nahezu druckreife Seiten. Die Arbeit von mehr als anderthalb Jahren! Zerfallen zu Staub und zu Zucker.«
Er fuhr mit dem Zeigefinger vorsichtig in die dicke, pulverige Schicht, in der Hoffnung, wenigstens noch Spuren seines Werkes ertasten zu können. Vergeblich. Die Umwandlung hatte vollständig und zu einhundert Prozent stattgefunden. Er fand nur noch Büroklammern,

einen Radiergummi und zwei kurzgeschriebene Bleistiftreste, das Handwerkszeug der letzten Feinkorrektur.
»Ich hätte die fertigen Seiten rechtzeitig fotokopieren sollen!« Aber dann erkannte er den Unsinn dieses Vorwurfs: »Quatsch! Deine Mikroben hätten auch die Kopie gefressen.«
»Mikroverfilmen«, riet Lydia, sachlich und ohne eine Spur von Mitleid oder Pietät. »Speichern auf den Disketten eines Computers.«
»Danke für deinen mitfühlenden, guten Rat!« Leo Kaminski verneigte sich leicht, um damit die Ironie in seinen Worten zu unterstreichen. »Aber das Werk ist ohnehin Makulatur!« Ein freimütiges Bekenntnis, sich selbst gegenüber, wie auch gegenüber Lydia. »Veraltet, verstaubt! Seit heute morgen. Denn die Realität hat meine Theorie gerade überholt.«
Lydia reagierte erbarmungslos: »Jeder Prophet muß irgendwann damit rechnen, daß seine Prophezeiung auch tatsächlich eintrifft!«
»Dieser Umstand erfüllt den Verkünder schlechter Nachrichten allerdings nicht nur mit Schrecken...«, Professor Kaminski legte, bevor er diesen Satz beendete, eine nachdenkliche Pause ein, »...sondern auch mit einer gewissen, perversen Genugtuung: *Ich hatte recht!* Eine dieser möglichen, vorausgeahnten, vorausberechneten Katastrophen – der Ausbruch gefährlicher Mikro-Organismen aus unserem Alptraumzoo biotechnischen Fortschritts – ist tatsächlich eingetroffen. Das ist doch auch eine Art Triumph!«
»Er sei dir vergönnt!«
Es war dieser abschließende Satz einer Konversation, der Leo Kaminski in seiner bösen Absicht bestärkte,

ein vage durchdachtes und eindeutig kriminelles Vorhaben auch tatsächlich auszuführen. Statt eines letzten Wortes, das auch nur und wiederum Lydia zu einem allerletzten inspiriert hätte, machte er einen anscheinend unverfänglichen Vorschlag: »Ich hole uns noch eine zweite Flasche Champagner, wenn du erlaubst.« Damit stand er auf und wischte sich an seinem Jackett die weiß bepuderten Hände ab.

»Ich erlaube!« Lydia war gnädig gestimmt: »Und vergiß nicht für den Hund eine Schüssel mit Wasser!«

Leo nickte und sah auf den Pudel, der sich in einem Zuckerhügel vor dem Bücherregal genüßlich wälzte.

Kaum hatte jedoch Professor Kaminski diesen Raum der absoluten Zerstörung verlassen, als von Lydia die mühsam zur Schau getragene Souveränität und Beherrschung abfiel wie eine Maske. Erschüttert und erschöpft ließ sie sich auf den soeben erst frei gewordenen, weiß verstaubten Schreibtischsessel fallen. Dann wanderte ihr Blick nervös über dieses Schlachtfeld, wo ihre Mikroben dem geschriebenen und gedruckten Wort eine absolute Niederlage bereitet hatten.

Als hinter ihr mit schmatzendem, rauschendem, rieselndem Geräusch leergefressene, zucker-puder-gefüllte Bücherrücken, ihres Inhalts und ihrer Stütze beraubt, in sich zusammensackten, aus dem Regal glitten und staubaufwirbelnd zu Boden fielen, zuckte sie zusammen wie elektrisiert und war am Ende ihrer Selbstbeherrschung.

»Nein!« schrie sie und sprang auf. »Nein! Nein! Nein! Es reicht! Es ist genug!« Sie rang nach Luft. Einer ihrer berühmt-gefürchteten Asthmaanfälle war leider nicht mehr zu vermeiden. Sie floh aus der Tür und prallte dabei auf Leo.

»Nanu! Wohin?« Er brachte den versprochenen Sekt und hinderte Lydia handgreiflich an ihrer Flucht.
»Laß mich los!« schrie sie, so gut und so laut sie es noch konnte: »Ich bin unschuldig! Ich habe nichts damit zu tun!« Mit dem Papierblumenstrauß schlug sie blindwütend um sich.
»Lydia! Bitte! Beruhige dich!« Leo hatte den Sekt abgestellt, packte sie an der Schulter und übte passive Gegenwehr. »Komm zu dir! Lydia!«
Lydia kam keineswegs zu sich, rang weiter nach Luft und schlug gleichzeitig mit den bereits zerfallenden Papierrosen weiter auf Leo ein.
Es waren rein therapeutische Gründe, die Leo bewogen, Lydia zwei kräftige und gutgezielte Ohrfeigen zu verpassen, die ihn ungemein erleichterten und Lydia zur Besinnung brachten.
»Tut mir leid!« behauptete er und registrierte gleichzeitig und mit Erstaunen einen durchschlagenden Erfolg.
Zusammen mit der hysterisch-panischen Reaktion klang Lydias Asthmaanfall spontan ab. Widerspruchslos ließ sie sich zurück auf den Schreibtischstuhl drängen.
Stumm und erwartungsvoll nahm sie zur Kenntnis, wie Leo die Champagnerflasche öffnete und ihr langsam das weiß-verstaubte Glas bis zum Rand vollgoß. Sie nickte ihm mit leidender Miene dankbar zu, trank und stellte überrascht einen leicht süßlichen Geschmack fest, der nicht vom Champagner herrühren konnte.
Während er sich selbst eingoß, begann er ganz ruhig, ganz beherrscht zu dozieren: »Was ist schon Großes, Gewaltiges passiert?« fragte er. »Zweitausend Jahre abendländische Kultur, das auf Papier geschriebene,

gedruckte Wort zerfällt zu Staub! Na und! Papier als Zahlungsmittel hat endlich ausgedient. Es wurde Zeit. Plastikgeld ersetzt Papierwährung. Dreißig Jahre nach Erfindung der Kreditkarte. Keinen Tag früher als erwartet und keinen Tag zu spät.«
Er trank ihr zu, bevor er weiter eine leicht geschönte Bilanz der Katastrophe zog: »Wir sollten das Unheil, das deine Mikroben über diese Welt gebracht haben, auch ruhig einmal positiv sehen: Millionen Tonnen an überflüssigen Akten, an Steuerbescheiden, Gerichtsurteilen, Parlamentsprotokollen, an unbezahlten Rechnungen und anderen Forderungen – alles dahin! Auf eine ebenso staubige wie *süße* Weise. Ich gebe zu: Es ist grotesk. Aber der notwendige Neubeginn für unsere Zivilisation nach Vernichtung allen Papiers ist eine Herausforderung und eine Chance zugleich. Das Zeitalter der elektronischen Kommunikation und Information hat heute, endlich, endgültig, konkurrenzlos und unangefochten begonnen. Es gibt kein Zurück mehr! *Dein* Verdienst, Lydia. Zum Wohl!«
Er erhob sein Glas und sie das ihre. Sie tranken sich beide zu, und Lydia hustete hinterher.
»*Dein* Verdienst... und *deine* Schuld!« wiederholte er und fuhr fort. »Trotzdem bist du *unschuldig* vor dem Gesetz, weil es für diesen unvorstellbaren Fall einer unerwarteten Heimsuchung einfach noch keines gibt! Niemand kann dich anklagen. Oder verurteilen. Oder richten! Niemand – außer mir!«
Und da sie ihn verständnislos anblickte, erläuterte er seine Theorie: »Kein Staatsanwalt, kein Schwurgericht, kein Diplomkriminologe kann dir etwas anhaben. Höchstens *ich*! Weil ich dich gewarnt habe, Lydia! Rechtzeitig, wiederholt und seit Jahren!«

Er kam um den ganzen Schreibtisch herum, ließ den Blick über das Chaos wandern, über sein zerfallenes Manuskript, sein warnendes Werk, griff nach ihrem leeren Glas und goß ihr nach.
»Um Schlimmstes und noch Schlimmeres zu verhindern«, verriet er ihr mit gedämpfter Stimme und ganz im Vertrauen, »hätte ich dich – bei deinem Ehrgeiz, Lydia – rechtzeitig aus dem Verkehr ziehen müssen.« Und da sie ihn immer noch fragend ansah, verdeutlichte er seine böse Absicht: »Eliminieren, verstehst du! Ganz einfach: *töten*!«
Er beugte sich zu ihr und lächelte sie an. Und wie unter Zwang lächelte sie zurück. »Jaja, ich weiß, was du jetzt denkst. Und du hast recht«, fuhr er fort. »Dazu fehlte mir, bisher zumindest, immer der Mut!«
Er stieß mit ihr an. Die Gläser klangen ein wenig schrill, wie sie fand. Sie tranken sie beide aus. In einem Zug. Und da bemerkte sie es endlich: Die roten Rosen hatten sich bizarr verändert. Der Papierblumenstrauß war ein Opfer des »Phänomens« geworden und hatte ganz unvermittelt das letzte Stadium des Zerfalls überschritten. Rosenrot hatten sich Lydias Hände gefärbt. Rosenroter Zuckerpuder war mit den Händen in ihr Gesicht gelangt, ein wenig clownesk, zusammen mit den von Natur aus bereits roten Haaren.
»Sieh nur, Leo«, sagte sie und zeigte ihm vorwurfsvoll die Indizien des Verfalls: »Die schönen Blumen!«
Das war also der einzige und winzige Punkt in einer gewaltigen Katastrophe, wo Lydia Kaminski-Smith persönlich Emotionen zeigte, wo ihr das tragische Ergebnis ihres Tuns wirklich zu Herzen ging. Vorsichtig berührte sie eine der Blüten, und eine kleine, glitzernde Wolke rosenroter Kristalle rieselte sichtbar zu Boden.

»Ich sagte doch«, entschuldigte sich Leo Kaminski, »sie sind aus Papier!«
Der Zerfall dieses mutmaßlichen Liebespfandes in ihrer Hand brachte sie wieder in die Realität zurück.
»Gut!« stellte sie lakonisch fest, und die altbekannte Überheblichkeit war bereits aus diesem einen, kurzen Wort herauszuhören. »Es ist geschehen!« Sie stellte ihr leeres Glas mitten in den Zucker. »Es war nicht so geplant. Aber es ist eben passiert. Wie geht es deiner Meinung nach weiter?«
»Du fragst mich das im Ernst?« wollte der angesprochene Leo Kaminski wissen. »Ich habe keine Idee!« Das war ein simples, ehrliches Bekenntnis. »Oder hast *du* Lust, die Regierung zu informieren? Über deine... na ja, schön, ja... *unsere* Panne?«
Sie wollte es anscheinend nicht und machte sich, auf der Suche nach Rettung, so ihre Gedanken: »Wenn die Zellulose-Killer keine Nahrung mehr haben, wenn alles erreichbare Papier umgewandelt ist, sterben sie ohnehin ab.«
Erleichtert goß Leo Kaminski daraufhin die Gläser wieder voll: »Ein Funken Hoffnung steckt also in jeder Katastrophe!«
»Nach rund sechzehn Stunden sind sie dann verhungert«, erklärte Lydia. »Ich habe es getestet.«
»Wir zwei – und der Hund –, wir sind also für die nächsten sechzehn Stunden hochgradig verseucht«, stellte Leo Kaminski fest.
Er blickte an seinem zuckerüberstäubten Jackett herunter auf seine süßbepuderten Hände.
Lydia folgte seinem Blick, registrierte an sich eine ähnliche Kontamination und warf den zerfallenden Blumenstrauß angeekelt in die Ecke.

»Daher gehen wir beide jetzt – samt dem Hund«, schlug Professor Kaminski vor, »für mindestens sechzehn Stunden in absolut sichere, staublose, zucker- und papierfreie Quarantäne! Unerreichbar, unauffindbar!«

»Es gibt in unserer Zivilisation keine papierfreien Verstecke mehr!« behauptete Lydia.

»Ich werde uns eines suchen! Und ich werde eines finden!« Leo Kaminskis Absichtserklärung klang überaus optimistisch. Nicht weiter verwunderlich: Schließlich hatte er bereits einen ausgereiften Plan. Und es war an der Zeit, ihn auszuführen.

Da jaulte der Hund jämmerlich auf und kroch in Panik unter den Tisch: Ein gewaltiger Zuckerstrom war aus einem der hohen Bücherregale auf ihn heruntergerieselt, gefolgt von den entleerten Schweinslederrücken altehrwürdiger Bände mit ihrer edlen, goldgeprägten Schrift. Gleichzeitig vernebelte eine Zuckerstaubwolke Leo Kaminskis Arbeitszimmer und trieb ihn und Lydia zur Flucht.

Der Schock hielt noch eine ganze Weile an!

Obwohl es zugegebenermaßen höchst interessant wäre, dem Gang der Handlung weiter zu folgen und zu erfahren, wie geschickt sich Professor Dr. Dr. Dr. Leo Kaminski aus der Affäre zieht und sich, samt Eheweib und Hund, in eine hundertprozentig sichere Quarantäne begibt, möchte ich als Chronist dieser »Zucker-Phänomen-Affäre« hier unterbrechen, um als Held einer Nebenhandlung selbst in Erscheinung zu treten.

Das Buch mit dem Titel *Zukunftschancen und Risiken der Gen-Technologie* hatte ich in eine Plastiktüte gewickelt und auf dem Gepäckträger meines Fahrrades festgeklemmt. So fuhr ich auf dem kürzesten Weg von der Königlichen Staatsbibliothek zu meinem Büro in die Staatsanwaltschaft Ihrer Majestät, das ich zur Zeit mit drei anderen Praktikanten im altehrwürdigen Justizpalast zu teilen habe.
Dieser kürzeste und für Radfahrer mit Abstand ruhigste und sicherste Weg war über viele Wochen hindurch jene sich im Bau befindliche Ring-Schnellstraße, die jedoch leider, ohne daß ich davon Kenntnis hatte, einige Tage vorher für den allgemeinen Verkehr freigegeben worden war. Man sah es schon von weitem: Die Fahrzeuge stauten sich über anderthalb Meilen. Es gab kein Vor, kein Zurück und auch sonst nicht die kleinste Bewegung in dieser Schlange, was für mich, der ich statt mit vier auf nur zwei Rädern fuhr, erfreulicherweise kein Problem darstellte.
Ich vermutete natürlich zuerst erneute Bauarbeiten, dann einen Unfall. Um so erstaunter war ich, als ich den Anlaß dieses totalen Staus erkannte: Den Anfang dieser unendlichen Fahrzeugschlange bildete ein offensichtlich liegengebliebener, fahrerloser Jaguar, ein Cabriolett mit weit offenstehenden Türen.
Es ist leicht zu behaupten, aber nur schwer zu beweisen, daß mir in diesem Augenblick spontan dieser etwas kuriose Wissenschaftler einfiel, der mich mit seinem Jaguar dreimal lebensgefährlich bedrohte und dessen persönliche Bekanntschaft ich erst eine halbe Stunde vorher in der Staatsbibliothek machen durfte, ohne dabei seinen Namen zu erfahren.
Daß ich ihn dann knapp einhundert Meter später, als

ich gewissermaßen den Kopf der Schlange erreichte, tatsächlich wieder zu Gesicht bekam und als eben diesen Jaguarfahrer identifizierte, bestätigte meine Ahnung. Ich bestehe darauf, daß sich die Dinge, wie hier beschrieben, in allen Details so und nicht anders zugetragen haben.

Ohne ihn zu begrüßen, ohne auf mich aufmerksam zu machen oder von ihm bemerkt zu werden, fuhr ich gerade in jenem Moment vorbei, als er neben dem Polizeiwagen stehend unter Protest in ein Röhrchen blies.

Da, wie ich annahm, stets und ausschließlich nur aus gutem Grund getestet wird, hielt ich nun irrtümlich das ein wenig seltsame Benehmen des Professors in der Bibliothek für alkoholbedingt.

Im Justizpalast angekommen, fuhr ich in die Tiefgarage, schloß dort mein Rad in den Fahrradständer ein und begab mich in den dritten Stock.

Dort erst, als ich das von der Bibliothek entliehene Buch aus der Plastiktüte nahm und auf meinen Schreibtisch legte, erkannte ich den meiner Meinung nach ungemein schlechten Zustand dieses Leihexemplars und die scheinbar erbärmliche Qualität des Papiers.

Der Umschlag fühlte sich sandig an und verlor mit der Farbe auch seinen Glanz. In der Plastiktüte hatte sich weißlich-graues Pulver angesammelt, das mir auch aus dem Hohlraum hinter dem Rücken und beim Aufschlagen von den Kanten und Rändern der Seiten her entgegenrieselte.

Ich maß diesem Umstand vorläufig keinerlei Bedeutung bei, sondern ließ das Buch liegen, wo es lag: Nämlich auf den Vernehmungsprotokollen Miller (Aktenzeichen: M/4700/000/134) und Zabatini (Aktenzeichen: Z/4700/000/149).

Daneben lag das Originalmanuskript meiner Doktorarbeit, an der ich in freien Minuten, die es reichlich gab, noch Ergänzungen und Korrekturen anbrachte.
Der Umschlag, auf dem in großer Schrift und weithin leserlich außer meinem Namen auch das Thema stand, nämlich *Der perfekte Mord in der Literatur*... undsoweiter, war mit Memos vom Chef sowie mit einem Stadtplan abgedeckt, um unnötige Fragen von Vorgesetzten zu vermeiden. Ein Umstand, den ich freimütig bekenne.
Das alles berichte ich hier so detailliert und mit Akribie, weil es bereits in den nächsten Minuten seine tiefere Bedeutung erhalten sollte. Andererseits kann ich mir eigentlich eine weitere Beschreibung des anschließend über mich und die Staatsanwaltschaft hereinbrechenden Chaos ersparen.
Die Zeitspanne, die von meinem Eintreffen an bis zum Erkennen des absoluten Verfalls von Buch, Doktorarbeit und Akten verstrich, ist mir nicht bekannt und nicht bewußt. Ich schätze sie auf vierzig bis fünfundvierzig Minuten.
Auffällig war der sich langsam ausbreitende, puderartige Staub und der damit auftretende leicht süßliche Geschmack auf Zungenspitze und Lippen. Aber greifen wir den Ereignissen nicht vor. Noch war ich damit beschäftigt, ein halbes Dutzend Telefonate zu führen, um in der Strafsache Miller wie auch im Mordfall Zabatini Routinerecherchen durchzuführen.
Als dann gegen elf Uhr fünfzehn die beiden Vernehmungsakten samt meiner Recherchen von der übergeordneten Dienststelle angefordert wurden, war der Zerfall, insbesondere des Buches, der beiden Akten, wie auch meiner Dissertation schon soweit fortge-

schritten, daß in allen vier Fällen absolut keine Lesbarkeit mehr bestand.
Ich hielt das Zerfallsprodukt für Gips oder Sand oder Kalk und erstattete sofort Meldung. Ich teilte ferner mit, daß die angeforderten Akten nicht mehr verfügbar seien und ein Grund dafür aus Unkenntnis der Vorgänge nicht angegeben werden könne.
Wie ein Lauffeuer verbreitete sich die Nachricht über diesen unerklärlichen Vorfall im Hause, besonders im Bereich der Staatsanwaltschaft Ihrer Majestät, Abteilung III und IV, die geschlossen, Raum an Raum, im gleichen Stockwerk lagen.
Die Untersuchungen und Befragungen zogen sich über gut zwei Stunden hin, also noch weit in die Mittagspause hinein. Vermutungen, die Beteiligten an den Ermittlungsfällen Miller oder Zabatini hätten mit diesem mysteriösen Zwischenfall etwas zu tun, erwiesen sich als haltlos. Rivalität unter Kollegen, ein Verdacht, der sich auf meine Doktorarbeit bezog, schied als absolut abwegig ebenfalls aus. Neben trockener, akademischer Theorie war in meiner Dissertation nichts Umstrittenes zu finden, das irgendeine Seite zu einem Attentat hätte ermuntern können.
Als mögliche Variante einer plausiblen Erklärung kamen Umweltprobleme in die engere Wahl. Giftige und zerstörende Gase, säurehaltige Partikel in der Atmosphäre, das waren die Stichworte, die ernsthaft diskutiert wurden, und die zeigten, daß eine gewisse Sensibilisierung der Öffentlichkeit gegenüber entsprechenden Delikten, besonders der chemischen Industrie, nicht mehr zu ignorieren war.
Um zwölf Uhr fünfundzwanzig gingen Proben des pulverförmigen Umwandlungsproduktes in das kriminal-

technische Labor im Keller des Hauses. Erfahrungsgemäß konnte mit einem ersten, unverbindlichen Zwischenergebnis bereits nach vierundzwanzig Stunden gerechnet werden.
Eine Mitpraktikantin aus dem Nebenraum fand diese Frist, wie auch die Untersuchung, überflüssig. Sie behauptete, das Zerfallsprodukt sei reiner Zucker, verunreinigt höchstens durch etwas Druckerschwärze, was aber nicht weiter störe: Sie rührte das in der Tat reichlich süß schmeckende Pulver in ihren Kaffee, ohne negative Konsequenzen zu befürchten.
Um weiteren Tests dieser Art vorzubeugen, verbat ich mir ausdrücklich, daß meine Doktorarbeit, oder vielmehr das, was von ihr noch vorhanden war, zur Geschmacksverbesserung in Kaffeetassen landete.
So verging auch noch der Rest der Mittagspause hauptsächlich damit, daß ich immer und immer wieder Auskunft über die unerklärlichen Vorfälle gab, bis diese sich auch in anderen Abteilungen des Hauses in ähnlicher Weise – nämlich papiervernichtend – bemerkbar machten und eine Justizkatastrophe größeren Ausmaßes signalisierten.
Ich ließ, ohne mich bei meiner vorgesetzten Dienststelle abzusichern, mein Büro schließlich räumen und versiegeln. Kontakte zwischen mir und Kollegen in meinem Büro und anschließende Zerfallserscheinungen bei Akten und Büchern in deren eigenen Diensträumen, wiesen auf eine sich infektiös ausbreitende Seuche hin. Zumindest konnten Schlußfolgerungen dieser Art nicht länger als unwahrscheinlich gelten.
Der Titel des zerfallenen Buches inspirierte mich darüber hinaus zu einem Verdacht: *Zukunftschancen und Risiken der Gen-Technologie.*

Diskutiert wurde bei meinem kurzen Zusammentreffen mit einem einschlägig und offenbar kritisch vorbelasteten Molekularbiologen in der Königlichen Staatsbibliothek ferner noch *Fluch und Segen* dieser Wissenschaft. Und nach den Geschehnissen der letzten Stunden erschien mir eine Verknüpfung dieser umstrittenen wissenschaftlichen Disziplin einerseits und mit den Zwischenfällen in meinem Büro der Staatsanwaltschaft andererseits als logisch und keinesfalls zufällig. Schließlich hatte ich das zerfallene Buch mit den *Zukunftschancen* von dieser Person übernommen, die mit Gen-Technik und Mikro-Biologie befaßt war.
Kürzer gesagt: Ich lasse mir gewisse Zusammenhänge nicht ausreden!
Mein Mißtrauen wurde geweckt, weil eine Kollegin den synthetischen Zucker, das Umwandlungsprodukt meiner Doktorarbeit, für ihren Kaffee mißbrauchte. Ein Akt der Mißachtung, der mich zutiefst verletzte. Jeder Mensch braucht für das, was er tut oder läßt, eine mehr oder weniger starke Motivation.
Meine war der Dissertations-Zucker in drittklassigem Kaffee. So etwas muß nicht sein!
Nachdem ich das Gefühl nicht los wurde, einem dieser Zauberlehrlinge persönlich begegnet zu sein, dem Vertreter einer Zunft also, die solches oder ähnliches ersonnen hat oder irgendwann ersinnen wird, beschloß ich, regulierend oder sogar verhindernd einzugreifen und mich als Fachmann für präventive Verbrechensbekämpfung aktiv und ohne Skrupel in diesen mysteriösen Fall einzuschalten.
So meldete ich mich also für den Rest des Tages ab, löste im Garagenkeller die Kette von meinem Fahrrad und machte mich auf den Weg.

Zur gleichen Zeit, zur gleichen Stunde, als ich diese Fakten für meine übergeordnete Dienststelle in Form eines Memos zusammenstellte, trieb der Schoner *Sweet Desaster* mit leicht achterlichem Wind und mäßiger Fahrt von etwa sieben Knoten den Sund hinunter, der sich bereits vor der Stadt bis zur Größe eines mittleren Binnensees dehnte, bevor er bei Cardiff den Bristol-Channel, das offene Meer erreichte.
Dieser Törn war weder ein sportliches noch ein genußvolles Freizeitabenteuer. Es war, wie Professor Kaminski behauptete, eine Flucht in die Isolierung, eine Quarantäneaktion, die er nun gemeinsam mit seiner Gattin Lydia Kaminski-Smith samt deren Hund, dem Pudel Bonny, unternahm, und die mindestens sechzehn Stunden dauern sollte. Das war die kritische, maximale Zeitspanne für das Überleben der Zellulose-Killer-Mikroben in papierfreier Seeluft.
Allerdings hatte Leo Kaminski beschlossen, auch aus der mißlichsten Situation das Beste zu machen: Daher war eine Kühlbox gefüllt mit Champagner an Bord. Der Flaschenvorrat war reichlich bemessen. Und während er am Ruder saß und als ausgefuchster Sportschiffer, als Skipper, der schon etliche Regatten gewonnen hat, den Kurs des Törns bestimmte, bediente Lydia sich selbst, großzügig, ohne Skrupel, ohne böse Ahnungen, was möglicherweise ein gravierender Fehler war.
Leo Kaminski hatte von dem Buch *Der Schiffsmord* lediglich den Titel im Kopf, dazu den kurzen Kommentar, den ich ihm leichtsinnigerweise anläßlich der gemeinsamen Buchrückgabe in der Königlichen Staatsbibliothek gegeben hatte. Trotzdem glaubte er sich hinreichend informiert und im Stande, um langgehegte,

schwarze Phantasien in die Tat umzusetzen und einen perfekten Mord auszuführen!
Bis es allerdings so weit war, bis auch die letzten fünfzehn oder zwanzig Seemeilen zum geplanten Tatort zurückgelegt sein würden, nutzte Leo Kaminski die Zeit und brachte unauffällig und mit Hilfe seines charmantesten Lächelns sein Verhör, das im Labor begonnen und im Chaos seines Arbeitszimmers fortgeführt worden war, zu einem guten und erfolgreichen Ende:
»Wieso zerfallen die Seiten eines Buches«, wollte er wissen, »und der Umschlag bleibt heil?«
»Meine Mikroben ekeln sich vor Buchbinderleim. Aber das läßt sich ändern«, versprach Lydia. »Ich besitze den Schlüssel zum genetischen Programm. Es ist daher nur eine Frage von Wochen.«
Leo Kaminski fand Lydias Zuversicht erschreckend, besonders, als sie in ihren Siegesmeldungen fortfuhr: »Neue Stämme mit hochinteressanten Fähigkeiten stehen kurz vor einem abschließenden Test: Die einen zerfressen Zelluloid und vernichten damit ausgediente Filmkopien. Die anderen haben Appetit auf PVC-Plastikmüll in jeglicher Form. Wieder andere vernichten Schrott und produzieren aus Stahl ganz gewöhnlichen Rost.«
»Der vielzitierte *Zahn der Zeit* schafft das auch!« wandte Leo Kaminski ein.
»Aber nur mit unendlicher Geduld!« entgegnete Lydia. »Meine Bakterien sind zehntausendmal schneller. Schrottwagen, wie dein Oldtimer-Jaguar, zerfallen in knapp vierundzwanzig Stunden zu kleinen, handlichen Häufchen Eisendioxyd. Das ist platzsparend und für Recyclingzwecke ideal. Ich bin gerade dabei, das zu testen. Die Golden-Gate-Bridge in San Franzisko, dies

nur als ein rein theoretisches Beispiel, würde in weniger als fünf Tagen in ihrer ganzen Länge und Breite und Höhe total pulverisiert und in Oxyde umgewandelt. So etwas wäre natürlich ein überzeugendes und für Demonstrationszwecke einmaliges Experiment.«

Leo Kaminski hob sein Glas, und es fröstelte ihn, als er bekennen mußte: »Lydia, ich habe dich unterschätzt!«

»Schön, daß du es endlich kapierst!« Sie prostete ihm mit der allergrößten Genugtuung zu.

»Aber warum läßt du die gesamte Menschheit leiden«, wollte er wissen, »nur weil du *mir* – und ausschließlich *nur mir allein!* – deine Genialität beweisen mußt?«

»Leiden? Wieso *leiden*?« Lydia verstand Leos Einwand nicht. »Früher oder später wird man den unschätzbaren Wert meiner Erfindungen anerkennen!« Sie war felsenfest davon überzeugt! »Der Ruhm der Nachwelt ist mir absolut sicher!«

»Mir kommen da gewisse Zweifel! Obwohl...« Leo Kaminski machte sich so seine Gedanken über den Begriff *Ruhm der Nachwelt.* Daß nämlich Ruhm auch genialen Missetätern und Verbrechern von Weltkatastrophen zuteil werden konnte. Aber Lydia unterbrach ihn, noch ehe er zu Ende gedacht hatte.

»Zweifel? Nur weil mir nicht immer alles geglückt ist?« Sie fand das kleinlich. »Außerdem gibt es für die Panne mit dem Zucker keinen einzigen Zeugen – außer dir!«

Diese Feststellung klang in Leo Kaminskis Ohren fast ein wenig gefährlich, und er beschloß, auf der Hut zu sein. Denn hin und wieder haben zwei Personen durchaus ein und dieselbe Idee und die gleiche Absicht.

Da hörte er plötzlich – außer dem Pfeifen des Windes in den Wanten und dem Klatschen der Wellen gegen die Bordwand – ein tiefes, sattes, mächtiges Geräusch, und er blickte zum Himmel.

Über der altehrwürdigen Skyline der Stadt gewann ein Jumbo-Jet langsam an Höhe.

Leo Kaminski blickte auf seine Uhr: »Leicht verspätet!« stellte er fest. »Wegen unvorhergesehener, unerklärlicher Ereignisse: der Flug nach New York.«

Und obwohl sich Lydia keinen Reim auf Leos Visionen machen konnte, brachte sie diese mit ihrer Erfindung durchaus richtig in einen gewissen, generellen Zusammenhang.

»Flugschein-Coupons und Bordkarten lösen sich auf, sind plötzlich zerfallen! Zeitschriften und Magazine verschwinden, aber leider überleben auch Flug- und Wetterkarten nicht allzu lang. Ich hätte die Maschine stoppen sollen! Mit einer fingierten Bombendrohung. Oder sogar mit der Wahrheit. Statt dessen haben wir zwei uns einen ekligen Kleinkrieg geliefert. Alte Rivalen unter sich. Du hast triumphiert als Erfinderin eines Infernos und ich als Prophet einer Katastrophe erster Ordnung. Jetzt nimmt das Unheil also seinen Lauf! Rund um den Planeten! Unaufhaltsam! Denn in New York erhält so ein Verhängnis erst die ihm angemessene Größe!«

»Wieso New York?« fragte Lydia. »Was haben meine Zellulose-Killer mit New York zu tun?«

»Bist du eigentlich sicher«, fragte Leo dagegen, »daß es für den von dir entfesselten Wahnwitz – außer uns beiden – keine weiteren Zeugen gibt?«

»Ich hoffe es für dich!« entgegnete sie. »Sonst gnade dir Gott!«

Leo war nicht so ohne weiteres zu beeindrucken: »Auf deine Hoffnung, Lydia!« Er hob sein Glas dem entschwindenden Jumbo entgegen, trank aus, schenkte nach und warf die geleerte Flasche mit einer gewissen Geste des Zorns ins Wasser.

Der Flug Nummer 111 nach New York, ein Jumbo-Jet Boeing 747 und mit 332 Passagieren relativ gut ausgelastet, hatte, als das Gespräch zwischen Leo und Lydia diesen kritischen Punkt – wer ist im Zweifelsfall Zeuge gegen wen – berührte, die Irische See, den St. Georgs-Kanal, bereits überflogen. Zwanzig Minuten später, über dem Funkfeuer Shannon an der Westküste Irlands, erreichte die Maschine ihre Reiseflughöhe von 33.000 Fuß und den offenen Atlantik, und Amanda Primavera wunderte sich: Das, was sie für ein Spiel unter Wissenschaftlern hielt, die Übersendung von Papier, das sich – Hokuspokus – in Zucker verwandelte, war offenbar ein altbekannter Trick. Die Zeitschriften, die sie sich entgegen Leos Rat, im Terminal A des Londoner Flughafens gekauft hatte, *Women's Weekly* und *Cosmopolitan* zum Beispiel, zerfielen nach und nach ebenso wie ihre Kleenex-Schminktücher, und auch der hübsche Karton, in dem eine Flasche zollfreier Malt-Whisky für ihren Vater steckte, löste sich klammheimlich auf.

Sie zeigte ihren Kolleginnen das überraschende Resultat dieser Hexerei, verblüffte sie mit dem nachprüfbaren Beweis, daß tatsächlich Zucker entstanden war, weißlich und intensiv süß, und genoß das Interesse, das selbst der Kapitän ihr und diesem Wunder entgegenbrachte. Denn Ärger gab es erst, als Passagiere sich beschwerten, als Lektüre knapp wurde, weil Magazine und Bücher sowohl aus der Bordbibliothek wie auch aus dem Privatbesitz zu den ersten Opfern gehörten, und Kinderwindeln aus Zellulose einfach zerfielen. Nicht endendes Babygeschrei und ein entsprechender Geruch sind in dieser Enge für die nächsten und übernächsten Sitznachbarn auf einem siebenstündigen Transatlantikflug ziemlich lästig.

Entgegen Leo Kaminskis Befürchtung waren Navigationskarten laminiert, also in Plastik eingeschweißt. Insofern bestand für die Sicherheit des Fluges 111 keine Gefahr.

Daß die Verspätung von knapp vierzig Minuten auf zerfallende Frachtbriefe der mitfliegenden Cargo-Ladung und sich tatsächlich auflösende Flugschein-Coupons und die dadurch ausgelöste Verwirrung des Bodenpersonals zurückzuführen war, diese Tatsache hatte Amanda Primavera in ihrer Kabine nicht erfahren. Es hätte sie vermutlich auch nicht wesentlich mehr verwundert.

Der Kapitän tat unabhängig dieser Ereignisse seinen Job, holte zwischen Europa und Neufundland ganze zwölf Minuten der Verspätung ein und landete nach sechs Stunden und vierundvierzig Minuten sicher auf dem JFK-Flughafen von New York.

Dreihundertzweiundzwanzig Passagiere plus zwölf Damen und Herren der Crew verließen die Maschine, gaben ihre ausgefüllten Landekarten bei den Schaltern der Immigration ab, schüttelten Hände von abholenden Freunden und Verwandten, tauschten Papiergeld, bestiegen Busse und Taxen, die sie mit diesen Scheinen bezahlten und infizierten die Weltstadt New York. Mehr darüber später.

Es ist an der Zeit, finde ich, wieder von mir selbst zu berichten.

Mit meinem Fahrrad und den Überresten des Buches *Zukunftschancen und Risiken der Gen-Technologie*, eingewickelt in eine Plastiktüte, fuhr ich wieder quer durch die halbe Stadt zur Königlichen Staatsbibliothek. Da mir der Fall außerordentlich dringlich erschien, erreichte ich mein Ziel ziemlich atemlos, dafür aber in kürzester Zeit. Das Portal war geschlossen. Ein ursprünglich wohl handgemaltes Pappschild verkündete irgend etwas Amtliches, hatte aber bereits den Zustand absoluter Unleserlichkeit erreicht.

Ich klopfte mehrmals, erhielt aber keine Antwort.

Ein Streifenwagen parkte in allernächster Nähe, und die beiden Polizisten beobachteten mich voller Mißtrauen. Ich blickte mich um, analysierte die außergewöhnliche Situation, schwang mich wieder auf mein Rad und fuhr, auf der Suche nach einem Hintereingang, um das ganze Gebäude herum und in den Innenhof hinein.

Das heißt, ich hatte die Absicht. Der Innenhof als solcher war nämlich gesperrt. Polizisten mit Funksprechgeräten hatten Barrieren errichtet, die sie auch noch persönlich bewachten.

Was sich dahinter abspielte, gab mir zu denken: Auf der Laderampe erschienen Bibliotheksangestellte, schoben schwerbeladene Schubkarren aus dem Inneren der Bibliothek durch die weit geöffnete, breite Stahltür ins Freie und kippten weißgraues Pulver hinunter auf einen sich bereits ansehnlich auftürmenden Hügel, den Arbeiter der Müllabfuhr ihrerseits in einen Spezialtransporter schaufelten.

Ich erfaßte eigentlich sehr schnell, was ich von diesem Vorgang zu halten hatte, stieg vom Rad, nahm die Plastiktüte mit der ruinierten Hülle des zerfallenen Sachbuchs zur Hand, schob das Rad unter der Barriere hindurch und wanderte zu Fuß über den Hof.
Ein Polizist kam hinter mir hergerannt und versperrte mir den Weg: »Tut mir leid, Sir!« sagte er. »Aber der Bibliothekshof ist Sperrgebiet!«
»Ja, ich sehe«, entgegnete ich. »Allerdings bin ich dienstlich hier.« Ich zeigte ihm meinen Plastikausweis der Staatsanwaltschaft Ihrer Majestät.
Der Polizist hatte daraufhin keine Fragen und keine Einwände mehr. »In Ordnung, Sir!« murmelte er, salutierte leger und gab mir den Weg frei.
»Was ist denn passiert?« wollte ich wissen, bevor ich die Laderampe und damit das Gebäude erreichte.
»Keine Ahnung, Sir!« bekam ich zur Antwort. »Wir tun hier nur unsere Pflicht!«
»Ja, natürlich...« Ich nickte voller Verständnis, nahm das Rad auf die Schulter, stieg die Laderampe hinauf, drängte mich an entgegenkommenden Schubkarren vorbei und betrat so die Bibliothek.
Die baulichen Dimensionen der Königlichen Staatsbibliothek sind enorm und waren mir als solche bereits bekannt. Deshalb hielt ich es für sinnvoll, mein Fahrrad mit in das Gebäude zu nehmen, so außergewöhnlich es manchem erscheinen mag: Die Entfernung vom Hintereingang im westlichen Seitenflügel bis zum Foyer mit dem Rückgabe-Auslieferungsschalter gleich hinter dem Hauptportal beträgt meiner Schätzung nach mehr als eine dreiviertel Meile. Die Bibliotheksangestellten benutzten zum Transport der Bücher und aus Gründen einer rationelleren Betriebsabwicklung

kleine Elektrokarren. Mit dem Rad, dachte ich, ließe sich kostbare Zeit einsparen, eine Überlegung, die sich als falsch erwies: Denn in den ohnehin schmalen Gängen zwischen den Regalen türmten sich überraschend gewaltige Zuckerhalden. Das grauweiße Pulver hatte alle Verkehrswege regelrecht blockiert und teilweise lawinenartig zugeschüttet.

Pausenlos rieselte es glänzend-weiß oder vielfarbig-kristallig aus den Regalen. Ganze Reihen von geleerten, ausgefressenen Buchhüllen stürzten aus großer Höhe, zusammen mit Zuckerkaskaden, auf die Angestellten herunter, die mit Schaufeln und Besen das Chaos in den Griff bekommen wollten. Es gelang ihnen nicht. Hustend und niesend flüchteten sie immer wieder aus den hochwirbelnden Wolken süßen Staubs. Die Situation hatte etwas Apokalyptisches. Achtlos wurden halbzerstörte Buchrücken zusammengekehrt. Bekannte und unbekannte Titel erregten mein Interesse, aber der dazugehörige Inhalt hatte sich längst aufgelöst, war für immer entschwunden.

Als ich den großen Gang zwischen West- und Ostflügel endlich erreichte, bestieg ich das Rad und schlängelte mich durch die entgegenkommenden Räumkommandos in ihren grauen Arbeitsmänteln, die mit ausdruckslosen, verstaubten Gesichtern schubkarrenweise ihre Zukunft als Bibliothekare begruben.

Schließlich erreichte ich das Foyer, wo hinter dem Rückgabe-Auslieferungsschalter der Oberbibliothekar, scheinbar unbeeindruckt von dem grauenvollen Gang der Dinge, seinen Computer bewachte.

»Die Bibliothek ist bis auf weiteres für den Publikumsverkehr geschlossen!« rief er mir entgegen. »Sie haben das Schild am Portal doch gelesen!« Das nahm er zu-

mindest an. Und dann fragte er höchst inquisitorisch: »Wie kommen Sie überhaupt hier herein?«
Ich ging auf diese Frage nicht weiter ein, stieg vom Rad, nahm die leere Buchhülle aus der Plastiktüte und legte sie vor dem Oberbibliothekar auf den Tisch: »Hier: Edward Cook, *Zukunftschancen und Risiken der Gen-Technologie.* Das Buch ist vor meinen Augen einfach... zerfallen. Löste sich auf. Pulverisierte sich selbst. Und auch alles andere Papier auf meinem Schreibtisch. Darunter das Original meiner Doktorarbeit, die Vernehmungsprotokolle zweier Strafsachen samt dazugehöriger Akten, ein Stadtplan, Memos der übergeordneten Dienststelle, undsoweiter...«
Der Oberbibliothekar unterbrach meine Erklärungen: »Wir haften für keinerlei Schäden materieller oder ideeller Art außerhalb unseres Hauses gemäß § 12a Absatz drei der Ausleihbestimmungen. Und gemäß § 4b Absatz eins müssen Sie uns das beschädigte Buch zum Neupreis ersetzen. Wann, bitte, haben Sie es entliehen?«
»Heute. Gleich nach der Öffnung, um neun Uhr.«
Der Oberbibliothekar tippte Titel des Buches, Datum und Uhrzeit, dazu noch einen langen, geheimen Code in seinen Computer, dann las er ab: »Sie sind Herr Robert Flemming?«
Ich bestätigte ihm das und zückte meinen Ausweis. Aber der Oberbibliothekar las weiter vom Schirm: »Geboren am vierten März 1951 in London W1-55?«
Ich nickte.
»Krankenhaus der Barmherzigen Schwestern zum Heiligen Kreuz?«
»Möglich... Das heißt...«
»Sie sind also katholisch?«

»Nein, ja... ich war... das heißt: meine Mutter... Sie stammt aus Irland... Aber was zum Teufel hat das mit diesem Buch...? Und woher wissen Sie diese persönlichen Details? Doch bestimmt nicht von mir!«
Statt meine Verwunderung zur Kenntnis zu nehmen und mir Auskunft zu geben, wurde ich weiter mit Tatsachen konfrontiert, die mit dem Papierverfall, mit der Zuckerverwandlung, mit *Zukunftschancen und Risiken* absolut nichts zu tun hatten.
»Sie wohnen zur Zeit Nummer 12 Butterfly Crescent, Kensington, in Untermiete bei Familie Dawson, Telefon 376 9898. Das Telefon ihrer Arbeitsstelle wurde mit 474 7172 angegeben, werktäglich von zehn bis siebzehn Uhr.«
»Richtig!« Ein ausführlicherer Kommentar wurde anscheinend von mir nicht verlangt.
»Von Beruf sind Sie Diplomkriminologe, ledig und nur zur Probe für drei Monate angestellt.«
»Ein Praktikum«, gab ich zu. »Bei der Staatsanwaltschaft Ihrer Majestät, römisch drei.«
Er stutzte, zögerte, blickte interessiert auf und fuhr dann in weniger barschem Ton, wenn auch weiterhin sachlich – und unbeeindruckt von irgendwelchen Katastrophen – fort: »Ihr vorletzter Ausleih war *Der Schiffsmord, Analyse mit Fallbeispielen, Verlag Pope & Bishop, Edinburgh 1964.*«
»Den *Schiffsmord* habe ich heute morgen bereits zurückgegeben.«
Der Oberbibliothekar nickte, fütterte erneut seinen Computer mit einem vertraulichen Code und verkündete schnell und routiniert: »Das zerstörte Buch hier: *Zukunftschancen*... undsoweiter, *Verlag Beardsley & Beardsley Ltd., London, 1984*, kostet £ 11.50.«

Einerseits empfand ich die Abfertigung meines Falles im Angesicht dieses absoluten, einmaligen und offenbar endgültigen Chaos als grotesk, andererseits erschien mir der Preis für ein abgenutztes Sachbuch, das ohne mein Zutun zerfiel und auch hier, scheinbar sicher im Regal verwahrt, zerfallen wäre, als unverschämt hoch.

Ich sagte es dem Oberbibliothekar und erklärte ihm meinen Standpunkt, sozusagen im Hinblick auf diese Katastrophe.

»Auf meinem Schreibtisch zerfiel nur ein einziges Ihrer Bücher,« erläuterte ich ihm. »Und hinter Ihnen zerfallen sie zu Hunderten...!«

»Zu Hunderttausenden!« korrigierte er mich, anscheinend ohne jede Emotion, und dann sah er sich um.

Als er sich mir nach nur wenigen Augenblicken wieder zuwandte, standen Tränen in seinen Augen, und er begann seine so mühsam zur Schau getragene, dienstliche Maske zu verlieren. Erschöpft und entkräftet setzte er sich kurzatmig auf seinen Hocker. Mit zitternden Händen fuhr er sich über die Augen, und seine Lippen vibrierten, als er nun berichtete: »Wir sind ja durchaus versichert. Gegen interne Schäden. Innerhalb des Hauses. Gegen Blitz und Feuer und Wasser und Bücherwurmfraß. Aber das hier...« Er zeigte hinter sich, ohne sich noch einmal umzuwenden, »das hier... das ist für einen Menschen, der Bücher liebt, weil sie sein Leben bedeuten, einfach zuviel...«

Er begann hemmungslos zu schluchzen, bedeckte sein Gesicht mit dem Ärmel seines grauen Arbeitsmantels, und ich war zutiefst gerührt. Die Situation ging mir so sehr zu Herzen, daß ich mein Rad unversperrt an eine der Marmorsäulen lehnte, um tröstend tätig zu werden.

Aber der Oberbibliothekar schien sich wieder zu beruhigen. Und während sich die grauen, verstaubten Gestalten der Angestellten erschüttert in unserer Nähe versammelten, um dem tragischen Schauspiel beizuwohnen, fuhr der Oberbibliothekar mit seiner Klage und umflorter Stimme fort: »Die Seuche breitet sich weiter aus. Unaufhaltsam. Mit Windeseile. Jetzt hat sie bereits die Inkunabeln des fünfzehnten Jahrhunderts im achten Stock erreicht. Unsere einzige Gutenberg-Bibel, der zweiundvierzigzeilige Druck von 1457... Die *Schedel'sche Weltchronik* von 1493... Das *Schachspiel*, ein Druck von William Caxton, Brügge um 1475... Die *Hypnerotomachia Poliphili* des Aldus Manzetius mit ihren einmaligen Illustrationen... alles zerfällt zu Staub...!«

»Zu Zucker!« korrigierte ich ihn. »Zucker, nicht Staub!«

Der Oberbibliothekar, kaum mehr fähig, weiterzusprechen, um die Liste der wertvollsten bibliophilen Verluste fortzuführen, hob nach meinem Einwand, der tröstend gemeint war, nur abwehrend die Hände, bevor er sich diskret in seinen Arbeitsmantel schneuzte: »Es ist mir gleichgültig, was daraus wurde...«, flüsterte er schließlich mit tränenerstickter Stimme. »Mich erschüttert zu wissen, was es einmal war!«

Anschließend wurde er sachlich. Es ging ums Geschäft: »Zahlen Sie bar? Die elf fünfzig Neupreis für das zerstörte Buch?«

»Wenn Sie darauf bestehen?« Eigentlich hatte ich nicht die Absicht, überhaupt irgend etwas zu bezahlen. Aber ich wollte diesen armen, gebrochenen Menschen nicht in noch weitere Probleme stürzen.

Als ich allerdings meine Geldbörse öffnete, fand sich

darin außer Münzen nur noch bunter Staub. Verzeihung: ich meine natürlich Zucker!
Die Königliche Staatsbibliothek verlor in dieser Stunde ein oder zwei Millionen wertvolle Bücher. Die gesamten Bestände. Ich zwanzig oder dreißig Pfund an Bargeld. Beides war gleichermaßen schmerzlich, weil es in meinem Fall so ziemlich alles war, was ich besaß.
»Nehmen Sie auch einen Scheck?« fragte ich, obwohl ich wußte, daß bis zum Ende des Monats keinerlei Deckung auf dem Konto war.
»Persönliche Schecks? Leider nein!« Das Haus hatte offenbar so seine Prinzipien. Aber auch begeisterte Zustimmung hätte mir wenig geholfen. Dort, wo ich das Scheckbuch zu verwahren pflegte, in der innersten der Innentaschen meines Jacketts, fand sich bei einer intensiven, erfolglosen Suche ebenfalls nur noch zuckriges Pulver, vermischt mit zersetzten, kleinen, bunten Fetzen von Papier.
Der Oberbibliothekar kam mir zur Hilfe: »Kreditkarten werden allerdings akzeptiert.«
Sehr schön! Sehr kulant! Nur besaß ich keine. Um eine Kreditkarte zu erhalten, muß man kreditwürdig sein. Als Praktikant in der Staatsanwaltschaft Ihrer Majestät war ich es leider nicht. Als Staatsanwalt: vielleicht! Irgendwann. Aber die Bibliothekskasse wollte ihr Geld vermutlich jetzt. Und das Tempo meiner Karriere war ungewiß. Also mußte ich Zeit gewinnen: »Wie lange geht das nun schon?« fragte ich, »dieses... dieses...«
Das »Phänomen«, stellte ich fest, hatte zu diesem Zeitpunkt noch keinen Namen.
»Sie meinen...«, der Oberbibliothekar hatte ganz offensichtlich das gleiche Formulierungsproblem. »Sie wollen wissen, wann das..., wann dieses... anfing...?«

»Genau das! Genau dieses!« Wir verstanden uns.
»Also ungefähr... circa... so um die Teepause: zehn nach zehn!« Britische Gewerkschaften haben der Zeiteinteilung eines Arbeitstages einen weiteren Fixpunkt hinzugefügt: Tea-time, die heilige Teepause, die einzuhalten, selbst bei Androhung von Aussperrung und Streik, obligatorisch ist.
»Zehn nach zehn?« Ich wunderte mich. »Heute morgen erst? Und die Zerstörung ist bereits in dieser Weise fortgeschritten?«
»Es schreitet fast so schnell voran, wie Sie durch die Bestände, durch die Archive laufen können! Wir tun das natürlich. Wir kontrollieren seither jedes einzelne Buch. Eine Stunde später ist es vernichtet.«
»Und wo? Ich meine... Überall gleichzeitig...? Oder...?«
»Wo es anfing? Im ersten Stock. Wissenschaft. Unterabteilung ›Biochemie‹. Dort allerdings quer durch alle Kategorien!«
Ich hatte es geahnt. »Biochemie?« Ich wurde plötzlich sehr nachdenklich und nahm den leeren, zerfressenen Buchumschlag zur Hand. Die Schrift war gerade noch lesbar, und ich entzifferte den Titel: *Zukunftschancen und Risiken*...
Dieser Wissenschaftler fiel mir ein, dieser offenbar geheilte und nun sich kritisch gebärdende Zauberlehrling dieser Fakultät *Gen-Technologie*... Er hatte nur zwölf Bücher zurückgegeben und sich den *Schiffsmord* ausgeliehen. Ich bat den Oberbibliothekar, seinen Computer zu bemühen und diesen Kunden ausfindig zu machen: *Der Schiffsmord – Analyse mit Fallbeispielen*. Der Titel war rasch gefunden. Der Name des Entleihers ebenfalls. Kein Geheimnis also. Oder doch?

»Tut mir leid«, wurde mir mitgeteilt. »Wir praktizieren hier strengsten Datenschutz.«
»Natürlich, ich weiß...« Ich legte für alle Fälle meinen Plastikausweis auf den Tisch: »Ich will auch nicht Glaubensbekenntnis, Hebamme, Vorerkrankungen und monatliches Einkommen erfragen. Lediglich den Namen und die Adresse. Die des Arbeitsplatzes genügt.«
Und da der Oberbibliothekar noch zögerte, schob ich ihm den Ausweis zu: »Sie sehen, und Sie wissen es ja, weil Sie es gespeichert haben, in Ihrer geheimen, vertraulichen Datenbank: Ich bin Diplomkriminologe im Dienste Ihrer Majestät.«

Selbstverständlich bekam ich auch diesmal, was ich wollte! Datenschutz ist stets relativ, und er ist abhängig von der Brisanz des Falles, abhängig auch, von dem, der recherchiert.
Also machte ich mich auf den Weg zur Universität, erreichte sie per Rad gegen drei Uhr, stellte fest, daß die Gebäude ebenso verwaist waren wie der Park und machte mich auf die Suche nach dem Labor für Biotechnologie.
Es lag am äußersten Ende des Campus, ein massiver, niedriger Backsteinbau aus dem letzten Jahrhundert. Friedlich geparkt und ziemlich verkommen stand ein rostiger Mini-Cooper auf dem Rasen unter den hohen Bäumen. Und ein farbiger Hausmeister aus Jamaica oder Barbados kehrte daneben dürre Blätter zusammen.
Er beobachtete mich so unauffällig, wie er nur konnte,

so aus den Augenwinkeln mit halb abgewandtem Gesicht, während ich mein Rad abstellte, es mit der Kette und dem Schloß sicherte und zum Eingang ging.
Die Tür war verschlossen. Zwei zusätzliche Sicherheitsschlösser, offensichtlich erst später eingebaut, verliehen dieser Festung der Wissenschaft einen nahezu wehrhaften, geheimen Charakter.
»Suchen was Bestimmtes?« Der Hausmeister kam näher, und sein Jargon war reines Pidgin-Cockney.
»Das Biotechnologische Labor.«
»Steh'n davor.«
»Ich weiß!« Das große, weiße Emailschild war nicht zu übersehen.
»Nur werden niemand finden. Semesterferien! Wer soll denn sein?«
»Professor Dr. Dr. Dr. Kaminski.«
»Den treffen nich hier – besser zu Haus. Der schreiben Buch und lassen sich hier nich seh'n. Sein' Frau is drin, die schon! Frau Dr. Kaminski-Smith. Wenn kleiner Wag'n vor Tür steht, sie isse da drin. Die forschen Tag un' Nacht. Sieb'n Tag in Woche. Da dürf'n nich stör'n. Da könn' jetz nich rein.«
Alle Informationen waren in einem gutturalen Singsang vorgetragen und äußerst klar in der Diktion.
Ich rüttelte trotz der Warnung demonstrativ an der Klinke: »Es ist abgeschlossen!«
»Sicherlich! Abgeschlossen! Immer, ja, doch!« wurde ich mit großer Wichtigkeit belehrt. »Die Erforschungen von Frau Dr. Kaminski-Smith, die sin' auch streng geheim! Un' auch nich ungefährlich, sie sagt selbst! Ich geh' da nich' näher ran an Haus, wenn da iss.«
»Hochinteressant!« Der Mann war ergiebig. »Herzlichen Dank für die präzise Auskunft.«

Ich ging zu meinem Rad, löste die Kette, schob es durch die Bäume, dicht an dem Mini-Cooper vorbei. Bei dieser Gelegenheit warf ich einen Blick in das Innere des Wagens – und stutzte! Von nun an wußte ich Bescheid.

Die Sitze, ursprünglich zweifellos mit allerlei Schriftlichem, also mit Papier bedeckt, waren nun ganz mit weißgrauem Pulver überstäubt. Einzelne Buchrücken ragten noch aus der glänzend-glitzernden Schicht, wie dunkle Felsengipfel aus einem Wolkenmeer, das man in großer Höhe überfliegt.

Da der Hausmeister sich wieder abgewandt hatte und seiner ursprünglichen Tätigkeit nachging, öffnete ich heimlich, sehr geschickt und äußerst diskret die unabgeschlossene, halb offenstehende Tür des Wagens.

Ein Windstoß wirbelte das Pulver auf, füllte den Wagen mit einer pudrigen Wolke, und ich roch es sofort: Da war er wieder, dieser süßlich-aromatische Zuckerduft, der nun zu mir heraus ins Freie wehte.

Ich spürte den Geschmack auch auf den Lippen, auf der Spitze meiner Zunge. Es gab keinen Zweifel, ich war dem Geheimnis des Papierzerfalls sehr genau auf der Spur.

Mit sanft-kreischendem Knirschen schloß ich die ungeölte, rostige Tür. Da stand der Hausmeister überraschend dicht hinter mir, betrachtete mich prüfend, fast möchte ich sagen: strafend, und dann stellte er eine sehr naheliegende Frage:

»Sie komm'n von Zeitung, ja?«

»Zeitung? Nein, wieso?«

»Ich denke... Sie schauen neugierig! Überallhin! Oder Sie kommen, weil Professor den Oskar kriegen?«

»Der kriegt wen?«

»Oskar!«
»Oskar?«
»Preis für Wissenschaft.«
»Professor Dr. Dr. Dr. Kaminski?«
»Den *Oskar-Flobell-Preis*. Ja!«
»Oskar-Flobell...? Wer ist das? Und wofür?«
»Da müss'n Sie selbst fragen.«
»Ihn selbst? Wo? Zu Hause?«
»Zu Hause! Ja! Sie wissen, wo er wohnt?«
Ich wußte es nicht. Aber der Hausmeister sagte es mir.

Fünfzehn Minuten später legte ich mein Rad ein weiteres Mal in dieser Sache an die Kette: neben der Eingangstür zu einem höchst bemerkenswerten, überraschend baufälligen Haus.
Vergeblich bemühte ich die Klingel, die sich mit schrillem Mißklang in der Mitte der Tür befand und drehen ließ. Ich klopfte und rief, allerdings ohne Erfolg. Selbst auf das nervöse Gebimmel meiner Fahrradglocke hin erhielt ich keine Antwort.
Das Crescendo meines Klopfens gegen die Tür wurde schließlich unüberhörbar. Das war der Zeitpunkt, die Klinke zu drücken und – da leichtsinnigerweise nicht abgeschlossen war – das Haus unaufgefordert zu betreten.
In der etwas düsteren Halle blieb ich stehen, sah mich um und rief nach oben: »Halloo! Professor Doktor-Doktor-Doktor Kaminski! Hallooooo! Ist jemand da?«
Es war niemand da. Er hätte sich gemeldet, hätte mir

ein Zeichen gegeben, mich hereingebeten oder hinausgeworfen.
Also stieg ich nach oben. Stufe um Stufe. Immer noch unaufgefordert und der ungesetzlichen Handlung des Hausfriedensbruches voll bewußt.
Da die Türen, die auf die Galerie im ersten Stock führten, alle, samt und sonders, weit und einladend offen standen, beschloß ich, eine Inspektion auch ohne Erlaubnis des Eigentümers vorzunehmen. Der Fall, so schien mir wenigstens, erforderte raschestes Handeln.

Das zerwühlte Bett betrachtete ich so ausgiebig und so intensiv aus rein beruflichem Interesse.
Über die drei leeren Flaschen *Dom Perignon* machte ich mir allerdings Notizen: immerhin eine importierte Champagnermarke der oberen Preisklasse.
Eines der beiden Sektgläser neben dem Bett wies eindeutige Spuren von Rouge auf, und zwar in Form eines stark verwischten Abdrucks schmaler Lippen. Farbcharakteristik: karminrot bis purpur, wie mir schien. Ich bin leider kein Experte. Ebensowenig für Parfum. Der Duft, der schwer in dem ungelüfteten Raum hing, der auch der Bettwäsche zu entströmen schien, erinnerte mich lebhaft an eine Affäre mit einer brasilianischen Kommilitonin während meiner Studienzeit. Sowohl der Name des schönen Mädchens wie auch der seines Parfums waren mir leider entfallen. Seither mache ich mir über alles rechtzeitig Notizen.
Zum Beispiel über den Inhalt des Papierkorbs. Außer einem rotweißgestreiften Plastikanhänger für Flug-

gepäck mit abgerissenem Gummiband und dem Aufdruck *CREW*, sowie dem handschriftlich eingetragenen Code *CHI* für den Abflughafen Chicago und dem Zielflughafen *LHR* für London, war auf dem Boden des schwarzlackierten Metallbehälters nur eine geringe Menge farbigen Zuckers zu finden.
Achtlos herumliegende Zeitschriften und Magazine hatten sich jeweils dort aufgelöst und umgewandelt, wo sie gerade lagen: im Bad neben der Toilette, neben der Wanne, aber auch im Schlafzimmer, nämlich auf dem Teppich unter und auf einem Couchtisch. Dort standen auch benutzte Kaffeetassen und eine Thermoskanne, letztere noch zur Hälfte gefüllt.
Das Rouge an einer der Tassen war identisch mit den an einem der Sektgläser vorgefundenen Spuren.
Eine angebrochene Kekspackung und eine Bananenschale gaben Hinweise auf ein keineswegs frugales Frühstück.
Erwähnenswert erschien mir die große Anzahl gerahmter Poster und Fotografien ein und desselben Themas: dramatische Situationen und Visionen von Hochseeregatten. Die Yachten kämpften in hochgehenden Wogen und in stürmischer See Bug an Bug.
Diese Art Bilder fanden sich überall: in der Küche, im Korridor, im Schlafzimmer und schließlich auch im Arbeitsraum des Professor Kaminski. Dort standen unter Glas kostbare Schiffsmodelle: Segelyachten der letzten einhundertfünfzig Jahre, laut Beschriftung allesamt Teilnehmer an den großen Regatten dieser Welt.
Aber eilen wir dem Gang der Dinge nicht voraus. Noch beschränkten sich meine Recherchen auf den privaten Teil des Hauses. Dort war das Hobby des Hausherrn, seine Liebhaberei, seine Leidenschaft eindeutig defi-

niert. Für seinen Beruf, für seine Tätigkeit als Forscher fanden sich vorerst keine Beweise. Nirgendwo ein Indiz, daß dies das Haus eines Wissenschaftlers sei, nirgendwo ein Hinweis auf Biotechnologie, auf Mikrobiologie oder Genetik.
Ich hoffte nun Zeichen dieser Zunft in seinem Arbeitsraum zu finden, den ich hinter einer breiten Glastür vermutete. Zu Recht, wie sich herausstellte.
Allerdings war das, was mir beim Betreten dieses Raumes den Atem nahm, was mich in grenzenloses Erstaunen versetzte, was mich an der Realität zweifeln ließ und an meinem Verstand, nicht etwa diese sicherlich sehr kostbare Sammlung detailgetreu nachgebauter Bootsmodelle, nicht diese Seglertrophäen im obersten Fach raumhoher Regale, silberglänzende Urnen, Vasen und Skulpturen, nicht diese Vielzahl gerahmter Siegerurkunden auf Pergament. Nein, es war die konsequent durchgestylte weiße Pracht, unter der dieser Raum gerade versank: Fußboden und Möbel, Stühle und Sessel, vor allem jedoch der Schreibtisch, aber auch Topfpflanzen, Kissen und Polster, alles, aber auch alles, besonders und ohne Ausnahme sämtliche waagerechte Flächen, Simse und Borde, waren wie mit knöcheltiefem Schnee bedeckt. Die Verzuckerung von Professor Kaminskis Arbeitswelt hatte einen Grad erreicht, der selbst mit der abstrusesten Phantasie nicht auszumalen war.
Ich gebe zu, ich begann zu frösteln, so kalt und klamm war der Eindruck von Rauhreif und Schnee. Und bemüht, möglichst keine Spuren in dieser Winterlandschaft zu hinterlassen und keinen Staub aufzuwirbeln, bewegte ich mich vorsichtig und wie in Zeitlupe durch den Raum.

Auf dem Schreibtisch faszinierte mich ein schwarzglänzendes Plastikkuvert, das aus dem Zucker ragte. Es war erst an diesem Tag, am frühen Morgen, auf dem Hauptpostamt abgestempelt worden und hatte seinen Empfänger, Professor Kaminski, dessen Adresse mit großer Schrift und dickem Filzschreiber aufgemalt war, sicher bereits vor Sonnenaufgang erreicht.
Die Absenderangabe war lakonisch kurz: *Lydia*. Dieses Indiz gab mir zu denken. Ich untersuchte ferner die Reste eines zerfallenen Manuskripts. Es waren nur noch Spuren der Schrift zu erkennen, eine Schrift, die ich inzwischen identifizieren konnte: Leo Kaminskis fahrig-geniale Kürzel, hastig hingeworfene, in sich verschränkte-verschraubte Hieroglyphen, Gedanken, im Entstehen graphisch festgehalten, impressionistische Muster von komplizierter Einfachheit und von keinem Außenstehenden je zu entziffern.
Das Chaos vor der Bücherwand glich mehr oder weniger dem in der Staatsbibliothek. Zuckerhügel türmten sich am Fuß der geleerten Regale. Dazwischen steckten ausgehöhlte, aufgeklappte Buchrücken, angefressen und wie Krieger auf einem Schlachtfeld im Todeskampf bizarr erstarrt und verkrümmt. Es waren Ruinenreste, halbverschüttet von Lawinen.
Ich floh nach draußen, hastete von panischer Beklemmung getrieben die Treppe nach unten, warf im Vorübergehen noch einen Blick auf den Hausaltar in der Halle: eine Vitrine und hinter verstaubtem Glas eine silberne Kanne von erlesener Häßlichkeit. Sie war offenbar der erste Preis für eine gewonnene Hochseeregatta rund um Irland, wie eine auf die Mahagonirückwand aufgeschraubte Metallplatte, in verschnörkelter Schrift verkündete.

In Zeiten des tragischen Zerfalls allgemeiner Werte blieb offenbar unnötig Überflüssiges, wenn auch persönlich Wesentliches, als Zeichen der Hoffnung, wenn man so will, doch noch erhalten. Nur von den Fotodokumenten, rund um die Kanne auf das Holz gespießt, löste sich die fotografische Schicht bereits in hauchdünnen Plättchen. Dahinter zerrieselte das Papier. Aber noch war die Information dieser Bilder erhalten: Leo Kaminski am Ruder einer Yacht. Leo Kaminski ein Segel aufriggend. Leo Kaminski winkend am Bug. Leo Kaminski die Trophäe entgegennehmend.
Das ganze Arrangement krönte ein Wimpel des Königlichen Yacht-Clubs Cardiff und eine Urkunde des gleichen Vereins, auf Segeltuch geschrieben und mit Leo Kaminskis Namen in goldenen Lettern.
Und das Schiff, mit dem dieser Sieg errungen wurde, dieser aufgetakelte Schoner, hieß, wie bereits andernorts erwähnt, ausgerechnet *Sweet Disaster*! Zu deutsch: *Süße Katastrophe*, sofern so ein Beispiel britischen Humors überhaupt übersetzbar ist.
Sweet Disaster... Welch ein Orakel hatte im Hinblick auf das »Zucker-Phänomen« ausgerechnet dieses Schiff mit diesem Mann gewinnen lassen?

Mehr seltsame, unfaßbare Ahnungen als konkrete Überlegungen im Rahmen meiner Recherchen trieben mich hinüber nach Cardiff, zu jenem Königlichen Yachtclub am Ufer des sich malerisch zu einem Meeresarm weitenden Bristol-Sunds, per Rad eine Strecke von einer knappen Stunde.

Professor Dr. Dr. Dr. Leo Kaminski war dort ein hochangesehenes Mitglied. Die Bilder seines Triumphs hingen im Foyer der Bar inmitten anderer Ereignisse von ähnlicher Bedeutsamkeit, und ein uralter Caretaker war bereit, mir die siegreiche Yacht *Sweet Disaster* zu zeigen, und führte mich, während ich mein Fahrrad schob, hinunter zum Wasser.
»Hier!« sagte er und deutete ins Nichts.
»Wo?« Da lag keine Yacht.
»Hier!« wiederholte er mit großer Überzeugungskraft. Aber auch nach diesem zweiten Hinweis war von *Sweet Disaster* nichts zu entdecken.
In Reih und Glied lagen die schmucken Yachten, alles höchst teure Klasseboote, an der Mole des Clubs vertäut. Doch ausgerechnet hier, an dieser Stelle, wo wir jetzt standen und wo mir diese berühmte *Sweet Disaster* vorgeführt werden sollte, war eine Lücke.
Ich begann nach und nach zu begreifen, daß hier, an dieser Stelle zwar kein berühmtes Schiff zu besichtigen war, jedoch ein fast ebenso berühmter Liegeplatz.
Der alte Yachtwart grunzte zustimmend, als ich zusammenfaßte: »Das Boot von Professor Kaminski ist also weg!«
»Scheint so!« antwortete er, wortkarg wie alle Nachfahren der Kelten aus Wales.
»Zusammen mit dem Professor?«
»Anzunehmen…«
Und nach einer langen Pause erhielt ich noch einen Kommentar, überraschend, freiwillig, unaufgefordert: »Außer dem Professor… skippert keiner herum… mit dem Kahn…!«
»Also ist er draußen und kreuzt im Sund, in der See…?« mutmaßte ich.

»Möglich...!«
»Na ja, wenn das Schiff nicht hier ist, wie man sieht, und er persönlich hier war, wie man weiß, wo soll er sein und das Schiff?«
»Tja... wo soll er sein und das Schiff?«
»Ich stelle also fest: Er ist hinausgesegelt!« Ich fand es sinnvoller, Behauptungen aufzustellen, denen widersprochen werden kann, statt Fragen zu stellen, die wiederum nur Fragen provozierten.
»Rausgesegelt, ja!« Der Yachtwart gab mir recht.
»Wohin?«
»Keine Ahnung.«
»Und wie lang?«
»Was, wie lang?«
»Wann kommt er zurück?«
Achselzucken. Schließlich: »Er hat nichts eingetragen. Kein Langtörn angesagt. Also noch heute.«
Und nach einer Weile fügte er hinzu: »Vermutlich.«
»Es wird jetzt sehr schnell dunkel!« stellte ich fest.
Das brachte mir Zustimmung ein: »Ja. Ich seh's!«
»Segelt er auch nachts?«
»Der Professor? Wenn er Lust dazu hat, ja. Und Zeit. Und Wind.«
Ich fand die Konversation auf die Dauer frustrierend. Und ich sah eigentlich keinen Grund, das nicht offen und ehrlich zu bekennen: »Sehr hilfreich sind Sie nicht!«
»Hilfreich, wobei?«
»Bei der Suche nach Professor Dr. Dr. Dr. Kaminski. Es ist wirklich dringend!«
»Nehmen Sie sich ein Boot«, riet mir dieser Mann in aller Freundlichkeit. »Segeln Sie ihm entgegen!«
»Ich kann nicht mal Auto fahren«, bekannte ich ohne Scheu.

»Das würde Ihnen dabei auch wenig helfen!« Er schob seine speckige Schiffermütze in den Nacken und wandte sich zum Gehen.
»Also... Was nun...?« rief ich ihm nach. »Was raten Sie mir?«
»Warten! Oder schwimmen!« Er winkte irgendeine Art von Gruß und ging davon, ohne sich nochmals umzusehen. Und ich stand am Ufer des Sunds, vor mir die Lücke eines leeren, prominenten Liegeplatzes, hinter mir ein einladendes Clubhaus mit einer exquisit ausgestatteten Bar. Aber um nichts Wesentliches zu versäumen, lehnte ich mich auf mein Fahrrad und wartete. Wenn ich geahnt hätte, wie sehr meine Geduld strapaziert werden sollte – ich hätte den Fall Kaminski vermutlich auf sich beruhen lassen.

Es wäre ein unverzeihlicher Fehler gewesen! Denn während ich hinausblickte auf den abendlichen Sund, auf den sich eine bleigraue Dämmerung legte wie ein samtenes Tuch über einen Toten, spielte sich weiter draußen in der rauhen Dünung des Atlantik eine Ehetragödie ab, an der ich keinen geringen Anteil hatte. Zumindest scheinen meine eher dürftigen Hinweise auf die relativ vorteilhaften Aspekte eines Schiffsmordes eine geradezu erschreckend inspirierende Wirkung gehabt zu haben. Sie mögen juristisch gesehen durchaus als Initialzündung für ein Vorhaben gelten, das allerdings so oder so irgendwann stattgefunden hätte. Und nur insofern trifft mich der Vorwurf einer Mitschuld. Wobei zur Stunde noch umstritten ist, ob es sich um ein Verbrechen im Affekt oder lediglich um einen ganz banalen Unglücksfall handelt.

Wartend am Ufer mit Blick hinaus auf die See wurde ich zum Augenzeugen – ohne das Geringste zu sehen. Denn die *Sweet Disaster* kreuzte mit ihren beiden Segeln und ihren beiden – Verzeihung – mit ihren drei Passagieren, denn außer Leo und Lydia war ja auch der Hund mit an Bord, jenseits des Horizonts.

Das Schiff schlingerte ordentlich in der Dünung, was Leo hätte verhindern können, wäre er härter an den Wind gegangen. So aber empfand er das Stampfen und Rollen als eine gerechte Folter für Lydia, die in einer Ecke neben dem Niedergang zur Kajüte hockte, sich mit der einen Hand an die Reeling, mit der anderen an ihr Sektglas klammerte. Außerdem hielt sie sich noch irgendwie an ihrem Pudel fest, der zitternd und bebend auf ihrem Schoß hockte und der anscheinend ebenso fröstelte wie sie, denn es wurde etwas kühl an Bord.

Die Sonne war hinter dem fernen Küstenstreifen der Lowlands of Wales, die im Dunst verschwanden, blutig untergegangen, und Lydia verkündete eine ihrer für Leo längst bekannten Erkenntnisse: »Ich hasse diese Segelei!« Sie leerte ihr Glas, goß sich nach und fühlte trotzdem ihre Sektlaune schwinden.

»Unternehmungen dieser Art«, fuhr sie fort, »finde ich wie immer zum Kotzen.« Sie meinte es wörtlich, ließ ihren Worten allerdings keine Taten folgen.

»Dem Hund geht's übrigens ähnlich!« Sie hob ihn hoch, zeigte ihn vor, und Leo konnte sich selbst überzeugen, wie sehr das arme Tierchen litt. »Außerdem bezweifle ich«, stellte sie unmißverständlich fest, »daß ich bereit bin, die Nacht über in diesem schaukelnden Boot zu verbringen. Hier draußen, mitten im Ozean!«

Bereit oder nicht bereit: Sie hatte letzten Endes keine Möglichkeit, die Situation zu ihren Gunsten zu verändern. Daher schob Leo Kaminski das Thema ohne weitere Diskussion wieder unauffällig auf das rein wissenschaftliche Gleis: »Spürst du schon, wie in der frischen Seeluft und ohne Nachschub an Papier deine verdammten Zellulose-Killer sanft verenden? Oder fressen die sich jetzt voller Verzweiflung in meine Baumwollunterwäsche?«

»Die Desintegration von Naturfasergewebe, das wäre der nächste Schritt der Entwicklung«, verkündete Lydia nicht ohne triumphalen Unterton. Aspekte dieser zukunftsweisenden Art waren sogar in der Lage, ihre miese Laune anläßlich dieser Quarantänereise umgehend zu verscheuchen. »Und dieser Schritt«, behauptete sie, »kommt bestimmt. Es gibt immer Mutationen!«

»Zwangsläufig, ich weiß!« Leo schauderte bei dem Gedanken an die Konsequenzen.

»Du siehst also«, triumphierte Lydia unbekümmert weiter, »Quarantäne hin oder her: Sie ist sinnlos!« Und nach einer gewissen Pause, die Leo Zeit zum Nachdenken und zum Einlenken geben sollte, offerierte sie ihm einen akzeptablen Kompromiß: »Schlimmer kann eine Katastrophe auch nicht werden, wenn wir das dumme Versteckspiel hier draußen endlich beenden und an Land irgendwo schick essen gehen.«

»Es sind Sandwiches an Bord«, entgegnete Leo unbeeindruckt, und er tröstete sie mit der Nachricht: »Und noch mindestens fünf Flaschen Champagner.«

Das Reizwort *Champagner* hatte dummerweise seinen Glanz verloren, eingebüßt bei Wellen von zwei bis drei Metern Höhe und einer Dünung zwischen mittelrauh bis rauh.

»Außer uns beiden«, behauptete Lydia, »haben sich inzwischen noch etliche tausend mit den dir entwischten Mikroben verseucht. Dank deiner kriminellen Nachlässigkeit muß die nächste Generation dieser Menschheit eben ohne Papier überleben. Wir stoppen das von dir ausgelöste süße Desaster nicht durch Exerzitien und Bußübungen und Seekrankheit!«

»Wir wollten über die Schuldfrage doch nicht mehr weiter diskutieren«, bat Leo. »Wir teilen uns ganz einfach die Verantwortung für das Unheil und tragen gemeinsam daran.«

»Irrtum!« Lydia war uneinsichtig und sich der Gefahr, in der sie bereits seit Stunden schwebte, ganz offensichtlich nicht bewußt.

»Du wirst es sein, Leo Kaminski, Professor für Mikrobiologie, der Schlagzeilen macht, was die Katastrophe betrifft!« fuhr sie fort. Die Häme in ihrer Stimme sollte auf Leo verletzend wirken. »*Dich*, nicht mich werden sie hängen! Das verspreche ich dir!«

»Dein Brief ist als Beweis längst zerfallen.« Leo lächelte über Lydias Drohung, über diese Euphorie einer angetrunkenen Rachegöttin. »Und die Zeugin Lydia Kaminski-Smith wird nichts aussagen!«

»Woher weißt du das?« fragte sie mit süßsaurem Lächeln. »Ich *werde* aussagen! Denn vielleicht bereitet es mir Vergnügen, dir noch vor deinem heißersehnten und erträumten *Oskar-Flobell-Preis* einen Strick zu verschaffen!«

Leo Kaminski blieb gelassen und sah sich um: Die *Sweet Disaster* kreuzte mutterseelenallein in die einbrechende Nacht hinein. Er blickte am Mast hoch, kontrollierte den einschlafenden Wind, den Kurs, die Stellung des Segels, die Dünung. Dann zurrte er das

Ruder mit einer Leine fest und begann, Lydia mit deutlich sichtbaren Hintergedanken provozierend zu betrachten.
Lydia Kaminski-Smith wurde unruhig.
Sie spürte ganz plötzlich, ganz deutlich, ganz unmittelbar und nah eine ihr unbekannte, von ihr noch nie vorher wahrgenommene Gefahr. Übles lag in der Luft, eine ihr feindlich gesonnene Spannung. Das umgab sie von allen Seiten, schnürte sie ein, nahm ihr die Luft. Am Champagner und an ihrer leichten Übelkeit allein konnte das nicht liegen.
»Leo...«, rief sie und starrte ihn angstvoll an. »Was hast du vor?«
Er hätte es ihr sagen können. Rundheraus und ehrlich. Nach fast fünfundzwanzig Ehejahren wäre er dazu verpflichtet gewesen. Aber statt ihr die Ankündigung ihres nahen Todes unmißverständlich und direkt mitzuteilen, machte er Umwege, erging sich in Kommentaren, und er stand langsam dabei auf: »Du bist am Point Walter unbemerkt zugestiegen, Lydia!« rief er ihr zu und bemühte ihr Erinnerungsvermögen, als ob sie es vergessen hätte. »Und kein einziges Schiff ist uns hier draußen bisher begegnet. Ich kenne zwar nur den Titel des Buches – den Inhalt haben mir deine Mikroben leider verzuckert, bevor ich es lesen konnte. Aber die Hinweise eines diplomierten Fachmannes klangen für mich überzeugend.«
»Was für ein Buch?« Sie atmete schwer und hüstelte nervös. Die Angst und die Gewißheit, daß etwas Bedrohliches unmittelbar bevorstand, schnürten ihr die Kehle zu.
»Das Buch heißt *Der Schiffsmord*. Die Theorie ist simpel und absolut einleuchtend, und sie klingt vielver-

sprechend, was den diskreten Erfolg betrifft. Ich bin, zum Beispiel, allein losgesegelt und habe für die Zeit bis zu meiner Rückkehr in den Hafen des Clubs ein stichfestes Alibi – falls irgendwer sich für dein Verschwinden interessieren sollte.«

Aus Lydias Angst wurde zusehends Panik. »Leo…!?« rief sie.

»Lydia…?« fragte er charmant zurück, während er langsam auf sie zukam und die Bewegungen des schlingernden Schiffs mit jedem seiner Schritte geschickt ausglich.

Und bei dieser Gelegenheit lieferte er ihr noch einen allerletzten Kommentar: »Du und deine Erfindungen werden für diese unsere Welt langsam zu einer höchst bedrohlichen Gefahr.«

Diese Behauptung provozierte natürlich Widerspruch, und Lydia nutzte die Pause, die Leo machte, zu einem Plädoyer der Verteidigung: »Ich bin… als Wissenschaftlerin… aufgefordert: das Denkbare zu denken… das Machbare zu tun… und die Schöpfung als solche… stets in Frage zu stellen! Zum Wohle der Menschheit!«

»Auf *dein* Wohl, Lydia!« Leo hatte ihr das halbvolle Glas aus der Hand genommen und leerte es nun in einem Zug. Dann begann er mit seinem Plädoyer der Anklage, während das Boot rollte und stampfte und er trotzdem und mit Bravour die Balance hielt, ohne sich irgendwo festzuhalten: »Mein warnendes Buch zerfiel zu Zucker. Dreihundertfünfzig Seiten. Die Arbeit von achtzehn Monaten. Alles in den Wind! Ich bin nicht bereit, das zu verzeihen!«

Da die Gelegenheit günstig war, füllte er wieder sein Glas. Währenddessen fuhr er weiter fort: »Aus meinem schönen, geliebten, uralten Jaguar wird, wenn es nach dir und deinen neuen Mikroben geht, irgendwann einmal und innerhalb weniger Stunden ein Häuflein Rost! Alte Filme und neue Kunststoffe: Nichts ist vor deiner Entdeckerwut sicher! Daher ist der Augenblick der Wahrheit nun gekommen, Lydia. Ich werde jetzt eigenhändig eingreifen, um unsere Zivilisation vor dir und deinen Talenten zu retten. Nun wirklich: *Zum Wohle der Menschheit*!«

»Nein!« Lydia hob abwehrend die Hände, in denen sich immer noch der winselnde, strampelnde Hund befand. »Denk wenigstens an ihn!« rief sie verzweifelt. »Denk an unseren gemeinsamen Liebling!«

Mag sein, daß Leo auch an den gemeinsamen Liebling dachte, als er nun zur Tat schritt.

Lydia, jedenfalls, quälte sich hoch aus der hingekauerten Stellung und wich zurück.

Er folgte ihr, immer noch das Sektglas in der Hand, ganz langsam, Schritt um Schritt.

Sie floh rückwärts, samt Hund, stieg auf die Sitzbank, kletterte auf die Back, verstrickte sich in den Tauen und Leinen, klammerte sich an die Wanten, krallte sich an den Mast. Ein Vorsegel flatterte ihr um die Ohren, denn der Wind hatte gedreht.

Leo folgte ihr, lächelnd, scheinbar ohne jede Aggression, ohne jede böse Absicht, leichtfüßig wie ein Seiltänzer, immer noch jede Bewegung des Bootes mit dem Körper ausbalancierend.

Und Lydia wich zurück, weiter und weiter. Nur: Wie weit kann man auf einem Boot zurückweichen? Selbst auf einer Yacht von so großzügig bemessenen Dimensionen.

Daß sie mehr aus Angst, mehr aus Versehen, aus Panik,

aus Entsetzen, Schock und Kopflosigkeit abglitt und über Bord fiel oder rutschte oder einfach stolperte, strauchelte, stürzte und hinunterplumpste, wie Leo es mir später vertraulich schilderte, steht dahin.
Wie auch immer: Sie kam zu Fall und landete im unergründlichen Wasser des Atlantiks, gellend um Hilfe schreiend und samt Hund. Den ließ sie nicht los!
Keiner außer Leo hörte ihre Schreie. Der rettete zuerst den Pudel aus Lydias Händen, die sich ihm, als letztes, sichtbares Zeichen von Lydia, hilfesuchend aus dem Wasser entgegenreckten, während sie selbst tiefer und tiefer versank.
Er brachte das triefende, zitternde Tier in Sicherheit, in die Kajüte.
Als er zurückkam, um noch ein weiteres Leben dem nahen, nassen Tod zu entreißen, hatte eine überraschend hohe Welle Lydia bereits erfaßt.
Grünes Wasser, wie man in Seglerkreisen respektvoll sagt, war unerwartet über ihr zusammengebrochen, hatte sie fortgerissen vom Schiff, an das sie sich eben noch vergeblich anzuklammern versuchte, und verschlang sie mit einer Urgewalt, wie es eben so geht.
Lydia versank also in den Fluten, schließlich und endlich, aus schierem Zufall vermutlich, und ohne in irgendeiner Form körperlich attackiert worden zu sein, während Leo Kaminski, der Gatte immerhin, sich erschüttert abwandte.
Ein Fall großer Tragik:
In dieser Stunde zwischen Tag und Nacht, an einem unwirtlichen Ort, 51° 14′ 22″ Nord und 03° 32′ 97″ West, hat ein forschender, kreativer Geist, von dem noch viel zu erwarten gewesen wäre, das Diesseits plötzlich, unerwartet und für immer verlassen, ver-

schwand eine anerkannte Fachwissenschaftlerin auf dem Gebiet der Gen-Technologie spurlos – und keine Träne wurde ihr nachgeweint.
Und da ganz offensichtlich nichts mehr zu retten war, löste Professor Kaminski das Tau vom Ruder, änderte nun selbst und eigenhändig den Kurs und entfernte sich samt Boot vom Tatort, so rasch er konnte.
Er versuchte es, zumindest.
Sehr erfolgreich war er mit diesem Manöver nicht. Denn während die Nacht über Land und Meer fiel, unbarmherzig schwarz und mondlos, erstarb der Wind, und zwar entgegen allen Gesetzen der Natur völlig und total, und der aufgetakelte Schoner, die *Sweet Disaster*, lag für viele Stunden in der Flaute fest, ausgerechnet an diesem makaberen Ort der Tat, samt ihrem Skipper, Professor Dr. Dr. Dr. Leo Kaminski.
Während ich, wartend und frierend auf mein Fahrrad gelehnt, am Ufer stand und in die undurchdringliche Finsternis starrte, öffnete draußen auf See der Professor, den nassen Pudel im Arm, eine neue Champagnerflasche der Marke *Dom Perignon*, weil er der Meinung war, er hätte diese verdient.

»Herr Professor Dr. Dr. Dr. Kaminski?«
Mit gedämpfter Stimme rief ich diese Frage hinein in die Nacht.
»Ja...? Bitte...?« Nach einer langen Pause kam die Antwort ebenso gedämpft aus der Dunkelheit zurück.
Gleich einem Fliegenden Holländer war ein Schiff mit zwei Segeln geräuschlos und wie ein schemenhaftes

Phantom über das nachtschwarze Wasser vom Sund her auf den Hafen des Yacht-Clubs zugeschwebt. Die Segel rauschten von den Masten herab und fielen klatschend an Deck. Langsam schob sich das Boot in den freien Liegeplatz. Wie Lassos schwirrten Leinen um die Poller der Mole. Die *Sweet Disaster* hatte festgemacht.
Nun stand er mir gegenüber, auf dem Bug des Schiffes, Professor Dr. Dr. Dr. Kaminski. Genauer gesagt: Er stand einen ganzen Meter unter mir und blickte ebenso entgeistert wie erschrocken zu mir hinauf.
Kein Zweifel, er war es, der Wissenschaftler aus der Staatsbibliothek, der Jaguarfahrer, der mir dreimal erfolglos nach dem Leben getrachtet hatte.
Ich kniete mich neben mein Fahrrad, um mit meinen Augen in seiner Höhe zu sein, und ich fixierte ihn.
»Was wollen Sie?« fragte er. Es war stockfinstere Nacht, und da hatte er ein Recht zu fragen, wer ihm da auflauerte und warum.
»*Der Schiffsmord!*« flüsterte ich. Ich gebe zu, es klang subversiv, wie eine Verschwörung mit einem geheimen Code, einer Losung unter Komplizen. Dabei ging es mir nur darum, seiner Erinnerung auf die Sprünge zu helfen.
Aber das Stichwort, der geheime Code, das Losungswort zündete nicht.
»Was sagen Sie da?« Seine Frage klang eigenartig entsetzt.
Also wiederholte ich: »*Der Schiffsmord!*« so deutlich und so laut es gerade noch ging, ohne die nächtliche Ruhe, die mystische Atmosphäre dieses Yachthafens zu stören, wo die stählernen Wanten leise gegen die Metallmasten klingelten und das Brackwasser schmatzend an die Bohlen klatschte.

Ich konnte weiß Gott nicht ahnen, was er wußte und dachte und jetzt vermutete. Er fühlte sich in diesem Augenblick entlarvt, überführt, als Täter, als mutmaßlicher Mörder, und er murmelte etwas von einem tragischen Unfall, und es täte ihm leid, er sei erschüttert und nervlich am Ende, er hätte getan, was er nur konnte, stundenlange Rettungsversuche, vergeblich, nun bräuchte er Ruhe, vielleicht sogar einen Arzt, und seinen Anwalt! Ja, richtig! Ohne seinen Anwalt spräche er nicht mit mir, kein Wort mehr, denn er sei unschuldig, und Beweise hätte ich keine.
Ich ließ ihn reden, unterbrach ihn nicht mit irgendwelchen Fragen, obwohl ich nichts verstand, nicht das Geringste. Aber reden lassen, reden, reden, reden, das ist in solchen Fällen immer das Beste. Man erfährt mehr, wenn man zuhört und die Leute schwätzen läßt. Jeder verrät sich irgendwann, wenn man ihm nur Gelegenheit dazu gibt.
»Wie zum Teufel«, fragte er schließlich, und zwar ausgerechnet mich, der ich ahnungslos war, »haben Sie das mit dem Schiffsmord herausgefunden.«
Da ich immer noch nicht begriff, wovon er da eigentlich sprach, von welchem Vorfall, welchem tragischen Ereignis, bezog ich die Frage logischerweise auf das Buch. Und auf sonst nichts.
»Der Oberbibliothekar war so freundlich«, verriet ich ihm. »Ihre Daten waren im Computer gespeichert. Außerdem habe ich ein phänomenales Gedächtnis für Gesichter. Und für Begegnungen. Auch wenn sie einmalig sind. Auch in der dunkelsten Nacht.«
Er starrte mich immer noch ungläubig an. Daher fragte ich ihn: »Erinnern Sie sich denn nicht mehr an mich? Heute morgen! In der Königlichen Staatsbibliothek!«

Da kletterte er zu mir herauf auf die Mole, ein weißes Bündel unter dem Arm, obwohl sein Schiff noch lange nicht aufgeklart war: Die Segel lagen wirr an Deck, die Leinen verknäult.
»Natürlich erinnere ich mich«, behauptete er. »Habe Sie sofort wiedererkannt. Schon an der Stimme: der Diplomkriminologe...! Mit Praktikum in der Staatsanwaltschaft Ihrer Majestät...!«
»Robert Flemming.« Ich fand, dies sei der richtige Augenblick, mich selbst vorzustellen. Wir schüttelten uns also die Hände.
»Leo Kaminski.« Es ging sehr förmlich zu, nachts kurz vor zwölf, in tiefer Dunkelheit, auf diesem Steg zwischen vertäuten Klassebooten.
»Hatten Sie denn Gelegenheit, den *Schiffsmord* zu studieren?« fragte ich. »Ich meine, das Buch hier. Bevor es zu Staub zerfiel...?«
»Zu Staub?« fragte er. »Sie meinen wohl: Zucker!«
»Verzeihung, ja: Zucker! Ich weiß.«
Ich packte die Reste des Buches, den Rücken, den Einband und den stark zerfressenen Umschlag aus der Plastiktüte, die auf dem Gepäckträger meines Rades festgeklammert war. Er sah mir interessiert zu, während er antwortete: »Studiert? Den *Schiffsmord*? Leider nein. Sonst wären Sie ja wohl nicht hier! Vermutlich habe ich irgend etwas falsch gemacht bei dieser todsicheren Methode, habe irgendeinen raffinierten Trick übersehen. Aus Unkenntnis. Aus Selbstüberschätzung. Schließlich bin ich Laie. Schade. Aber ich sagte ja schon, es war ein bedauerlicher, ein tragischer Unfall. Weiter nichts!«
Dann griff er nach den Resten des zerfallenen Buches in meiner Hand und wurde stutzig: »Woher haben Sie das? Den Umschlag und...?«

»Das hier, was vom *Schiffsmord* noch übrig ist, lag in Ihrem Wagen, Herr Professor, in Ihrem Oldtimer-Jaguar. Auf dem Rücksitz. Halb eingebettet in diesen… äh… Zucker. Und zugedeckt mit Ihrem Jackett.«

Er fühlte sich in die Enge getrieben. Ich spürte, wie er schwitzte. Angstschweiß. Als Diplomkriminologe bekommt man irgendwann eine Witterung dafür, auch wenn man noch im Praktikum steht.

»Sie haben also bereits meinen Wagen durchsucht!« stellte er fest und räusperte sich zweimal, weil ihm die Stimme versagte.

»Oh, ja!« gab ich zu, ohne zu zögern. »Hier oben am Parkplatz hinter dem Königlichen Yachtclub. Übrigens auch Ihren Schreibtisch, Ihr Schlafzimmer, Ihre Küche…!«

»Ohne Hausdurchsuchungsbefehl?«

»So ist es, Herr Professor. Spontan und absolut illegal!«

Er war sprachlos. Daher fuhr ich fort:

»Und jetzt frage ich Sie, Herr Professor Kaminski, Sie sind Fachwissenschaftler, Sie sind in diesen Fall verwickelt, es dürfte kaum Sinn haben, den Unwissenden zu spielen oder gar zu leugnen…«

»Ich leugne nicht!« unterbrach er mich barsch. »Was wollen Sie wissen?«

»Alles!«

Damit war er überfordert. Also schränkte ich ein: »Das weiße Pulver überall…«

»Zucker!« sagte er nur.

»Richtig, Zucker… Also: Was geht da vor…? Haben Sie irgendeine Erklärung…?«

Er kam näher, blickte mich ungläubig an: »Das fragen Sie mich? Haben Sie sonst keine Probleme?«

Ich hatte keine. Daher wiederholte ich meine Frage: »Wieso zerfiel *Der Schiffsmord* zu Zucker? Das müssen Sie doch wissen! Herr Professor!«
Er wischte die Frage mit einer ärgerlichen Handbewegung zur Seite. »Halten wir uns doch nicht mit unwichtigen Details auf! Mit Nebensächlichkeiten! Die Umwandlung von Zellulose in Stärke und Zucker, die Desintegration von Papier, das ist ein absolut natürlicher Vorgang. Unnatürlich daran ist bestenfalls die Methode, die Ausbreitungsgeschwindigkeit und die flächendeckende Verseuchung. Aber wenn Sie schon meinen Wagen inspizieren, mein Haus durchschnüffeln, dann geht es Ihnen doch um... naja... um etwas ganz anderes – auch wenn ich Ihnen erneut und hoffentlich glaubhaft und überzeugend erkläre, daß es ein tragischer Unfall war.«
Und weil ich mir anmerken ließ, daß er trotz aller Glaubhaftigkeit keinesfalls überzeugend wirkte, weil ich ahnungslos war, was da mit Unfall und Tragik gemeint sein könnte, fuhr er in seiner Argumentation fort: »Sie lauern mir auf, hier, im Dunkel der Nacht, weil Sie gegen mich ermitteln und Beweise haben, den Schiffsmord betreffend. Und vermutlich erwarten Sie jetzt, daß ich mitkomme!«
Er hielt mir unaufgefordert die Hände hin, als erwarte er, in Handschellen gelegt zu werden.
»Herr Professor... Ich bitte Sie... Wegen eines Buches... Die Bibliothek wird verlangen, daß Sie den Schaden ersetzen. Ich habe für meines den Neupreis bezahlt: £ 11.50. Ich empfand das als Wucher. Noch dazu von einer staatlichen, königlichen Institution. Aber was soll man machen. Und was ist schon ein einziges Buch? In der Staatsbibiothek zerfallen in diesem

Augenblick tausend Jahre Menschheitskultur zu Staub...«

»Verzeihung!« korrigierte mich Professor Kaminski erneut: »Zu Zucker! Nicht Staub!«

Statt auf meine naiv-ahnungslosen Ausführungen zu reagieren, erhielt ich nun eine konkrete, explizite Unterweisung zum eigentlichen Thema: »Zucker, das sind süße, in Wasser lösliche Kohlenhydrate. Chemisch gesehen: Oxyaldehyde und Oxyketone, also Aldehyde und Ketone mehrwertiger Alkohole.«

»Verbindlichsten Dank!« sagte ich, aber das Problem betraf mich weniger chemisch als persönlich: »Meine Doktorarbeit ist unwiederbringlich dahin, Herr Professor!« Ich sah keinen Grund, ihm meine Probleme vorzuenthalten. »Fahndungsakten, Steckbriefe, Verhörprotokolle, demokratisches Rechtssystem! Mein Arbeitszimmer in der Staatsanwaltschaft Ihrer Majestät im dritten Stock des Obersten Landesgerichts gleicht inzwischen einer Zuckerbäckerei. Und Sie, Herr Professor, als profilierter Fachwissenschaftler, als einer der führenden Bio-Genetiker und Molekularbiologen, als Warner, wie Sie sich selbst bezeichnet haben, vor den Risiken des biotechnischen Fortschritts, Sie setzen sich an einem Tag wie diesem, an dem solches geschieht, und nachdem Sie durchaus Kenntnis von gewissen unerklärlichen Vorfällen hatten, seelenruhig in Ihr Segelboot...!«

Da widersprach er mir mit Vehemenz: »Oh, nein! Nicht seelenruhig! Die Tat war ein Unfall und geschah im Affekt. Ich beantrage Freispruch, zumindest mildernde Umstände. Selbst wenn Sie auf *unterlassene Hilfeleistung* plädieren sollten: Auch dafür gibt es plausible Gründe! Nicht nur Ihre Doktorarbeit zerfällt, chemisch gesehen, in ein molekular-strukturelles Chaos. Nicht nur tausend Jahre Menschheitsgeschichte und demokratisches Rechtssystem lösen sich auf! Nein, auch *mein Buch*! Die Arbeit von anderthalb Jahren!«

Er hatte offenbar ebenfalls Grund, zornig zu sein.

»Das Schicksal verhält sich bisweilen zynisch!« fuhr er etwas weniger erregt fort. »Dreihundertfünfzig Seiten Warnung vor eben dieser biologischen Katastrophe – oder eben einer anderen, ähnlicher Art – es gibt da zigtausend Möglichkeiten. Dreihundertfünfzig Seiten: aufgelöst, verschwunden, vernichtet, weg! Und dieses geschieht ausgerechnet mir!«

Und etwas atemlos zog er die wohl einzige, letzte Konsequenz seiner Erkenntnisse: »Nein, das konnte nicht ungesühnt bleiben!«

Ich fühlte mit ihm, brachte seinem Standpunkt durchaus Verständnis entgegen, auch wenn mir der Kern der Sache nach wie vor unklar blieb. Wie hätte ich auch damals ahnen können, daß er... diese Lydia Kaminski-Smith... Aber lassen wir das im Augenblick. Das sind reine Spekulationen. Und so fragte ich Professor Kaminski, der offensichtlich immer noch darauf wartete, daß jetzt, zumindest irgendwann ganz bestimmt, sich die Handschellen um seine Gelenke schließen würden, ganz suggestiv: »Sie haben also... Herr Professor Dr. Dr. Dr. Kaminski... mit diesen unglaublichen Zukker-Vorfällen... wenn ich Sie recht verstanden habe... nichts... oder doch?... irgendwie... irgend etwas...?«

Ich schwieg und gab ihm damit Zeit, den Gedanken von Schuld und Unschuld selbst zu Ende zu führen, was er auch tat: »...zu tun meinen Sie? Ich...? Mit

Zucker...? Mit diesem Desaster...? Dieser Katastrophe...? Ich? Zu tun?...«
Er schien fassungslos zu sein, daß diese Vermutung überhaupt in einem menschlichen Gehirn...
»Ich würde mich aufhängen!« drohte er mir mit übertriebenem Nachdruck. »Am nächsten Laternenpfahl!«
So hatte ich das eigentlich nicht gemeint. Es war schließlich nur eine Frage gewesen, keine Anschuldigung, keine Behauptung.
Aber schon verteidigte er sich weiter: »Als verantwortungsvoller Mensch und sogar als Wissenschaftler würde ich das als letzte Konsequenz sehen, wenn ich so etwas – sei es wissentlich, sei es unwissentlich – angezettelt hätte!«
Dann nahm er mich überraschenderweise am Arm, wie einen Kollegen, einen Komplizen: »Die Club-Bar hat offen bis zehn. Kommen Sie mit nach oben. Wir wollen etwas trinken!«

Ich schulterte mein Fahrrad und folgte dem Professor. Man sah die Hand nicht vor den Augen, aber die weiße Seglertasche, die er unter den Arm geklemmt hatte, war zumindest ein Anhaltspunkt.
Erst ging es den schmalen, hölzernen Steg entlang. Ein falscher Tritt, und ich wäre zwischen den kreuz und quer gespannten Leinen der vertäuten Yachten gelandet. Dann ging es auf der schmalen, in die Felsen gehauenen Treppe die Klippe hinauf. Dort, endlich, spendete eine Laterne gelblich-trübes Licht, und die

Seglertasche unter Leo Kaminskis Arm entpuppte sich als weißer Pudel.
Auf der hellerleuchteten Veranda des Clubhauses ließ der Professor dem Hund freien Lauf und sah sich lange und mißtrauisch nach allen Seiten um. Anschließend wandte er sich an mich:
»Wo sind Ihre Leute?«
»Welche Leute, bitte?«
»Sie sind allein gekommen, um mich...?« Er schüttelte ungläubig seinen Kopf, bevor er den Hund wieder einfing und weiterging. »Das nenne ich Vertrauen!«
»Ich bitte Sie, Herr Professor...«, ich holte ihn ein und versuchte, seine Enttäuschung zu mildern: »Auf einen vagen Verdacht hin... Nach Feierabend... Da bekomme ich doch keinen einzigen Mann!«
Er lachte und öffnete die Tür zum Foyer.
Und im Vorbeigehen raunte ich ihm noch zu: »Sie müssen sich schon mit mir allein begnügen!«
Da nickte er nur, versuchte ernst zu bleiben und kraulte den vor Kälte und Aufregung zitternden Hund hinter den Ohren.
Anschließend tranken wir etliche Ales, Dog-Bolters, Steam-Beers und Local Bitters, und zwar in etwa dieser Reihenfolge, denn die Bar des Königlichen Yachtclubs konnte es mit jedem öffentlichen Pub aufnehmen, was die Auswahl an gezapften, offenen Bieren vom Faß betraf. Nur der Barkeeper war müde und blaß, und wir waren seine einzigen Gäste an der langen Theke.
»Robert...«, sagte Leo Kaminski und legte mir freundschaftlich die freie Hand auf die Schulter, denn wir waren uns im Laufe einiger Runden menschlich näher gekommen. »Robert, das wird Sie jetzt schockieren...«
Er nahm gewissermaßen einen rhetorischen Anlauf,

bis er zur wesentlichen Aussage seiner angekündigten Enthüllung kam: »Man kann auch aus Altpapier ein anständiges Bier brauen...!«
Er schwieg, wartete auf meine Reaktion. Und erst als diese ihm ein gewisses überraschtes Interesse signalisierte und ich keineswegs geschockt wirkte, setzte er seine Erläuterungen fort: »Bier – denkbare Rohstoffe wären auch Sägespäne und Baumrinde. Ebenso Rüben und Honig. Mit Malz, das gebe ich allerdings zu, gelingt der Brauvorgang leichter, und das Endprodukt ist bekömmlicher und geschmacklich vermutlich besser, Cheerio...!«
Er trank mir zu. Ich revanchierte mich. Anschließend ging der Unterricht weiter: »Reis, Mais, Weizen, Hirse – und Papier! Das alles läßt sich zu Alkohol vergären, wenn vorher gewisse Bakterien und Hefen entsprechend tätig werden. Denn all diesen Stoffen ist eines gemeinsam: Sie enthalten Zucker! Und zwar in mehr oder weniger gebundener Form. Und dieser Zucker muß nun lediglich aufgeschlossen und anschließend vergoren werden.«
»Zucker«, fragte ich ungläubig, »findet sich im Papier?«
»In Form von Zellulose«, verriet der Professor, während ich angeekelt mein halbvolles Bierglas betrachtete, bevor ich es in einem Zug austrank.
»Bakterien, Hefen und Mikroben erledigen zuverlässig den delikaten Job der Umwandlung. Normalerweise langsam und unter strenger Kontrolle. Diesmal, allerdings... ganz offensichtlich... rasch und entfesselt!«
Er stellte sein Bierglas ab, »Warten Sie!«, und brachte seine Geldbörse zum Vorschein, die er in seiner Gesäßtasche trug. Er öffnete sie behutsam und ließ erst

Robert, dann den Barmann einen Blick in das ausgeplünderte Innere werfen.
»Na, was sehen Sie?«
»Nichts!« sagte ich wahrheitsgemäß und griff meinerseits in die Innentasche meines Jacketts.
»Nichts«, bestätigte auch der Barmann, und der Professor vervollständigte unsere übereinstimmende Aussage durch den Hinweis: »Nichts! Richtig! Außer grünlich-rötlich-bläulich-gräulich-weißem Pulver! Das war heute morgen noch Bargeld! Los – versuchen Sie!«
Er bot den Pulverinhalt seiner Börse freigiebig jedem Interessenten zur Geschmacksprobe an, tauchte selbst die Spitze seines angefeuchteten Zeigefingers vorsichtig in das bunte Pulvergemisch am Grund, leckte daran und erklärte: »Süß!«
»Stimmt!« sagte der Barmann, nachdem er, ohne zu zögern, den angebotenen Test nachvollzogen hatte. »Richtiggehend süß!«
Ich, meinerseits, spielte das Spiel nicht mit. Ich fand es unhygienisch, und es bot mir keinerlei Überraschung. Im Gegenteil: Ich hielt dem Professor nun meine eigene Geldbörse hin. Der Inhalt war der gleiche, vielfarbiges Pulver, und der Professor reagierte überaus erstaunt: »Bei Ihnen auch?«
»Bei mir auch«, sagte ich und ging ins Detail: »Vor wenigen Stunden waren das noch sechsundzwanzig oder achtundzwanzig Pfund in gültigen Banknoten. Mein gesamter Bestand an Bargeld!«
Ich beobachtete den Professor sehr genau, und ich fand seine überraschte Reaktion auf meine Mitteilung ein wenig verwunderlich.
»Hatten Sie das nicht erwartet, Professor, daß auch anderen dieses Mißgeschick...? Dachten Sie denn, daß

nur Ihr eigenes Geld, Ihr eigenes Papier…? Ich sagte doch schon: Unsere Vernehmungsakten in Sachen Miller und Zabatini, die Inkunabeln des fünfzehnten Jahrhunderts in der Königlichen Staatsbibliothek, inklusive einer zweiundvierzigzeiligen Guternbergbibel…! Meine Doktorarbeit im Original…! Wie ist das alles möglich?«

Der Professor starrte in sein Bierglas, wo sich die letzten hellen Bläschen auf dunklem Ale gerade aufzulösen begannen. Dann trank er es in kleinen, nachdenklichen Schlucken aus.

»Ja, wie ist das möglich?« wiederholte er meine Frage. Er versuchte ganz offensichtlich Zeit zu gewinnen, bevor er sich zu einer endgültigen Aussage zwang: »Ich sagte doch schon: Bakterien… Mikroben…! Vermutlich entwichen aus einem biochemischen Geheimlabor. Es gibt da viele potentielle Verursacher: die Armee, der Secret-Service, die Amerikaner, die Russen. Sie wissen ja, Robert: CIA oder KGB, da mache ich in diesem Fall keinen Unterschied. Oder ein wahnsinniger Wissenschaftler. Vielleicht auch eine ehrgeizige Frau… Und nun ist er losgelassen, der siebente Apokalyptische Reiter, oder meinetwegen auch der achte: Die Gen-Technologie! Ein Milliarden-Milliarden-Milliarden-Heer mikroskopisch kleiner Papier- und Zellulose-Killer besorgt nun den Untergang all dessen, was wir *schwarz auf weiß* besitzen! Noch ein Bier?«

Ich nickte nur stumm und war von Leo Kaminskis emotionsloser Sachlichkeit beeindruckt.

Der Professor stellte sein Glas auf die Theke, hob kurz zwei Finger und deutete auf den zweiten Zapfhahn von links mit dem blauweißen Porzellangriff. Der Barkeeper verstand das Zeichen trotz seiner halbgeschlosse-

nen Augen und zapfte mit nachtwandlerischer Sicherheit die Gläser voll bis zum Rand. Schaumlos. Wir Briten zahlen für Bier, nicht für Schaum.
Inzwischen nutzte der Professor die Zeit, ein wenig weiter zu dozieren: »Noch habe ich die Gelegenheit nicht genutzt, das süße Produkt der Papierumwandlung zu analysieren. Ich nehme an, daß außer den einfachen Zuckermolekülen, den Monosacchariden, den Pentosen und Hexosen, sich hauptsächlich zusammengesetzte Zucker gebildet haben, Oligosaccharide und Polysaccharide, wie zum Beispiel Pentosane, Inulin, Glykogen, Stärke und Pektine.«
Meine Bewunderung war durch das chemische Fachchinesisch rasch abgenutzt: »Erklärungen dieser Art helfen mir wenig. Erst elf-fünfzig für das zerstörte Buch, die ich allerdings erst noch bezahlen muß. Dann der Rest meiner Barschaft, sechsundzwanzig oder achtundzwanzig Pfund...«
Der Professor reichte mir das volle Glas zusammen mit den Worten: »Solange wir nur Geld verlieren, Robert! Cheerio!«
Wir tranken gemeinsam, und ich dachte an meine Doktorarbeit, und daß ich statt dessen eine wissenschaftlich wie journalistisch brisante Bombe platzen lassen würde: Ich werde die Schuldfrage für das Zukker-Desaster, für die Papier-Katastrophe, für das »Phänomen«, wie es demnächst heißen sollte, ans Tageslicht zerren, koste es, was es wolle! Ich werde mit meinen Enthüllungen niemanden schonen und die Öffentlichkeit kompromißlos darüber aufklären, was Forschungswahnwitz alles vermag! Und ich werde berühmt!
Da schlug der Barkeeper, der Sekunden vorher noch

tief und aufrecht stehend zu schlafen schien, unbarmherzig und brutal mit der flachen Hand auf eine Tischglocke und verkündete erlöst und nunmehr hellwach: »Es ist zehn Uhr, Gentlemen! Die Bar ist geschlossen!«

»Recht so, James!« Der Professor trank aus und lieferte sein leeres Glas an der Theke ab. »Wir danken Ihnen. Und schreiben Sie alles auf mein Konto!«

»Leider nicht möglich, Sir!« James reichte einen leicht angefressenen, schwarzen Pappumschlag über die Theke, aus dem satt der Zucker rieselte.

»Sehen Sie nur, Herr Professor...«

Der Professor sah und wußte Bescheid. Wir wußten beide Bescheid, er und ich.

Nur der Barkeeper war immer noch naiv und unwissend, trotz der langen Diskussionen über das Thema und der Geldzerfalls-Demonstration. Vermutlich hatte er nicht zugehört.

»Gegen Abend«, berichtete er mit weinerlicher Stimme, »fing es an. Und es hörte nicht mehr auf. Das Kontobuch existiert nicht mehr. Sie waren der letzte, Herr Professor, der sich vor dem Abendtörn darin eintrug. Sechs Flaschen *Dom Perignon.*«

Er war also der letzte. Der letzte, der es in der Hand gehalten hatte. Nun war es dahin. Wie alles, was er berührte.

»Ich muß Sie also bitten, Gentlemen, bar zu bezahlen!« Er notierte, was wir konsumiert hatten, mit einem Kugelschreiber auf dem Handrücken und begann zu addieren.

»Bar?« Der Professor sah mich verzweifelt an. »Womit?« fragte er hilflos.

Mir wurde übel. Ganz plötzlich und unvermittelt. Das

war zuviel. Das war einfach zuviel! Zuviel an Beweisen, an Zusammenhängen, an Widersprüchen und an ausweglosen Konsequenzen.
»He, Robert...!« rief der Professor mir nach. »Sie können mich doch nicht mitten in einem hochnotpeinlichen Verhör einfach stehen lassen!«
Ich sah mich nicht einmal um und lief davon.
»Schließlich«, fügte er noch drohend hinzu, »besteht dringende Fluchtgefahr!«
Ich tat, als hätte ich nichts gehört und winkte, bevor ich den Raum verließ, nur müde ab. Schließlich hatte ich es eilig.

Die Herrentoilette im Yachtclub stammte noch relativ unverändert aus der Epoche der Königin Viktoria, obwohl im eigentlichen Sanitärbereich zwischen der edlen Mahagoni-Täfelung auch Attribute aus der Zeit König Georgs zu finden waren. Craquelé-Fliesen mit anmutigen Ornamenten und Porzellanschüsseln verschiedenen Designs für jedwede Art der Verrichtung, allesamt mit dem gleichen kobaltblauen Blumenmuster, sollten wohl anregend für Gemüt und Verdauung wirken.
In meinem Fall zumindest war dieser Erfolg durchschlagend. Vielleicht war dies aber auch ein Symptom der Angst, denn das »Phänomen« begann mir mit seinen diversen, katastrophalen Aspekten über den Kopf zu wachsen. Der selbsternannte Chronist des Desasters, der bereits zu diesem frühen Zeitpunkt, da das Ausmaß des Unheils noch nicht einmal in Ansätzen zu

überblicken war, die Hintergründe schonungslos an den Tag bringen wollte, hatte etwas Bammel bekommen. Vor der eigenen Courage. Vor dem, was nun tatsächlich auf ihn zukam. Vor dem Verbreiten schlechter Nachrichten.

Ich saß nicht unbequem im Dämmerlicht dieses altmodisch gefliesten Kabinetts. Nur der Kopf war ein wenig zu voll mit Bier, das man auch aus Altpapier herstellen kann, wie ich erfahren hatte. Der Sitz war ein Monster aus gedrechselter Eiche und glatt poliert von fünf Generationen Seglerhintern, und ich dachte nach, wie ich mich am elegantesten aus der Affäre ziehen könnte.

Da ging draußen die Tür, und ich hörte Leo Kaminskis etwas eigenartig stelzenden Schritte auf dem Marmorboden. Und der letzte Zweifel an seiner Identität schwand, als er mich anrief: »Sind Sie hier, Robert?«

»So ist es, Professor!«

Unsere Stimmen hallten etwas unheimlich in diesem Raum, der für laute Konversation eigentlich nicht konstruiert worden war. Ich schätze es auch nicht, wenn mir an einem Ort wie diesem eine Unterhaltung aufgezwungen wird, die man mit etwas Geduld verschieben und auch woanders führen könnte.

Aber Professor Kaminski hatte außer Alkohol auch noch einige Frustrationen in seinem Kopf, die er gern losgeworden wäre: »Sie verhaften mich nicht«, rief er mir von seinem Standpunkt aus zu, der am anderen Ende des Etablissements lag. »Sie verhören mich nicht! Sie ziehen sich einfach dorthin zurück, wo Sie jetzt sitzen.«

Ich hörte sanftes Plätschern und das Winseln des Hundes, den er sich seit über einer Stunde unter den Arm geklemmt hatte.

»Ich vermute hinter Ihrer Taktik eine raffinierte, ausgeklügelte Variante psychischer Folter!« verdächtigte er mich. »Sie wollen mir ein Geständnis abtrotzen!«
»Wenn Sie eines abzulegen haben, nur zu!« rief ich nach draußen. Und da er schwieg, ergänzte ich meine Aufforderung durch eine direkte Frage: »Ich komme auf den *Schiffsmord* zurück, auf das zerfallene Buch: Sind die verdammten Papierfresser letzten Endes *doch* Ihre Erfindung?«
Der Hund hörte ganz plötzlich auf zu winseln, und das sanfte Plätschern erstarb.
»Bei allen heiligen Eiden: *Nein!*« rief der Professor entrüstet. »Obwohl ich vor über zwei Jahrzehnten die theoretischen Grundlagen dieses Wahnsinns selbst entwickelt habe – was mir übrigens über kurz oder lang den *Oskar-Flobell-Preis* einbringen könnte. Das Komitee tagt demnächst!«
»Meine Gratulation!« An die etwas eigenwillige Konversations-Situation begann ich mich zu gewöhnen. »Ich halte Ihnen beide Daumen, Professor!« Dann, allerdings, fand ich es angezeigt, seine Skrupel mit juristischen Argumenten zu zerstreuen: »Der Gesetzgeber, dies nur zu Ihrer Beruhigung, Professor, straft nur die tatsächlich vollbrachte Tat, nicht die theoretisch-wissenschaftliche Idee!«
Das sanfte Plätschern setzte wieder ein und bewies den engen psychosomatischen Zusammenhang zwischen Blase und Seele. Auch der Hund begann wieder zu winseln, wenn auch leiser als zuvor.
»Ich gebe zu«, meldete sich der Professor nach einer gewissen Pause zu Wort, »mit meinem Einfluß und mit meinem Wissen hätte ich die Zucker-Katastrophe verhindern können!«

»Unterlassene Verhinderung eines Kapitalverbrechens wäre tatsächlich ein hübsches Delikt«, referierte ich in bezug auf sein Teilgeständnis, »sofern ich Ihnen das nachweisen könnte, Professor.«
Er hüstelte, und wiederum erstarb das Plätschern, diesmal sogar endgültig. Professor Kaminskis dringende Verrichtung schien beendet.
»Hübscher wäre allerdings der konkrete Beweis der Tat an sich«, verriet ich ihm. »Mit oder ohne Vorsatz, das spielt keine Rolle. Denn alle Spuren der Verzuckerung führen zu Ihnen, Herr Professor Dr. Dr. Dr. Kaminski!«
Ich bedauerte zutiefst, ihn und seine Reaktion in diesem Augenblick nicht in Augenschein nehmen zu können. Man muß, dies ein wesentlicher Lehrsatz meiner Wissenschaft, einem Beschuldigten im Augenblick der Beschuldigung unbedingt in die Augen blicken. Das war mir verwehrt. Ich war immer noch dringend verhindert. Ich ahnte nur seinen Ausdruck, als er ganz harmlos und in aller Unschuld fragte: »...führen zu mir?«
»Zu Ihnen, ja! In der Staatsbibliothek begann anscheinend das Unheil in der Abteilung »Biochemie«. Dort hatte man Ihre zurückgelieferten Bücher einsortiert. Mein Arbeitszimmer gleicht, was das Zucker-Chaos betrifft, dem Ihren, nachdem eines Ihrer Bücher auf meinem Tisch gelandet war.«
»Purer Zufall!« lautete sein nicht sehr stichhaltiges Argument der Verteidigung.
»*Ihr* Geld zerfällt, das *meine* auch! Selbst das Kontobuch der Bar in diesem Club löst sich auf, nachdem *Sie* es in Händen hatten: Sechs Flaschen *Dom Perignon* auf Kredit! Wo bleibt also Ihr Geständnis?«
Wasser rauschte. Der Professor wusch sich die Hände,

kein Zweifel, und schwieg. Daß er sie sich nicht in aller Unschuld wusch, davon war ich nun fest überzeugt.
»Hallo, Professor! Sind Sie noch da?«
Das Verhör spitzte sich zu und ich beschloß daher, meine Sitzung und die damit verbundene Isolierung als beendet zu betrachten. Im Rauschen der Wasserspülung ging Leo Kaminskis Satz fast unter: »Ja, ich bin noch da, bin noch hier! Und alles ist, wie ich schon sagte, eine schicksalshafte Verkettung unglücklicher Zufälligkeiten. Vom Schiffsmord angefangen, bis hin zum Papierdesaster...«
Er stand, als ich mein Kabinett verließ, mit tropfenden Händen mitten im Raum, seinen Pudel zu Füßen, und wirkte eigenartigerweise begossen.
Er schrak zusammen, als wir uns nun schließlich doch noch persönlich, Aug in Aug, gegenüberstanden, und die Frage, die ich nun wohl oder übel an ihn richten mußte, erschien uns beiden gleichermaßen peinlich. Wenn auch jeweils aus unterschiedlichen Gründen: »Sagen Sie, Professor: Haben Sie heute schon mal diese Toilette hier benutzt?« Ich deutete hinter mich, wo die Wasserspülung noch immer rauschte.
Er zögerte mit der Antwort, und ich hakte nach: »Nein? Ja? Vor Ihrem Segeltörn, heute abend, zum Beispiel?«
»Möglich...!« Er schien nachzudenken, aber weniger wegen der Tatsache als solcher, eher noch, weil er nicht wußte, warum ich das fragte.
»Ich weiß wirklich nicht mehr. Wieso?«
»Das Toilettenpapier ist zerfallen! Ein Häuflein verwischter, verwehter Zucker auf dem Marmorboden. Das süße Unheil drängt sich bereits ärgerlich und unmittelbar in meinen Intimbereich.«

»Sie sind in diesem speziellen Punkt nicht das einzige Opfer dieses Desasters, Robert«, tröstete er mich. »Die westlichen Hintern werden sich in Zukunft ausnahmslos an die indische Methode gewöhnen müssen. Eine Flasche mit Wasser – und die linke Hand.«

»Nicht besonders hygienisch!«

»Wie man's nimmt.«

Ich wusch mir die Hände. Sehr intensiv, sehr gründlich. Und währenddessen beobachtete ich Leo Kaminski unauffällig von der Seite und registrierte, daß er beim Kraulen seines Pudels immer hektischer, unkonzentrierter und liebloser geworden war.

»Sie sind also der Meinung, Professor«, faßte ich fürs erste zusammen, »die Seuche käme von irgendwoher, CIA, KGB, Armee, Marine, Gaddhafi, Khomeini... Und Sie selbst seien an ihrer Verbreitung absolut unschuldig...?«

Da unterbrach er mich: »An der Entstehung: ja! Der Vorwurf der Verbreitung trifft allerdings jeden von uns: Sie! Den Barmann dort draußen! Jeden einzelnen der Bibliotheksangestellten! Wir sind alle hochgradig verseucht. An den Händen, den Kleidern. Wir infizieren alles, was wir berühren. Ein Teufelskreis gigantischen Ausmaßes und durch nichts zu stoppen!«

Ich war schockiert. Diese Meinung aus berufenem Mund raubte mir und der menschlichen Kultur jegliche Hoffnung. Noch ein weiteres Mal wusch ich mir die Hände, gründlicher und intensiver als zuvor.

»Grauenvoll!« Viel mehr fiel mir dazu nicht ein. Und viel später erst stellte ich die Frage: »Sie glauben also, Professor, diese Zucker-Epidemie greift tatsächlich weiter um sich? Über unsere Stadt hinaus? London? Die gesamte Insel des Vereinigten Königreichs?«

»Weltweit!« sagte er nur.
Dann gingen wir hinaus mit nassen Händen. Zu Zeiten Königin Viktorias, bei der Gründung dieses Clubs, hingen sicherlich großflächige Leinentücher in den Toiletten. Nun hatte man aus hygienischen Gründen auf Papierhandtuchspender umgestellt, die anachronistisch, stilfremd und brutal an Mahagonitäfelungen montiert worden waren und die nun außer Zuckerstaub nichts mehr spenden konnten. Wieder einmal hatte uns der vermeintliche Fortschritt ausgetrickst.
»Weltweit!« wiederholte Professor Kaminski seine Prophezeiung, ahnungsvoll wie ein Menetekel. »Ich bin davon überzeugt.«
Wir traten hinaus in die Nacht. Es war noch kälter geworden, und der Pudel unter Kaminskis Arm begann wieder zu zittern.
»Es ist der Hund meiner Frau«, entschuldigte er sich. »Bonny.«
»Angenehm«, entgegnete ich automatisch. Mir fiel auf, daß es das erste Mal war, seit unserer Begegnung am Boot, daß er den Hund mir gegenüber ins Gespräch brachte.
Ich holte mein Fahrrad von der Veranda, dann gingen wir unter Pappeln, die bereits ihr Laub verloren, das den Boden nun goldgelb bedeckte, zu seinem offenen Jaguar. Auch auf den Sitzen lagen die Blätter, und Professor Kaminski begann mit einer oberflächlichen Reinigung. Und während dieser Tätigkeit, den Pudel immer noch unter dem Arm, zog er Bilanz:
»Papier geht von Hand zu Hand. Briefe, Schecks, Banknoten, Aktien, Wechsel und Zeitungen. Nach meiner Berechnung ist eine Stadt wie die unsrige nach vierundzwanzig Stunden bereits weitgehend durch-

seucht. Das übrige Land trifft es vierundzwanzig Stunden später. Dazu zählt Groß-London mit seinen zehn Millionen Einwohnern. Ländlichen Regionen gebe ich zwei Wochen mehr. Zwei Monate, längstens drei, dem Rest der zivilisierten Welt, je nach Flugverbindung und Einwohnerdichte.«

Der Fall erschien mir plötzlich viel verhängnisvoller, viel auswegloser, als ich ursprünglich angenommen hatte.

»Ich dachte: Sie und ich und die Staatsbibliothek, das war's auch schon... Und jetzt diese Prognose...! Und wo vermuten Sie nun wirklich den Ursprung dieser Pest? Sie haben doch einen begründeten Verdacht!«

»Sie doch auch!«

»Sicher! Aber wenn Sie es nicht waren, wer dann? Wenn Sie, Professor Kaminski, behaupten, unschuldig zu sein, wer ist Ihrer Meinung nach dann schuldig? Wer oder was ist der Täter?«

»Das genau müssen wir herausfinden!« Der Professor gab sich überraschend kooperativ. »Viel Zeit bleibt uns nicht. In vierundzwanzig Stunden ist hier der Spuk bereits vorüber, und alle Spuren sind verwischt!«

»Weil bis dahin alles verfügbare Papier...?«

»So ist es. Und weltweit bleiben uns zwei Monate, höchstens drei!«

»Gut, fahren wir!« Ich schwang mich auf mein Rad. »Wir müssen sofort etwas unternehmen, Professor! Kommen Sie! Kommen Sie rasch!«

Er stieg ein und plazierte den Hund auf den Rücksitz und startete den Motor: »Wohin denn?«

»Es ist Ihre Pflicht, als Wissenschaftler und designierter *Oskar-Flobell*-Preisträger die Presse zu informieren, die Öffentlichkeit!«

»Und wie?«
Wir fuhren beide gleichzeitig los, und ich hielt mich an seinem Fensterrahmen fest.
»Wenn wir schnell sind, schaffen wir die erste Seite der Morgenausgabe!«

Da fuhren wir also durch die Nacht, zurück von Cardiff, auf sehr unterschiedliche Weise. Ich auf meinem Fahrrad, Leo Kaminski in seinem Jaguar, und die Konversation vom Rad zum Wagen und zurück war mühsam, geriet etwas laut, mitunter auch stockend, und der Hund kläffte dazwischen, denn diese Situation war ihm unheimlich und fremd. Es war also keineswegs das, was man in unserer Branche eine ideale Verhörsituation nennt. Trotzdem hielt ich mich nicht zurück und stellte etwas atemlos meine Fragen: »Wo sagten Sie, Professor, begegnete Ihnen der Papier-Zucker zum ersten Mal?«
Leo Kaminski dachte nach. »Hier im Wagen, glaube ich«, sagte er schließlich. »Vor einer Kreuzung oder Unfallstelle. Im Stau. Die Zeitung auf dem Rücksitz hatte sich aufgelöst. Die Morgenausgabe. Gekauft vor dem Hauptpostamt. Halt, nein! Das Geld! Ja, richtig: Das Geld löste sich auf. Als erstes. Direkt vor der Königlichen Staatsbibliothek. Als ich für falsches Parken zehn Pfund bezahlte. Oder zwanzig.«
»Ein wichtiger Hinweis!«
»Ich habe irgendwo noch das Ticket, den Strafzettel... Unsinn, ich hatte ihn. Er ist längst zerfallen.« Er faßte sich an den Kopf und lachte sarkastisch über seine Vergeßlichkeit.

»Und das hübsche Mädchen in Ihrem Wagen, Professor?«
»Woher wissen Sie von dem Mädchen?«
»Die große Eile. Der Flug nach New York! Wir sind uns ja heute morgen bereits viermal begegnet.«
»Amanda Primavera. Stewardeß bei British Airways. Begegnung in einem Nachtclub. Eine flüchtige Affäre. Aber unvergeßlich!«
»Sie haben ihre Adresse?«
»In New York? Selbstverständlich! Obwohl sie da äußerst selten landet. Hier: ein rosa Kärtchen...«
Er öffnete das Handschuhfach, tastete mit der Hand alle Ecken ab und suchte vergeblich. Denn außer Zukkerspuren, die möglicherweise auch noch rosa waren, was nachts nicht so ohne weiteres festzustellen war, fand er nichts. Nichts, was an diese wunderschöne Amanda Primavera erinnerte. Kein Pfand der Liebe. Kein Beweis ihrer Anwesenheit in seinem Wagen zur fraglichen Stunde, außer meiner Aussage als Augenzeuge ihrer tatsächlichen Existenz.
Da fiel ihm ein, daß er bereits zuviel verraten hatte. Eine Zeugin für den absoluten Beginn des Desasters war nun namentlich bekannt. Noch war ich unwissend und einfältig und maß dem Umstand, daß es eine Amanda Primavera tatsächlich gab, keine allzu große Bedeutung bei. Aber der Tag würde kommen, möglicherweise bereits morgen, wo eine Zeugin dieses Kalibers diesem ehrenwerten Professor Dr. Dr. Dr. Kaminski das Genick brechen konnte. Und Kaminski ahnte das!
Ärgerlich stieg er auf die Bremse und hielt am Straßenrand: »Los, steigen Sie ein! Mitsamt Ihrem Dingsda...!«

Also kletterte ich auf den Rand des Oldtimer-Jaguars, hockte mich auf das zusammengerollte Verdeck, die Füße neben dem Hund auf dem Rücksitz, und nahm mein Rad quer auf die Schulter. So fuhren wir hinein in die nächtliche Stadt mit ihren verwaisten, ausgestorbenen Straßen.
Daß bei meinen Einsteigen, beziehungsweise Aufsteigen auf seinen Wagen, die hintere Stoßstange des Jaguars abfiel, die beim Anfahren scheppernd liegenblieb, verschwieg ich ihm. Es hingen schon zu viele schlechte Nachrichten in der Luft.

Wir hätten es beide wissen müssen, zumindest ahnen. Denn es war einleuchtend und schlüssig. Vermutlich haben wir die Tatsache einfach verdrängt, wollten es nicht wahrhaben, bis zuletzt.
Aber greifen wir den Ereignissen nicht vor!
Wir fuhren in den Hof der Zeitungsdruckerei. Das heißt: Der Professor fuhr, und ich hockte, das Fahrrad auf der Schulter, hinten auf dem Wagen und sprang ab, als er hielt.
Der Hof wirkte ebenso ausgestorben wie alle Straßen, die wir durchfahren hatten. Mit offenen Hecktüren standen die Lieferwagen mit den Aufschriften der *Daily Mail* und der *Sunday Times* an der Laderampe, aber niemand ließ sich blicken, keine Menschenseele weit und breit.
»Um diese Zeit verladen die normalerweise die Nachtausgabe.« Ich wußte zufällig Bescheid, da eine meiner letzten Affären eine angehende Journalistin gewesen

war, mit der sich Verabredungen ständig zerschlugen – wegen ihrer außergewöhnlichen Arbeitszeit.
»Normalerweise, ja…« Der Professor wurde zusehends nachdenklicher, und seine Skepsis übertrug sich auf mich, als ich mein Fahrrad schulterte, er sich den Hund wieder unter den Arm klemmte, und wir das Zeitungsgebäude durch den Hintereingang betraten.
Ich kannte mich aus, ging voraus durch ein weites, gelbgekacheltes Treppenhaus, durch Korridore und an verwaisten, offen stehenden Büros vorbei durch schmale Gänge. Das Labyrinth stammte noch aus der Mitte des letzten Jahrhunderts, und ich durchfuhr es mit der mir eigenen Geschicklichkeit auf meinem Fahrrad.
Der Saal der Redaktion war nur spärlich erleuchtet, und keiner der Tische war besetzt. Lediglich ein älterer Raumpfleger war damit beschäftigt, mit einem Staubsauger die abgeräumten, leeren Tische zu reinigen, auf denen außer Bleistiften nichts mehr lag, nichts, aber auch gar nichts, ein Umstand, der düstere Ahnungen verbreitete.
»Sie müßten um diese Zeit an ihrer Morgenausgabe arbeiten!« Ich kannte bestens die Termine und Verpflichtungen von Redakteuren.
»Sie müßten…«, kommentierte der Professor diese ungewöhnliche Situation, »…aber sie tun es nicht.«
»Es sieht aus wie bei einem Streik!« Ich dachte, ein wenig Sarkasmus würde die Stimmung heben.
»Streik, ja…«, der Professor lächelte. »Das wäre in diesem Fall ein schöner Traum.«
Die Setzmaschinen waren offensichtlich außer Betrieb. Es herrschte eine unnatürlich tiefe Ruhe, eine fast schon erschreckende Stille in diesem Teil des Gebäu-

des, nur von irgendwoher tönte leise, fern und unverständlich eine markante Frauenstimme. Es klang wie eine Ansprache, eine Rede in höchst aufdringlicher Diktion, in einem hohlen, halligen, verzerrten Lautsprecherton, der aus einem Keller zu kommen schien.
Wir machten uns auf die Suche nach dieser Stimme, denn wo einer spricht, herrscht noch Leben. Wir durchquerten das Archiv, die Halle des Umbruchs, das Fotolabor und erreichten schließlich den Maschinensaal.
Auf diesem ganzen Weg, auf dem uns immer nur diese ferne Ansprache begleitete, trafen wir keinen einzigen Menschen.
Die Rotationsmaschinen standen erwartungsgemäß still. Leo Kaminskis Schritte hallten dumpf auf dem schmalen Eisensteg zwischen diesen beiden monströsen Maschinen, die den Saal in seiner ganzen Länge füllten. Ich fuhr per Rad neben dem Professor her und versuchte, mit seinem Tempo Schritt zu halten. Die unheimliche, weibliche Lautsprecherstimme war näher gekommen, immer näher, und spornte uns zu größerer Eile an. Daher wich ich dem Drucker, den ich in seiner Unscheinbarkeit und seinem graubraunen Kittel fast übersehen und daher überfahren hätte, erst in letzter Sekunde aus. Er kehrte weißes Pulver zu kleinen Häufchen und nahm uns damit jeden weiteren Zweifel, aber auch jede Form von Hoffnung.
Er achtete nicht weiter aus uns, trotzdem blieb der Professor ganz überraschend neben ihm stehen und sprach ihn an: »Hallo!«
Der Mann blickte müde auf, und seine Brillengläser spiegelten das kalte, blaue Licht der Neonlampen und ließen ihn wie blind erscheinen. »Ja?«

Durch mein Ausweichmanöver prallte ich voll gegen den Professor, der gegen den Drucker taumelte.
»Verzeihung!«
»Passen Sie doch auf!« schnauzte der Professor.
»Wozu bleiben Sie stehen?« schnauzte ich zurück.
»Was fragen Sie ihn? Was wird er wohl zusammenkehren? Kokain?«
Aber der Professor fragte den überrumpelten Mann trotzdem etwas: »Sind Sie allein?« Der Mann sah sich hilflos um und verstand offenbar die Frage nicht.
»Wo sind die anderen?« wollte der Professor weiter von ihm wissen.
Der Drucker reagierte kaum. Ohne seine Tätigkeit, die er uninteressiert und mit großer Trägheit wieder aufgenommen hatte, zu unterbrechen, deutete er nach hinten, zum hellerleuchteten Ende des Maschinensaals.
Tatsächlich: Dort, angestrahlt von grellen Lampen, war ein gutes Dutzend Drucker, alle in graubraune Kittel gehüllt und mit spiegelnden Brillen auf der Nase, emsig damit beschäftigt, das zu ansehnlichen Zuckerhäufchen umgewandelte Rotationspapier in große Müllsäcke umzufüllen.
Von den Trommeln der Maschinen hingen nur noch zerfaserte Papierreste herunter wie verwesende Leichentücher.
Ich stieg vom Rad und flüsterte dem Professor zu: »Wir sollten hier besser nicht nach der Abendausgabe fragen.«
Er nickte, nahm den unfreundlichen, aggressiven Blick der Drucker zur Kenntnis und flüsterte zurück: »Sie wissen es noch nicht: Es gibt weder Abend- noch Morgenausgabe. Keine Zeitungen mehr auf Wochen, Monate oder Jahre. Verlassen Sie sich auf meine Prognose!«

Wir hätten beide nicht flüstern müssen. Die weibliche Lautsprecherstimme füllte gnadenlos diesen Teil des Maschinenraums mit seiner echofreundlichen Badezimmerakustik. Inzwischen lösten sich einige verständliche Wortfetzen aus dem sonst weiterhin unverständlichen, verwaschenen Brei dieser aufdringlich vorgetragenen Ansprache, die nun ganz dicht neben uns aus einem der angrenzenden Räume drang. Der Professor öffnete eine angelehnte, blaulackierte Eisentür und prallte zurück.

Es war die Präsidentin. Und sie sprach im Fernsehen.
Aber nicht, wie Sie annehmen, die Ministerpräsidentin von Großbritannien. So weit gediehen war die Katastrophe noch nicht. Jene Dame sprach erst eine Woche später.
Es war lediglich die Präsidentin der Provinzregierung. Aber die Texte waren in beiden Fällen mehr oder weniger die gleichen: Die Beteuerungen, die Katastrophe sei keine ernste, die Bitte, nur ja keine Panik entstehen zu lassen, die Behauptung, alles sei unter Kontrolle und würde sich dank der Regierung und ihrer umfassenden Bemühungen schließlich, letzten Endes, doch noch irgendwann zum Guten wenden, und so weiter. Diese Phrasen waren damals wie auch später beruhigend identisch.
Der kleine, kahle Abstellraum der Zeitungsdruckerei, mitunter auch als Teeküche mißbraucht, war vollgepackt mit Menschen und Maschinen. Redakteure,

weibliche wie männliche, Sekretärinnen, Schriftsetzer, Drucker und Fahrer, alle hatten sich dort in drangvoller Enge versammelt und lauschten den markanten Worten der derzeitigen Landesmutter unserer Provinz.
Die Zuhörer hockten auf dem öligen Betonboden, lehnten an der Wand mit der abblätternden Farbe, denn Kisten oder gar Stühle waren knapp. Sie tranken Bier und Coke aus Dosen, einige der Damen rauchten ebenso hektisch wie demonstrativ, und alle starrten sie gebannt und schweigend auf den kleinen, bläulichflackernden Schirm eines tragbaren Fernsehgeräts.
Und daher nahm auch keiner der Anwesenden die beiden Fremden in der Tür weiter zur Kenntnis.
Die Provinzregierungspräsidentin sagte, was sie zu sagen hatte, und das war ja das Wesentliche für Zeitungsleute in diesem Augenblick offensichtlicher Not. Sie sagte es mit sorgenvoll-zuversichtlicher, beunruhigternsthafter, pathetisch-hoffnungsvoller Miene. Wie immer war auch diesmal ihre Tonart etwas schrill, jedoch überzeugend. Denn die prekäre Situation, um die es jetzt ging, hatte sie voll im Griff.
Bedauerlich war allerdings, daß wir beide, der Professor und ich, nur noch den Schluß dieser denkwürdigen Ansprache zu hören bekamen, wobei ich den nun folgenden Text aus dem Gedächtnis zitiere, denn ein Protokoll der Ausführungen existierte natürlich nicht, weder damals noch später. So eine Ansprache an ihre Bürger bewältigt diese Dame aus dem Stand, und eine Tonband- oder Videokopie war vom Fernsehen nicht zu erhalten. Man hielt diese Live-Ansprache nicht für bedeutend genug, um sie aufzuzeichnen. Also denn:
Die Präsidentin teilte mit, sie sei in ständigem und in-

tensivem Kontakt mit den Mitgliedern ihrer Provinzregierung, vergleichbar Ministern eines Kabinetts, mit Fachleuten aus Industrie und Wirtschaft, mit Vertretern der vierundsechzig großen Gewerkschaften sowie mit den Spezialisten von Zoll, Quarantäne-, Seuchen- und Kriminalpolizei.
Die Ursache des geheimnisvollen Papier-Phänomens, das sich bisher lediglich auf unsere kleine Universitätsstadt und auf einige, wenige Schwerpunkte im Großraum London, wie Banken, Postämter und Flughafen beschränkte, sei unbekannt, die Auswirkung der eingetretenen Zerstörung noch nicht abzusehen, eine weitere Ausbreitung jedoch unwahrscheinlich.
An dieser Stelle machte sich bei den anwesenden Zuschauern Gemurmel breit. Man war, nach diesen Worten, in der Tat beeindruckt und beruhigt gleichermaßen, oder, je nachdem, entweder oder. Es kam darauf an, wo der jeweilige politische Standort lag.
Wenn eine Regierung feststellt, eine Gefahr sei gebannt, dann ist sie gebannt.
Wenn eine Regierung erklärt, es sei überflüssig, sich Sorgen zu machen, dann sind diese Sorgen überflüssig.
Denn jede Regierung ist Obrigkeit. Und jede Obrigkeit kommt von Gott. So steht es schon in der Schrift.
Und wenn das für Regierungen im allgemeinen gilt, dann gilt das auch im besonderen für eine Provinzregierung.
Andererseits gilt das natürlich nur für eine Regierung mit einer demokratischen Staatsform, die im Gegensatz zu allen anderen wenigstens die elementarsten Menschenrechte akzeptiert. Auch und ganz besonders in Zeiten der äußeren und inneren Not.

Das sagte sie alles, so in etwa natürlich, nicht wörtlich, aber sinngemäß.
Sie sagte auch, und das fand ich erstaunlich, die Provinzregierung würde für alles voll die Verantwortung übernehmen. Wofür und wie, das sagte sie leider nicht, Und auch das Wort *Schadenersatz* kam in diesem Zusammenhang nicht vor.
Fest steht, sagte sie, nur eines: Weder die chemische Schadstoffbelastung der Luft, noch Radioaktivität, auch nicht die durch das sich ständig vergrößernde Ozonloch eindringende UV-Strahlung der Sonne kämen – soweit die Provinzregierung das beurteilen kann – als Verursacher dieses Phänomens in Frage. Auch der gezielte Anschlag einer ausländischen Macht schied nach den bisherigen Erkenntnissen der Provinzregierung – höchstwahrscheinlich – aus.
Davon unabhängig sei allerdings der Zentralregierung in London, und zwar der Ministerpräsidentin persönlich, telegrafisch empfohlen worden, in Absprache mit den Verbündeten der NATO, die Sicherheitsstufe *B* – es gäbe nur *A*, *B* oder *C* – auszurufen. Und man bemühe sich von seiten der Provinzregierung um Kontakte mit den USA, mit der UNO, der UNESCO, mit der UNEP und der OECD, mit dem Europaparlament, dem Wirtschaftsrat der EG in Brüssel und dem englischen Königshaus. Allerdings erst ab morgen vormittag. Für heute sei es zu spät.
Morgen würde auch der Vertreter Ihrer Majestät in das hiesige Provinzparlament zu der geplanten Sondersitzung eingeladen, die man kurzfristig einberufen wird.
Ein Katalog mit Sofortmaßnahmen würde, so sagte die Präsidentin, umgehend erstellt, ein mittelfristiger Finanzhilfeplan sei ins Auge zu fassen. Die Provinzregie-

rung würde die am meisten betroffenen Branchen, die Banken und Versicherungen, aber auch das Druck- und Pressewesen dieser Stadt nicht im Stich lassen.
Einige der Anwesenden applaudierten, junge Journalisten, schon aus beruflichen Gründen kritisch und keineswegs leichtgläubig, pfiffen oder lachten. Zustimmung und Skepsis hielten sich in etwa die Waage.
Zum Abschluß teilte die Provinzregierungschefin noch mit, daß nicht der geringste Anlaß zur Beunruhigung oder gar zur Panik bestünde. Das beobachtete Phänomen sei nur von rein lokalem Ausmaß, und die Regierung, das versicherte sie den Bürgern dieser Stadt und dieser Region ausdrücklich, würde rechtzeitig alle notwendigen Maßnahmen ergreifen, die Situation unter Kontrolle zu halten. Schon in den nächsten Tagen würde neues Papiergeld ausgegeben. Schulen, Banken und Bibliotheken blieben jedoch bis auf weiteres geschlossen. Im übrigen wünsche sie noch eine gute Nacht. Gott segne euch alle!
Die Show war gelaufen, die Versammlung löste sich auf, rasch und in unglaublicher Hektik. Jeder hatte in dieser Stunde des Skandals ein Ziel. Alles strömte an uns vorbei, zwischen uns beiden hindurch, die wir voneinander getrennt und zurückgedrängt links und rechts der Tür standen, und ich rief über die Köpfe und das Stimmengewirr hinweg Leo Kaminski zu: »Professor! Sie müssen sie aufklären, die Präsidentin! Wenn Ihre Theorie der weltweiten Verseuchung stimmt...!«
»Sie stimmt natürlich!« rief er zurück. »Wie können Sie zweifeln! Aber ich mische mich nicht in die hohe Politik!«
»Das hat doch nichts mehr mit hoher Politik zu tun. Das ist Ignoranz! Jedermann ist klar, daß eine Seuche

dieser Art nicht lokal zu begrenzen ist. Die Präsidentin ist inkompetent, und sie will Ruhe in ihrem Distrikt. Das ist alles! Und das ist kein Vorwurf. Nur: Sie braucht dringend Ihre Information und Ihre Hilfe!«
»Ich weiß keine Hilfe!« beteuerte der Professor, so laut er nur konnte. »Und meine Informationen sind für sie nutzlos. Sie würden sie nur verunsichern. Und eine verunsicherte Regierung ist auch nicht gerade ein Segen für das Land!«
Der Raum hatte sich plötzlich geleert, bis auf einen alten Mann, der auf dem Boden saß, in einer der Ecken, sich an die Wand lehnte und schlief.
Ich dämpfte daher wieder meine Stimme: »Professor! Es ist ein Wettlauf mit der Zeit. Die Präsidentin muß London informieren. Sofort, umgehend und mit der nötigen Warnung. Flugplätze und Häfen müssen geschlossen werden. Ausgangssperre. Schreibverbot. Fangen wir die Dame ab. Sie ist noch beim lokalen Fernsehsender. Reden Sie mit ihr...!«
»Worüber?« fragte er. »Sie würde mich nicht verstehen. Denn was auch immer ich ihr zu sagen hätte – es ist unbegreiflich!«
»Versuchen Sie es wenigstens! Professor! Dr. Dr. Dr.! Leo! Es ist eine Chance...!«
»Chance?« fragte er und sah mich spöttisch an. »Eine Chance für wen?«
Und nach einer gedankenvollen Pause, die mir unendlich lang erschien und in der er abwesend und zerstreut wirkte, nickte er schließlich und endlich zustimmend: »Gut, gehen wir! Vielleicht gibt es dort, wo sie ist, ein kaltes Büfett und etwas zu trinken!«

Es gab nichts zu trinken. Auch kein kaltes Büfett. Es gab außer einer gewissen Enttäuschung, die sich sehr leicht bei einer persönlichen Begegnung mit hochrangigen Politikern in Krisensituationen einstellt, allerdings zwei wesentliche Erkenntnisse. Eine betraf die absolute Unfähigkeit des Staates, mit einem Phänomen wie diesem auch nur andeutungsweise fertig zu werden. Die zweite stellte sich ein, als wir uns anschickten, den Hof der Zeitungsdruckerei zu verlassen.

Ohne äußeren Anlaß brach plötzlich und unvermittelt ein braun-rostiges Blechteil aus der Karosserie des Oldtimer-Jaguars und fiel scheppernd und direkt vor unseren Füßen zu Boden. Der Professor reagierte erstaunt, bückte sich, hob es auf, betrachtete es durch dicke Brillengläser argwöhnisch und aus nächster Nähe, inspizierte das entstandene Loch im hinteren, linken Kotflügel und antwortete auf meine Frage: »Was ist das? Wieso…?« zögernd und scheinbar voller Einfalt mit der elementaren Erklärung: »Rost! Und ich werde auch nicht jünger!«

Damit warf er das durchlöcherte, bereits durch Korrosion perforierte Stück Blech in den Wagen zu Lydias Hund, setzte sich hinter das Steuer, ich schwang mich wieder samt Fahrrad auf das Heck des Wagens – und die Fahrt begann. Als wir den Hof verließen und hinaus auf die Straße fuhren, verlor der wertvolle Jaguar den Rest des bereits beschädigten Kotflügels, der Funken sprühend über die Straße schlitterte. Der Professor bemerkte es nicht, und ich hielt den Mund. Schlechte Nachrichten zu übermitteln, erfordert ein spezielles Talent, das ich nicht besaß.

Ich verschwieg auch den nächsten Verlust: Irgendein

Blechteil aus dem Unterbau des Wagens verschwand an einer Kreuzung. Ich hoffte, daß es für die Stabilität der Karosserie nicht gerade lebensnotwendig war, klammerte mich an mein Rad und hoffte trotz allem auf eine glückliche Landung.
Erwähnenswert wäre in diesem Zusammenhang noch der Zusammenbruch ganzer Plakatwände, von denen sich unter Aussendung staubig-weißer Wolken zuckerig-angefressene, verwesende, bunte Riesenposter lösten und in Fetzen langsam zu Boden schwebten. Wir passierten auf unserem Weg zum lokalen Fernsehsender gleich drei dieser traurig dahinsterbenden Reklame-Sehenswürdigkeiten. Aber Leo Kaminsiki hatte offenbar keinen Blick dafür.
Daß außerordentliche Ereignisse auch außerordentliche Maßnahmen erfordern, sah man bereits von weitem. Polizisten auf Motorrädern bewachten den Eingang, und der schwarze Wagen der Provinzregierungspräsidentin stand mit diskreter Flagge geschmückt, dem Kennzeichen 001 und laufendem Motor unauffällig vor dem Portal des Fernsehstudios unserer kleinen, ehrwürdigen Stadt.
Wir waren also noch rechtzeitig eingetroffen!
Leo Kaminski parkte gesetzwidrig, wie es so seine Art zu sein schien, im Parkverbot der Feuerwehr-Anfahrtszone, griff sich den widerstrebenden, kläffenden Hund und verließ den Wagen. Die Tür klemmte, und ein Scharnier brach ab. Aber der Professor beachtete das nicht weiter.
Ich ließ mein Rad quer auf dem offenen Wagen liegen, zückte meinen Ausweis der Staatsanwaltschaft Ihrer Majestät, hielt ihn beiläufig, lässig einem der uniformierten Sicherheitsbeamten hin, murmelte etwas von

»ich bin dienstlich hier« und betrat, den Professor im Schlepptau, das Studiogebäude.
Ein zweiter Sicherheitsbeamter, diesmal ganz in Zivil, mit ausgebeultem Jackett über seiner Dienstwaffe, hielt uns auf. Er studierte sehr lange, sehr skeptisch, sehr gründlich meinen Ausweis, gab ihn schließlich zurück und musterte kritisch erst mich, dann meinen Begleiter. Ich fand es angebracht, ihn vorzustellen: »Professor Dr. Dr. Dr. Kaminski. Wissenschaftler. Auf dem Weg zur Präsidentin.«
Der Sicherheitsbeamte nickte, nahm unmerklich Haltung an und gab uns den Weg frei.
Der Professor, den Hund unter dem Arm und bisher immer etliche Schritte hinter mir, holte auf und flüsterte mir vertraulich zu: »Haben Sie's bemerkt? Man läßt mich ungehindert passieren! Alle Welt hält Wissenschaftler für harmlos!« Er lachte. Und ich fand nicht heraus, ob er dieser landläufigen Meinung widersprechen oder zustimmen wollte.
Wir liefen noch an einem halben Dutzend dieser entschlossenen jungen Männer mit ihren Kraftsportfiguren und den ausgebeulten Jacketts vorbei, und ich bekam langsam eine Ahnung, für wie hochgradig gefährdet der Job einer Provinzregierungspräsidentin in Großbritannien letzten Endes gilt.
Dann flackerten plötzlich rote Reflexe über unsere Gesichter. Eine rotierende Lampe neben einer geschlossenen, breiten Eisentür verwehrte jedermann Zutritt zum Studio, das darüber hinaus noch von uniformierter Polizei, zivilen Kripobeamten und Bodyguards gesichert war. Wir näherten uns also der Sicherheitszone *Null*, und ich erkundigte mich: »Die Präsidentin…?«
»Spricht noch!« wurde ich belehrt.

»Sie sprach bereits!«
»Sie spricht vielleicht schon wieder.«
Woher sollte man hier draußen wissen, was drinnen geschieht?
Wir warteten also, und ich beobachtete verwundert, wie der flackernde, rote Schimmer, von den Wänden reflektiert, Gesichter verändern konnte. Eine Disco-Erfahrung. Der Hund knurrte und begann zu bellen, und die Umstehenden wiesen entsetzt darauf hin, daß dieses flackernde Rotlicht *absolute Ruhe* bedeutete, was auch der Pudel schließlich, dank Leo Kaminskis Zuspruch, kapierte.
»Wie soll ich Sie vorstellen?« fragte ich den Professor anschließend an diese Dressurleistung. »Als zukünftigen *Oskar-Flobell*-Preisträger?«
»Ich habe ihn noch nicht«, entgegnete er bescheiden. »Ich bin Molekularbiologe, Miterfinder der Bio-Technologie und fundierter Warner vor Risiken und Mißbrauch der Gen-Manipulation.«
Ich hatte genau zugehört und rekapitulierte: »Molekularbiologe... Miterfinder... Bio-Technologie... Warner... Mißbrauch... *von*... oder *für*... oder *über*...?«
Der Professor bestand auf: »*Vor* den Risiken, *vor* Mißbrauch...!«
»Gen-Manipulation...«, wiederholte ich. »Ja, ich verstehe.«
Da erlosch das rote Flackerlicht, und die Tür zum Studio wurde von innen geöffnet.
Wir drängten hinein, kämpften gegen den Strom der herausdrängenden Mitarbeiter an, bis ich sehr überraschend vor der Präsidentin stand, die mit Redakteuren, die sich heiter gaben und gelöst, und mit Fernseh-Funktionären, die den Ernst der Stunde deutlich zur

Schau trugen, noch einige abschließende Worte wechselte.

Ich drängte mich vor, da ich von der Wichtigkeit eines Kontaktes zwischen Wissenschaft und Politik in Sachen »Papier-Phänomen« überzeugt war und versuchte die Aufmerksamkeit der Präsidentin auf Professor Kaminski zu lenken: »Frau Präsidentin...«, flüsterte ich, was eindrucksvoller klang als laute Worte. »Sehen Sie den Mann dort drüben? Nein, *den dort*! Den Mann mit dem Hund!«

Sie blickte schließlich in die richtige Richtung, zusammen mit den Funktionären und Redakteuren, die alle Leo Kaminski kritisch musterten. Der wanderte langsam, den Hund im Arm, dessen Fell er intensiv kraulte, interessiert an der Technik, aber unbeeindruckt von dem hektischen Getriebe, durch das Studio.

»Das ist Professor Dr. Dr. Dr. Kaminski«, verriet ich mit leicht dramatischem Unterton. »Er ist Spezialist auf dem Gebiet des »Papier-Phänomens«, wie Sie es nennen. Sie sollten hören, was er zu sagen hat!«

Die Provinzregierungspräsidentin winkte ebenso höflich wie geringschätzig ab: »Ich habe in den letzten drei Stunden mit mehr Spezialisten gesprochen als in all den Jahren meiner politischen Laufbahn zusammen.«

»Der Professor ist Molekularbiologe, einer der Erfinder der Bio-Technologie und ein fundierter Warner vor Risiken und Mißbrauch der Gen-Manipulation!«

Ich persönlich fand das beeindruckend. Nicht nur die Information an sich, auch und besonders wie tadellos flüssig und fehlerfrei ich dieses Zitat geschafft hatte.

Wieder gingen alle Blicke hinüber zu Leo Kaminski, der immer noch gedankenverloren den Hund kraulte und zusah, wie Kabel auf Rollen gewickelt wurden.

»Warner...«, nahm die Präsidentin mein Stichwort auf, »haben noch nie eine Katastrophe verhindert. Sie vermarkten immer nur die Angst!«

Ich hätte ausführen können, daß kollektive Angst durchaus in der Lage sei, Unheil zu vereiteln, weil sie gewisse Entwicklungen zügelt oder blockiert. Aber eine simple, letzte Trumpfkarte auszuspielen, erschien mir erfolgversprechender: »Professor Dr. Dr. Dr. Kaminski wurde soeben für den *Oskar-Flobell*-Preis vorgeschlagen!«

Aber auch diese sensationelle Information machte nicht den gewünschten, nachhaltigen Eindruck: »Wenn er ihn erhalten hat«, versprach die Präsidentin mit dem ihr eigenen Charme, »wird es mir eine große Ehre sein, ihn in unserem Provinzparlament begrüßen zu dürfen!«

Sie nickte mir und auch Leo Kaminski durchaus freundlich zu und wandte sich nun endgültig zum Gehen.

»Meine Herren«, rief sie ihrer Gefolgschaft zu, die sich bereits in Aufbruchstimmung um sie scharte. »Die Pflicht ruft! Das »Papier-Phänomen« läßt uns vorläufig nicht zur Ruhe kommen.«

Sie verließ das Studio inmitten eines Schwarms geschäftiger Männer, die sie umgaben wie Arbeitsbienen ihre Königin.

Ich lief hinter ihr her und rief in diese Menschentraube hinein: »Frau Präsidentin... Etwas Sinnvolles muß doch jetzt geschehen!«

Die Arbeitsbienen erstarrten und wandten sich um, und ihre Gesichter spiegelten Entsetzen. Die Königin war anscheinend stehengeblieben, der Kreis öffnete sich und gab sie frei. Sie lächelte nachsichtig und verriet eines der Geheimnisse ihres Erfolges: »Ich habe das ›Papier-Phänomen‹ an die Ausschüsse verwiesen. Es werden außerdem Gutachten eingeholt, ein Papier wird erstellt, …oh, pardon, sorry, … eine Resolution soll erarbeitet werden zusammen mit Ausführungsrichtlinien und Verhaltensempfehlungen… Dem Parlament stehen hektische Wochen bevor!«

»Das Phänomen wird sich ausbreiten!« warnte ich. »Weltweit! Wir müssen Großbritannien isolieren!«

»Unser Großbritannien, finde ich, ist isoliert genug!«

Dieses Bonmot der Frau Präsidentin hatte schreckliche Heiterkeit auf seiten ihrer Begleiter zur Folge. Lachend schloß sich wieder der Kreis, und der Bienenschwarm drängte die Königin hinaus ins Freie.

Das Studio hatte sich überraschend schnell geleert, einige Lichter erloschen, und zurück blieben Professor Kaminski und ich.

Es war ganz plötzlich unerträglich heiß, und ich wischte mir den Schweiß von der Stirn.

Und Leo Kaminski kam etwas einsam und verschüchtert zwischen den abgedeckten Kameras hervor und ließ den Hund zu Boden.

»Eigentlich bin ich gar nicht so richtig zu Wort gekommen!« stellte er fest.

»Ja, tut mir leid!« Mehr fiel mir dazu nicht ein.

»Sie wird es schwer haben«, orakelte er und ließ Mitleid anklingen. »Und die Ministerpräsidentin in London noch schwerer! Die Akten ihrer Finanzbehörden werden sich ebenso verflüchtigen wie der Haushaltsplan, die Parlamentsprotokolle, Gesetzesvorlagen, Ausführungsbestimmungen, Erlasse, Verfügungen… Woran klammert sich eine Bürokratie, wenn ihr das Papier unter den Händen zerfällt?«

Die Abfahrt der Obrigkeit gestaltete sich reibungslos und eindrucksvoll. Der schwarze Wagen mit Staatsflagge, Kennzeichen 001 und der Provinzregierungspräsidentin schwebte lautlos hinter der Polizeieskorte her, die mit Sirenengeheul und Geknatter den Konvoi unauffällig durch die schlafende City begleitete.
Der Schauplatz vor dem lokalen Fernsehstudio war im Nu verwaist. Zurück blieben außer Abgaswolken nur Professor Kaminski samt Hund und ich selbst mit Fahrrad, das ich vorsichtig, um den Jaguar nicht weiter zu beschädigen, vom Heck des Wagens hob.
»Ja, ich glaube, das war es für heute«, begann ich mit dem Abschiedsritual und schwang mich aufs Fahrrad. »Besuch' Sie morgen früh, Professor!«
Er schwieg, wirkte nach diesem relativ erfolglosen Auftritt etwas kleinlaut, kraulte den Pudel hinter dem rechten Ohr und inspizierte den Oldtimer mit merkwürdig gespanntem Interesse.
»Na ja«, sagte ich gerade, »mal sehen, welche Heimsuchungen Ihre Wissenschaft in den nächsten zwölf Stunden für uns noch bereit hält! Gute Nacht!«, als wiederum, ohne jeden äußeren Anlaß, sich gleich mehrere Blechteile aus der Karosserie des Jaguars lösten und scheppernd zu Boden fielen.
Der Professor war fassungslos. Er bückte sich verlegen, trotz des Hundes unter dem Arm, griff nach einem der total korodierten Bleche, das unter seiner Hand bereits weiter zerfiel, und dachte erneut über dieses Phänomen nach, das gewisse Analogien zum Papierzerfall aufwies. Er blickte mich, während er das Blechstück in seiner Hand zu rostigbraunem Pulver zerrieb, mit sanft aufsteigender Panik an. Meine Anwesenheit war ihm un-

angenehm und trotzdem willkommen, peinlich und hilfreich zugleich. Er sah in mir zugleich den Spitzel und den Freund, den Vertreter der feindlichen Staatsmacht, die ihm und seinesgleichen durchaus gefährlich werden könnte, wie auch den loyalen Trinkgefährten, dem man in einer Situation wie dieser vertrauen mußte, ob man nun wollte oder nicht. Denn allein kam er mit sich und den prekären Umständen nicht mehr zurecht.
Ich umrundete langsam und in immer enger werdenden Kreisen den Tatort, begann gewisse Zusammenhänge zu ahnen und kommentierte diese Erkenntnis pietätlos mit kargen sieben Worten: »Erst das Papier... Und jetzt das da...!«
Ich setzte eine dramatische, abwartende Pause, umkreiste weiterhin das vor unseren Augen immer mehr zerfallende Oldtimer-Wrack und betrachtete dabei Leo Kaminski auf jene herausfordernde Art, die man uns Diplomkriminologen beigebracht hatte. Es gibt da nämlich durchaus Erfahrungswerte und wissenschaftlich anerkannte Richtlinien, wie man Delinquenten zu betrachten hatte, die mürbe waren, reif fürs Auspakken. Und nach drei oder vier Runden des stummen Umkreisens fragte ich ihn: »Noch immer kein Geständnis, Professor?«
Er wischte sich wieder einmal den Schweiß von der Stirn. Und wiederum war es, der kriminologischen Witterung nach, Angstschweiß!
Das Blechstück in seiner Hand war samt der Lackreste längst pulverisiert und zerrieben. Er ließ den Rost auf den Boden rieseln, wich vor seinem geliebten Jaguar zurück wie vor einem verhexten Spuk, und dann flüsterte er, und es klang wie eine magische Beschwörung:

»*Lydia...!*«
Ich hielt an, stieg vom Rad und kam näher.
»Bitte?«
»Das war bereits ein Geständnis«, raunte er mir zu. »*Lydia...!* Meine Frau...«
Und erst nach einer langen Pause sprach er weiter und kam endlich zur Sache: »Sie suchen einen Schuldigen. Den Verursacher dieser und anderer Katastrophen. Den genialen Erfinder des Papier-Phänomens, dem weitere Phänome folgen werden. Und ich gestehe, ihn verschwiegen... und... und... aus dem Verkehr gezogen..., ihn isoliert... und in gewisser Weise unschädlich gemacht zu haben...«
Wiederum schwieg er, und es kostete ihn offenbar eine gewaltige Überwindung, mir gegenüber eine konkrete Schuldzuweisung auszusprechen und das Übel schließlich beim Namen zu nennen: »Die Biochemikerin... Meine Kollegin und Gattin... Privatdozentin... Frau Dr. Lydia Kaminski-Smith...!«
Angewidert von dieser gewissen Beziehung zu ihm ließ er Lydias winselnden Hund in den Fond des Wagens gleiten.
»Sie war es...!« ergänzte er noch unnötigerweise. »Sie hat es getan. Sie... und ihr Hund hier! Beide trifft Schuld!« Dann kam er näher, raunte mir ein weiteres Geständnis zu, verriet mir ein Geheimnis, das ich nicht ahnen konnte und das ich damals noch nicht ernst nahm, weil ich es nicht begriff: »Glauben Sie mir, Robert: Sie hat bitter dafür gebüßt. Es geht keine Gefahr mehr von ihr aus. Wir alle könnten aufatmen, wenn das Unheil nicht bereits über uns gekommen wäre!« Dann zeigte er voller Abscheu und mit ausgestrecktem Zeigefinger auf den unschuldig aus dem zerfallenden Auto-

wrack blickenden Hund und teilte mir lakonisch mit: »Das Tier ist dem Anschlag lediglich entkommen, weil ich es gerettet habe!«

Ich gebe zu, ich habe versagt. Ich hätte nachfragen sollen, nachfassen bei diesem Geständnis, offene Fragen stellen nach Details: welcher Anschlag, bitte, wohin isoliert, unschädlich gemacht wodurch, aus welchem Verkehr gezogen und womit, bitter gebüßt woraufhin und wieso? Damals wäre er, ich bin sicher, spontan bereit gewesen, den Schiffsmord zu gestehen, der ja nur ein Unfall war. Es hätte ihm womöglich den eigenen Freitod erspart. Aber hinterher ist ja jeder klüger.
»Steigen Sie ein!« forderte er mich auf, als die Chance, den Fall völlig und rückhaltlos aufzuklären, ungenutzt an uns beiden vorübergezogen war. »Kommen Sie mit! Wir fahren zum Labor!«
Er öffnete die Tür zum Beifahrersitz, da brach sie aus den Angeln und fiel mir krachend, rostig aufstaubend vor die Füße. Und mit dumpfem Knirschen ging der ganze Wagen plötzlich in die Knie, setzte sich auf den Asphalt. Die Karosserie fiel wie ein nasses, halbgefrorenes Hemd über Räder und Achsen, über Motor und Federung. Blech knäulte sich, brach schichtweise auseinander. Blasen und Rostfurunkel, vom mürben Lack mühsam zusammengehalten, platzten auf und zerrieselten rostrot und sandig. Öffnungen vergrößerten sich zusehends und gaben Einblicke in das korodierte Innenleben des Fahrzeugs. Mit einem Wort: Der Traum eines jeden Playboys, der schneidige Jaguar-Oldtimer

XJZ, war innerhalb weniger Sekunden am Ende. Wie von Geisterhand zermahlen.
Eisenoxid türmte sich am Randstein. Zugleich fing es an zu regnen.
Ich blickte nach oben, machte eine bedauernde Handbewegung und eine unpassende Bemerkung: »Das Verdeck können Sie ruhig offen lassen, Professor.«
Er reagierte nicht. Sein Humor war sicher ein anderer oder in diesem Augenblick der Trauer schlichtweg nicht vorhanden.
Lange und sehr nachdenklich starrte er seinen teuren, geliebten Wagen an, der ohne sichtbare Gewaltanwendung, ohne begreifbaren Zugriff von außen, sich auf brutal-subtile Weise Stück für Stück selbst aufzulösen begann.
»Mikroben…«, erklärte mir der Professor beiläufig, ohne den Blick von diesem Opfer seiner eigenen Wissenschaft zu lassen. »Lydias Mikroben. Es gibt keinen Zweifel.«
»Die fressen Papier… *und Stahl*…?« Ich fand das nicht überzeugend.
Der Professor schüttelte den Kopf: »Es sind andere!«
»Andere? Wie viele Mikrobenarten gibt es denn, jetzt und in Zukunft, die unsere Zivilisation pulverisieren und zerlegen?«
»Aus der Sicht der Gen-Technologie ist ihre Zahl unendlich. Alles ist denkbar, alles ist machbar. Es ist nur eine Frage von Zeit, Ehrgeiz und Moral!«
Ich fand, das zur Besichtigung angebotene Labor sei ein besserer Ort für eine Konversation dieser Art.
»Steigen Sie auf!« rief ich und schwang mich wieder auf mein Rad. Mit großzügiger Geste offerierte ich dem Professor den Sitz auf der Stange.

»Sehr bequem ist es nicht«, tröstete ich ihn. »Aber der Weg zum Labor ist vermutlich weit, die Nacht ist feucht, und es ist spät.«
Er nickte als Zeichen des Einverständnisses, rettete den Pudel ein zweites Mal an diesem Abend, diesmal aus den Resten eines zerfallenden Jaguarwracks. Mit einer zärtlichen Geste fuhr er über das sich auflösende Blech seines teuren Spielzeugs: ein letztes Lebewohl! Dann hockte er sich verkrampft und unsicher zu mir auf das Rad.
Ich stemmte mich mit aller Kraft in die Pedale. Dabei war eines nicht zu vermeiden: Die Fahrt begann mit gefährlichen Schlangenlinien.

Ein denkwürdiger Tag, der da klammheimlich zu Ende ging: Morgens dreimal den Mordanschlägen eines Amok-Jaguar-Fahrers entkommen, der nun, kurz vor Mitternacht, bei mir auf der Fahrradstange saß und die wissenschaftlich äußerst fortschrittliche Verwandlung seines Jaguars in ein handliches Häuflein Rost beweinte.
Meine Doktorarbeit, Sinn und Ziel meines Forschens über anderthalb Jahre, hatten sich aufgelöst in Nichts und einige Löffel Zucker. Statt dessen war ich von allen Hütern des Gesetzes der allererste, ach was, von allen sechs Milliarden Bewohnern dieses Planeten der einzige, der einer Lösung dieses »Papier- oder Zucker-Phänomens« dicht auf der Spur war, ein Rätsel, das ohne meine Aufklärung noch hundert Generationen beschäftigen würde. Ein überraschend freimütiges Ge-

ständnis des Täters – oder Mittäters – so gut wie in der Tasche, die Möglichkeit, in wenigen Minuten den vermutlichen Tatort, den Ursprung einer der größten, weltweiten Kulturkatastrophen persönlich in Augenschein nehmen zu können: Ich war, weiß Gott, *auserwählt!* So auserwählt wie Sie, lieber Leser, der Sie dieses Buch, diesen bedeutsamen Bericht über diese sogenannte *süße Katastrophe*, zumindest bis zu dieser Seite hier, unbeschädigt, unverzuckert durchlesen konnten. Vielleicht haben Sie Glück, und Sie schaffen auch noch den Rest!

Ich, jedenfalls, fuhr im Nieselregen und mit der zusätzlichen Last von 72 Kilo eines designierten *Oskar-Flobell*-Preisträgers – plus sieben Kilo Hund – auf der Stange, und unter den mitternächtlichen Glockenklängen einer Big-Ben-Imitation, die vom Turm der Universitätskapelle herüberklang, durch das ehrwürdige, alte Backsteintor in den Campus ein.

Der Professor lotste mich durch den Park, an den Fakultäten der Zahnmedizin und der Darstellenden Künste vorbei, entlang der neugotischen Fassade der Philosophie und der altgotischen der Theologie.

»Wieso der Hund?« fragte ich etwas unvermittelt.

»Welcher Hund?« wollte Kaminski wissen.

»*Ihr* Hund, Professor!«

»Es ist *Lydias* Hund!« stellte er richtig. »Was ist mit ihm?«

»Sie denunzieren ihn. Sie beschuldigen Herrin und Hund der kriminellen Urheberschaft an den diversen Phänomenen: Papier, Stahlblech. Was hat der Hund mit diesen Katastrophen zu tun?«

»Man kann ein Labor sterilisieren!« erklärte der Professor langsam und mit Nachsicht. »Ebenso sich selbst,

Briefkuverts, Sektgläser und Papierblumensträuße. Aber nicht *Hunde!*«

Und dann, in Aufwallung plötzlichen Zorns, rief er von seiner Fahrradstange herab hinaus in den nächtlichen Park der Universität: »Hunde gehören nicht in ein gentechnologisches Labor! Hunde, ob mit oder ohne Schutzanzug, mit oder ohne Pfoten-Schoner, mit oder ohne Präservativ über dem Fell, haben in Räumen, in denen wissenschaftlich-riskant gearbeit wird, nichts verloren! Ich habe das Lydia hunderttausendmal gesagt. Vergeblich! Sie wünschte sich ein Kind – sie bekam einen Hund! Sie gierte nach dem *Oskar-Flobell-Preis* – sie bekam sechs Flaschen *Dom Perignon* und ein Seemannsgrab. Ich habe auch nicht immer das bekommen, was ich wollte. Niemand bekommt letzten Endes das, was er will! Sie nicht, Robert, und der Hund auch nicht!... Wir sind da!«

Wir waren tatsächlich da.

In der Dunkelheit wirkte das Gebäude mit den biotechnologischen Labors so harmlos wie ein Munitionsdepot.

Ich legte mein Rad an die Kette, und der Professor schloß sein Labor für uns auf: Zwei Sicherheitsschlösser und ein konventionelles Türschloß. Dann ging er voraus, den Hund, wie üblich, winselnd unter dem Arm, hinein in die nur ihm vertraute Dunkelheit. Licht flackerte auf. Der kalte, bläuliche Schimmer von Neonröhren fiel heraus auf den Vorplatz.

Ich wartete vorläufig lieber draußen.

»Robert!« rief der Professor schließlich von drinnen. »Robert, kommen Sie! Wo bleiben Sie denn?«

Er erschien wieder in der offenstehenden Stahltür – und blickte entgeistert an mir vorbei.

»Er ist weg!« flüsterte er.
Ich folgte seinem Blick. Aber da war nichts zu sehen, nur tiefschwarze, regenfeuchte Finsternis unter tropfenden Bäumen.
»Wer ist weg?« Ich bin neuierig von Berufs wegen. Außerdem war ich hier, um einen Fall zu lösen, den niemand außer mir je würde lösen können.
»Der Wagen...! Lydias Wagen...!« Der Professor kam, den Schlüsselbund in der Hand, den Hund noch unterm Arm, Entsetzen im Gesicht und mit hastigen, fahrigen Bewegungen und hektischen Schritten vom Laborgebäude zurück und suchte etwas zwischen den zusammengekehrten Laubhaufen unter den Bäumen.
Er tappte in der Dunkelheit hin und her und entdeckte schließlich im fahlen Licht, das durch die offene Tür fiel, ein nur für ihn erkennbares Objekt.
Da lagen vier Autoreifen, sorgfältig und präzis an den vier Kanten eines Rechtecks ausgerichtet. Dazwischen erkannte man, von nassem, braunschwarzem Rostpulver überschüttet, Achsen, Getriebe und Motor. Aber auch diese noch sehr kompakten Reste eines Automobils wiesen bereits erhebliche Spuren der Zersetzung auf.
Der Professor ließ den Hund zu Boden, der nun in diesen Überresten zu schnüffeln und zu graben begann.
»Lydias kleiner Wagen«, flüsterte der Professor mit tonloser Stimme. »Ein Minicooper, Baujahr '68!« Er faltete die Hände wie zum Gebet an der Bahre eines nahestehenden Freundes. »Er wird nicht mehr hergestellt!«
Und auf meinen fragenden Blick hin, bequemte er sich zu einer kurzen Erklärung: »Sie experimentierte, ich deutete es bereits an, nicht nur mit papierfressenden

Mikroben. Auch Eisen und Stahl...« Er schluckte trocken und schwieg.
»Auch Eisen und Stahl?« wiederholte ich und wartete darauf, daß er den Satz, die Erklärung wenigstens zu Ende sprach.
Aber er war bereits einen ganzen oder sogar mehrere Sätze weiter: »Nichts, aber auch gar nichts ist anscheinend vor Lydias Forscherdrang und ihren Mikroben sicher. Dieses ›Eisen-Stahl-Phänomen‹ katapultiert die Menschheit zurück in die Steinzeit!«
»Bronzezeit«, sagte ich und sah darin ein Fünkchen Hoffnung.
»Ja, möglich...« Er bückte sich und stocherte mit einem Ast vorsichtig in dem Rosthügel herum.
»Wenn ich recht verstehe«, kombinierte ich, »bedeutet das aber auch das Ende aller modernen Kriege!« Das war ein Einwand, den ich beachtenswert fand.
Aber Leo Kaminski schüttelte den Kopf: »Eisen und Stahl, das geht nicht wie Papier von Hand zu Hand. Versprechen Sie sich also nicht allzuviel von einer Seuche dieser Art, die stets begrenzt bleiben würde. Und Kriege führt man mit Vanadium, Titan und Aluminium, von altmodischen Panzern einmal abgesehen.« Und nach einer Pause lieferte er abschließend noch einen entmutigenden Kommentar: »Gegen die Zerstörung von Waffen ist uns Wissenschaftlern immer wieder etwas Neues, ein neues System, eine neue und erst einmal unzerstörbare Gegenwaffe eingefallen.«
Und dann wurde der Professor gewissermaßen übergangslos philosophisch: »Es bleibt wohl dabei: Dies ist ein Tag des Unheils, nicht einer des Triumphs der Forschung über die Forschung!«
Er wandte sich ab, ging zurück zum Laborgebäude.

Der Hund folgte ihm kläffend, und ich machte mir Sorgen um mein Fahrrad.

Aber schließlich war es soweit: *Point Zero*, der absolute Nullpunkt, der Ursprungsort der Katastrophe, die Quelle des Unheils, hier und nur hier und nirgendwo anders begann das »Papier-Zucker-Phänomen« seine zerstörerische Reise um die Welt. Sofern dieser Professor Kaminski nicht gelogen hatte. Aber warum sollte er.
Wir standen vor der weißlackierten Eisentür am Ende eines düsteren Korridors, und der Professor schloß auf.
Wiederum zwei Sicherheitsschlösser. Und etwa zwanzig Schlüssel hingen am Bund, den der Professor bei sich trug. Das Suchen, Probieren, Kopfschütteln, Wechseln des Schlüssels, dieses Ritual des Öffnens dauerte. Zwei Männer bemühten sich gemeinsam, in die verbotenen, geheimen Räume einer mächtigen Frau einzubrechen, in den Bereich, in dem sie schöpferisch ist – und gefährlich. Von dort her beherrschte sie mit der ihr eigenen Macht, mit den von ihr neu geschaffenen Wesen die Welt. Auch mit diesen verdammten Mikroben! Damit sind wir bereits beim Märchen, beim alten, orientalischen *Sesam-öffne-dich*-Spiel. Im Kabinett der Frau Dr. Kaminski-Smith war der Geist aus der Flasche leider entkommen.
Endlich der richtige Schlüssel im richtigen Schloß, und die Türe öffnete sich.
Die Luft strömte an uns vorbei mit saugendem Ge-

räusch. Der Unterdruck im Labor ließ keinerlei Keime nach draußen. Sicherheit war hier oberstes Gebot. Pannen waren technisch gesehen nicht möglich. Denn schon von der Planung her hatte man alles im Griff.

Und auch auf die Menschen, die nur mit zahllosen Sicherheitsschlüsseln hier Einlaß fanden, war hundertprozentig Verlaß! Der Faktor *menschliches Versagen* war einfach nicht einkalkuliert.

Absolute Dunkelheit. Der Professor tastete nach dem Schalter und fand ihn auf Anhieb. Wieder flackerte Neonlicht auf, aber diesmal nicht in dem üblichen kaltbläulichem Ton. Die erwartete gnadenlose, grelle Helligkeit war gedämpft und schimmerte honigfarbenbräunlich-gelb.

Ich fand das, im Gegensatz zum Professor, keineswegs erstaunlich. Der, allerdings, wirkte geschockt, zumindest zutiefst irritiert, war einen Augenblick lang wie gelähmt, während ich mich in Ruhe umsah.

Der Vorraum zum Labor erschien mir uninteressant. Er war sicher nicht viel anders als alle anderen Vorräume zu ähnlichen Labors. Und doch war etwas gänzlich anders: Er war nicht nur in honigfarbenes Licht getaucht, nein, der Honig war überall. Er floß von den Wänden, tropfte in Fladen zähteigig von der Decke, versperrte wie ein zerschlissener Vorhang milchig-honigfarben den Blick zum eigentlichen Labor, das allerdings, wie sich sogleich herausstellen sollte, ebenfalls honigfarben beleuchtet und voll von fließendem sirupzähem Honig war.

Dazu roch es scharf und ätzend.

Ich nahm es hin, wie es eben war. Ein Labor ist ein Labor. Und ich bin Laie. Doch der Professor war er-

bleicht, und er begann zu husten. Sein Gesicht wirkte blaß, trotz dieser honigfarbenen Beleuchtung.
Dazu hatte er Grund. Er kannte den Raum, sein Labor, im Normalzustand. Von Honig war da nie die Rede.
Aber nun waren die zahlreichen Plastikvorhänge der Schleuse in absoluter Auflösung begriffen. Sie hatten jenen gelb-bräunlichen Ton angenommen und sanken in glasig-blasigen Strähnen langsam zu Boden. Als der Professor danach griff, um sie wie gewohnt zur Seite zu schieben, hafteten sie solide an seinen Händen und waren auch mit Mühe nicht ohne weiteres zu entfernen.
Er kämpfte verzweifelt gegen diese klebrigen Fäden und Fladen, gegen diese sich schmierig-dehnenden Vorhangreste. Er verwickelte sich darin. Seine spärlichen, grauen Haare waren im Nu damit verkleistert, sein Anzug, sein Gesicht und vor allem sein Hund. Auf Haaren und auf Fell haftete dieser braungelbe Plastikbrei besonders intensiv.
Ich ging hinter dem Professor her, verwundert zwar, aber noch unberührt von dem klebrigen Zugriff dieser Fangarme, die er mir freundlicherweise alle aus dem Weg geräumt hatte. Die Existenz dieser sich auflösenden Vorhänge und ihre Funktion war mir ja nicht bekannt. Angeekelt war ich lediglich von Lydias Hund, der, kaum auf dem Boden abgesetzt, sich sofort in allerlei Klebrigem wälzte.
»Was ist *das* nun wieder?« fragte ich vorurteilsfrei.
Der Professor blieb stehen und stand unter Schock. Aber schließlich gelang es ihm doch, zusammenhängende, sinnvolle, erklärende Worte zu finden:
»In Lydias Zoo«, begann er, »in diesem Arsenal neugeschaffener, aggressiver, auf den puren Verwendungszweck hin konstruierter Mikro-Organismen, gibt es

ganz offensichtlich jetzt auch welche, die jede Form von Plastik lieben. PVC-Killer-Mikroben. Gezähmt – möglicherweise ein Segen. Ich wußte nur nicht, daß sie ihr heute morgen ebenfalls entkommen sind!«

Jetzt wußte er es.

Vielleicht wußte er auch, wo sie selbst zu stecken beliebte: die geniale Übeltäterin. Diese Frau Privatdozentin Dr. Lydia Kaminski-Smith. Daher fragte ich ihn nach ihr. Allerdings schien diese Frage ihn außerordentlich zu verwirren: »Wer bitte? Wen suchen Sie?«

»Lydia! Ihre Gattin!«

Erstaunt hielt er inne, in seinem Kampf gegen die Plastikverklebung auf seinem Kopf, und betrachtete mich mit einem Ausdruck leichter Verständnislosigkeit.

»Ich sagte Ihnen doch bereits: Sie existiert nicht mehr. Aus gegebenem Anlaß habe ich mir erlaubt, diese Lydia aus dem Verkehr zu ziehen.«

»Ach... Ist das wahr?« fragte ich, bemüht, ein Lächeln zu unterdrücken. Denn mir kam plötzlich ein absurder Verdacht. Dr. Jeckyll und Mr. Hyde. Leo Kaminski und seine Lydia. Woher sollte ich zu diesem Zeitpunkt der Ermittlungen wissen, ob diese Frau jemals tatsächlich existierte. Ich hielt diese Lydia Kaminski-Smith in diesem Augenblick für ein Phantom, für eine Erfindung, und ihre Tat für eine Schutzbehauptung des Leo Kaminski, um von der eigenen Schuld abzulenken.

Im Lauf des Vormittags würde ich genauer recherchieren, den Fall zumindest in diesem Punkt aufklären und die Existenz dieser Lydia verifizieren. Sollte sie ein Hirngespinst sein, könnte man bei Kaminski auch noch von einer partiellen Schizophrenie sprechen.

Aber dann sah ich ein Feldbett in einer Ecke mit einer zerwühlten Daunendecke. Darauf stapelten sich Pullover, Röcke und fleckige Laborkittel, bunt vermischt mit Damenunterwäsche, mit Strumpfhosen und einem gewaltigen, lachsfarbenen BH. Und zwischen Glaskolben, Reagenzgläsern und Zentrifugen standen und lagen Lippenstifte, Puderdosen, Toastreste, Deo-Spray, Spiegel, Augen-Make-up und jede Menge unabgespülter Teller und Tassen mit eingetrockneten Resten von Kaffee und Fertigmenüs chaotisch und unappetitlich herum.

Das war der Beweis aller Beweise. Hier lebte und wirkte eine Alchemistin. Der Zauberlehrling war eine Hexe. Lydia existierte, tot oder lebendig. Und meine Theorie, sie sei ein Phantom, war schlichtweg widerlegt.

Professor Kaminski ahnte wohl meine Zweifel, ohne sie im Detail zu kennen.

»Der Schiffsmord!« verriet er mir. »Ihre Anregung, Herr Diplomkriminologe. Erinnern Sie sich? Deswegen sind Sie doch hinter mir her!«

»Ich? Hinter Ihnen, Professor...?« Ich war zutiefst entrüstet. »Wegen eines tatsächlichen Schiffsmordes? Ich bitte Sie! Keine Spur von einem Verdacht...!«

Das war gelogen! Mir ging nun schon längere Zeit Verschiedenes durch den Kopf. Absurdes, Logisches, Bizarres. Allerdings hatte ich Mühe, einen klaren Gedanken in dieser Richtung zu fassen. Denn eine Plastikbahn war nun zu guter Letzt doch noch und ausgerechnet auf mich niedergegangen. Sie glitt über mein Gesicht, legte sich glatt und fugenlos um meinen Kragen, sickerte kalt und glitschig an meinem Hals entlang und verklebte meine Haare.

Der Geruch dieser sich auflösenden Honigfolie war unerträglich und reizte mich zu einem Hustenanfall. Während dieser anhielt und mir den Atem raubte, gab sich der Professor enttäuscht: »Und ich dachte…! Tatsächlich…! Sie wüßten…! Obwohl es ein tragischer Unfall war!«

»Solange Sie persönlich keine Suchmeldung nach der Privatdozentin Dr. Lydia Kaminski-Smith aufgeben und entsprechend Anzeige erstatten, wozu Sie als Gatte berechtigt und sogar verpflichtet wären, wird diese Dame vorläufig niemand vermissen.«

Leo Kaminski schien direkt erleichtert: »Das beruhigt mich außerordentlich!«

»Wie schön, Professor!« Ich gönnte ihm die kurze Erholungspause, denn nun hatte ich vor, ihn mit einer Breitseite zum Kentern zu bringen, wie er es als alter Segler wohl formuliert haben könnte.

»Herr Professor Dr. Dr. Dr. Kaminski«, fing ich an, und ich empfand selbst und noch während ich es sagte, wie formell es klang. Also wiederholte ich es mit etwas mehr menschlicher Wärme: »Professor Kaminski: Ist Ihnen eigentlich klar, daß *Sie* – und zwar *nur Sie allein!* – das ›Zucker-Phänomen‹ zu verantworten haben? Daß *Sie*, und *nur Sie*, für das Fiasko haftbar gemacht werden können, das über die Welt gerade hereinbricht? Daß Sie schadensersatzpflichtig sind, und zwar in Billionen-Billionen-Pfund-Höhe, wenn außer Papier zu Zucker auch noch Eisen und Stahl zu Rost zerfallen? Schließlich kam das Unheil aus *Ihrem* Labor, Professor!«

Er begann sich zu verteidigen: »Ich habe es seit Wochen nicht betreten. Außer heute morgen, zugegeben… Mit roten Rosen aus Papier… Und der Hund hat… Das heißt: *Lydia* hat…!«

Ich unterbrach ihn barsch: »Lydia… Lydia… Lydia…! Ihre Lydia ist nicht hier! Vielleicht ist sie auf einem

Kongreß in Mailand? Vielleicht erholt sie sich an der Côte d'Azur? Diese Lydia taugt nicht für ein Alibi! Bringen Sie mir diese Lydia, und zwar geständig, dann sind Sie aus dem Schneider, Professor. Dann haben Sie das Unheil nicht zu verantworten! Dann sind Sie unschuldig! Aber auch nur *dann*!«

Er saß in einer selbstgebastelten Falle. Ich wußte, daß er wußte, daß ich es wußte. Und er verfing sich immer mehr in diesem Netz.

Nur so ist es erklärbar, daß er ein unsinniges Gelübde tat, an das er sich nur wenige Tage später schwachsinnigerweise sogar hielt, obwohl ihn niemand dazu zwang.

Er sagte sinngemäß, nicht im Wortlaut, etwa dies: »Sollte es sich herausstellen, daß ich das Unheil zu verantworten habe, sollte mich ein Schuldspruch treffen, ich würde die Sünde auf mich nehmen!«

»Schuld und Sühne...!« lachte ich. »Wie pathetisch!«

Aber Leo Kaminski lachte nicht mit. Er meinte es todernst.

»Halt! Robert, überlegen Sie!« der Professor ging ganz plötzlich, ganz überraschend in die Offensive: »Sie haben keinerlei Zeugen! Weder für meine noch für Lydias Schuld an diesem verhängnisvollen Papier-Phänomen, noch für die sich gerade erst abzeichnende Katastrophe betreffend Eisen und Stahl. Auch nicht für das Unheil mit den Plastik-Killern. Nicht einmal für meinen Schiffsmord an Lydia, der leider nur ein Unfall war.«

»Sie begehen keinen Mord, Professor!« Ich fand es kindisch und wichtigtuerisch von ihm, immer wieder auf diesen Andeutungen eines Kapitalverbrechens herumzureiten, das keines gewesen sein soll. »Ich traue Ihnen das nicht zu. Weder einen ganz gewöhnlichen noch einen Schiffsmord! Dafür haben Sie nicht das Format.«

»Sie unterschätzen mich!« Er war gekränkt.

»Keineswegs!«

»Ich hatte ihn zumindest geplant! Er wäre perfekt geworden. Leider kam Lydia meiner Absicht zuvor und begnügte sich mit der Rolle eines Unfallopfers! Immer kam sie meinen Absichten zuvor. Das war die Tragik in unserer Forscherehe.«

»Sehen Sie, wie recht ich habe mit meiner Theorie: So ein üblicher, einzelner Mord, das wäre für einem Mann wie Sie doch einfach zu lächerlich gewesen und zu banal. Für mich sind Sie einer dieser superklugen Leute, die mit ihrem Erfindungswahn die Welt samt aller Bewohner langsam zugrunde richten!«

»Nun übertreiben Sie aber!« Er lachte geschmeichelt.

»Aus Spieltrieb!« behauptete ich, um ihn zu provozieren. »Und aus Rivalität! Weil Sie besser sein wollen als die Konkurrenz! Ob diese nun Lydia heißt oder Einstein!«

»Sie machen Späße, Robert. Ich habe längst resigniert, spiele Golf, segle, liebe Sekt und schöne, junge Weiber.«

»Ich weiß, Professor. Trotzdem: Es wird mir irgendwann ein Vergnügen sein, Ihnen und Ihresgleichen das Handwerk zu legen, soweit das in meinen Kräften steht. Und daher werde ich – um die Öffentlichkeit zu informieren und zu schockieren – alles, aber auch wirklich alles, was ich über dieses Zucker-Phänomen, über Sie und diese Lydia und meinetwegen auch über diesen Hund in Erfahrung bringen kann, schonungslos zu Papier bringen...«

Leo Kaminski lachte laut auf. Ich lachte höflichkeitshalber mit. Gut, das mit dem *Papier*, das war ein Fauxpas, eine Fehlleistung, ein Irrtum. Kein Grund zur Fröhlichkeit.

Aber für ihn war es ein Anlaß zur erneuten Verteidigung: »Ich habe mich – rechtzeitig – von dem von mir inspirierten Forschungszweig der Bio-Technologie, der Molekular-Biologie, der Gen-Manipulation distanziert. Als ich nämlich sah, mit welchen Mitteln, mit welchem Eifer und mit welcher Sorglosigkeit Lydia sich in dieses Abenteuer stürzte, das unsere Wissenschaft nun einmal darstellt. Lesen Sie ruhig einmal mein kritisches Buch...«

Diesmal lachte ich, und er schwieg natürlich sofort, als ich abwinkte und nicht bereit war, diesen bereits zerfallenen Beweis bei meinen Ermittlungen zuzulassen.

»Verschwunden!« sagte ich ganz ohne Triumph. »Wie meine Doktorarbeit! Wie diese Lydia, die Kronzeugin Ihrer Unschuld, Professor! Schade, daß sie einem Unfall zum Opfer fiel. Bringen Sie mir den Nachweis ihrer Schuld, und ich belästige Sie nicht weiter mit meiner kriminalistischen Neugier.«

Leo Kaminski dachte über die vertrackten Zusammenhänge nach und über mein Angebot. Dann wechselte er das Thema: »Ich gebe hiermit zu: Ich bin keineswegs so harmlos, wie es den Anschein hat oder wie ich behaupte. Kommen Sie mit!«

Er hob den Hund vom Boden auf und ging voraus. Und während er mir nun erklärte, was es alles Schauriges in einem Labor dieser Art zu besichtigen gibt, versuchte

er liebevoll das Hundefell von klebrigen Plastikresten zu säubern.
»Hier...!«
Er war in einer Ecke des Labors stehengeblieben und zeigte auf ein hohes Metallregal. Dort standen in Reih und Glied einige Hundert Einmachgläser wie in Mutters Speisekammer. Aber es war nicht Kompott, nicht Marmelade. In wässrig-gelblicher Lösung schwammen graugrüne, gruselige Organismen, Minimonster, unförmige kleine Wesen.
»Eingemachtes?« fragte ich, und es sollte sarkastisch klingen, was mir allerdings beim Anblick dieser skurrilen Sammlung nicht ganz gelang.
»Ja«, nickte er. »Menschliche Embryonen!«
Ebenso angeekelt wie neugierig trat ich etwas näher an diese grausigen Objekte heran.
»Künstlich gezeugt«, erklärte Kaminski, »und bis zu dieser Größe entwickelt. Im Auftrag... nun ja: einer Regierung.« Er sagte nicht, welcher. Aber er sagte trotzdem das Wesentliche: »Ich lebe – ehrlich gesagt – noch heute von den großzügig bemessenen Forschungsgeldern.«
»Die Erschaffung des Homunkulus!«
»O nein«, widersprach er mir. »Der künstlich hergestellte Mensch, das war nicht die Aufgabe und nicht das Problem! Der Auftrag lautete: Züchtung eines neuen *homo sapiens radiatus*, also einer Menschen-Mutation, die immun ist gegen radioaktive Strahlung.«
Ich fand das absolut nicht abwegig oder grotesk und keineswegs eine Verschwendung öffentlicher Gelder: »Möglicherweise«, räumte ich ein, »vielleicht sogar schon sehr bald äußerst sinnvoll!«

Aber Kaminski schüttelte den Kopf: »Nicht, was Sie jetzt denken, Robert. Dem Auftraggeber ging es dabei um künftige Soldaten, nicht um Zivilisten!«
Damit wanderte er zum nächsten Regal.
»Hier: In diesen beiden Reihen stehen die Endprodukte eines Versuchs, durch genetische Manipulation eine pestizid-resistente Gattung Mensch zu züchten, denen die Rückstände hochgiftiger Pflanzenschutzmittel im Trinkwasser und in der täglichen Nahrung nichts mehr anhaben kann.«
»Interessant! Und erfolgreich?«
»Bisher ein Flop!« gab der Professor zu. »Die Embryonen sind uns alle krepiert... Verzeihung! ...eingegangen, entschlafen. Auch die dort drüben im Schrank: Anzüchtung von Resistenz gegen biologische und chemische Waffen. Das Spektrum der Gifte, also die Vielfalt der einsetzbaren Kampfstoffe, war einfach zu groß. Ich gab auf. Aber Lydia hätte es irgendwann geschafft, ich bin da ganz sicher. Möglicherweise zwar auf Kosten der Intelligenzgene im Erbgut der zu erzeugenden Menschenobjekte, alles Abkömmlinge unserer westeuropäischen Rasse, aber was macht das schon groß. Denn auch in diesem Fall ging es mehr oder weniger um Herstellung und Aufzucht künftigen Kanonenfutters.«
»Der Etat war hoffentlich auch dieses Mal großzügig bemessen?«
»Überreichlich! Aber das motivierte mich keineswegs, die verfahrene Sache fortzuführen. Nur Lydia hat, erfüllt von skrupellosem Ehrgeiz, als ich aus der Sache längst ausgestiegen war, die Ergebnisse unserer gemeinsamen Grundlagenforschung heimlich an einen internationalen Biokonzern verkauft.«

»Mit großem Profit?«
»Wenn internationale Konzerne im Spiel sind, gehen Erfinder in der Regel persönlich mehr oder weniger leer aus. Der Trieb, der einen forschen läßt, hat auch nichts mit materiellem Profitstreben zu tun.
Ich war da skeptisch. »Ach, nein?«
»Nein!« Und das klang überzeugend. »Auch nicht mit *Spieltrieb*, wie Sie vorhin meinten. Es geht in erster Linie um eine mehr intellektuelle Befriedigung. Um den Beweis und um die Erkenntnis, *daß man recht hat!* Daß theoretisch-gedankliche Spekulationen, daß Modelle, Hypothesen und Theorien, daß sich Berechnungen und Visionen als *wahr* erweisen. Nur...«
Um mir die Einschränkung dieser These, seinen eigenen Einwand mitzuteilen, nahm er mich ganz überraschend am Arm und zog mich geradezu vertraulich beiseite: »Wieviel Wahrheit, wieviel Wissen, wieviel Erkenntnis braucht eine Kultur? Nun?«
Ich reagierte auf diese doch sehr konkrete Frage, die meiner Meinung nach niemals allgemeingültig und konkret beantwortet werden kann, schweigend und höchst erstaunt.
Ohne auf meine Antwort zu warten, fuhr er daher fort:
»Wann haben wir davon genug? Ab wann hat unsere Gesellschaft davon sogar zuviel? Ab wann wird die Menge an Information und Erkenntnis unverdaulich? Ab wann belastet und reduziert dieses Übermaß an Wissen unsere Chance zu überleben?«
Ich blieb stumm, nach wie vor, hoffte darauf, daß er seine eigenen Fragen auch selbst irgendwann beantworten würde und zupfte mir Plastikreste aus dem Haar.

»Lassen Sie die Putzerei, Robert«, riet er mir. »Warten Sie einfach eine halbe Stunde. Das Zeug zersetzt sich auch ohne Ihr Zutun logischerweise in Erdöl und Chlorgas. Spüren Sie schon, wie es die Schleimhäute und Lungen reizt und verätzt?«
Ich spürte es längst. Jeder Atemzug war eine Tortur. Ein Taschentuch vor dem Mund milderte etwas den unerträglichen Effekt. Leo Kaminski machte es vor, ich folgte seinem Beispiel, hörte ihm zu, während er mit dem Tuch vor dem Mund weiter dozierte.
»Ein Leben lang war ich *für Galilei*!« verkündete er. »Und *gegen die Inquisition*, die ihm die Wahrheit vermieste, daß die Erde eine Kugel sei, die um die Sonne kreist. Sie erinnern sich?«
Ich erinnerte mich, nickte und hustete hinter meinem Taschentuch.
»Jetzt im Alter«, fuhr Kaminski in seinem Bekenntnis fort, »bin ich *für die Inquisition*! Schluß mit der Suche nach einer letzten Wahrheit! Wir brauchen sie nicht! Wir wissen *mehr* als genug!«
Ich ließ überrascht mein Taschentuch sinken. An diesem Ort, aus dem Mund dieses Mannes, der für den *Oskar-Flobell-Preis* vorgeschlagen war, fand ich eine Äußerung dieser Art höchst erstaunlich.
Von der so offensichtlich nachhaltigen Wirkung seiner Worte auf mich nicht weiter beeindruckt, fuhr Leo Kaminski in seiner These fort: »Was wir nicht wissen, und was wir *nie wissen werden*, ist, was wir mit all unserem Wissen Sinnvolles anfangen sollen. Denn jede neue Erkenntnis schreit bereits nach der nächsten! Nämlich: Wie man der ersten Erkenntnis wieder Herr werden könnte.«
Und nach einer Pause zog er für sich eine ganz persön-

liche Schlußfolgerung: »Ich sollte mein verdammtes Buch wieder von vorn beginnen: *Fluch und Segen...*«

»Und ich meine Doktorarbeit!« unterbrach ich ihn. »Aber mit neuem Thema: *Wissenschaftskriminalität* oder auch *Fluch und Segen naturwissenschaftlicher Forschung!* Aber ohne Papier...?«

»Schreiben Sie auf Computer-Disketten oder Speicherplatten, solange der PVC-Killer noch nicht zugeschlagen hat. Später bleibt Ihnen immer noch die altväterlich bewährte Schiefertafel. Außerdem: Es soll Gefangene gegeben haben«, gab der Professor noch zu bedenken, »die in langer Haft Gedichte verfaßten und sie mangels Papier einfach auswendig lernten.«

»Lyrik...«, nun ja, das sah ich ein. »Meinetwegen! Aber ein komplettes wissenschaftliches Buch? Eine Dissertation?«

Der Professor hob den Finger, gewissermaßen als Ausrufezeichen, vor einem gewichtigen Gedankengang: »Vielleicht gelingt es mir«, sagte er nachdenklich, vertraulich und leise, »irgendwann einmal, bei absoluter Ruhe und in der notwendigen Abgeschiedenheit, das komplette Thema auf zwei, drei wesentliche Sätze zu reduzieren. Gewissermaßen die Weltformel der *Allgemeinen Wissensbeschränkung*!«

Ein Hustenanfall und das heisere Gebell des Hundes ließen ihn verstummen. Er hielt sich das Tuch wieder vor den Mund, winkte mir zu, ihm zu folgen, und so flüchteten wir aus dem honigfarbenen Licht des Laborgewölbes, durch die klebrigen, tropfenden, sich auflösenden Plastikvorhangwände der Schleuse nach draußen in eine tiefschwarze Regennacht.

Gestatten Sie mir an dieser Stelle eine kurze Anmerkung, das weitere Schicksal der Stewardeß Amanda Primavera betreffend.

Nach jedem Transatlantikflug standen ihr gemäß gewerkschaftlich abgesegneter Tarifregelung ihrer Fluggesellschaft zwei freie Tage zu. Sie besuchte in New York zahlreiche Restaurants, Boutiquen, Galerien, Freunde und mehrfach den Zeitungsladen im Hotel, bis dieser »bis auf weiteres« geschlossen wurde.

Am dritten Tag flog sie von New York über Chicago nach Minneapolis. Am vierten Tag von Minneapolis über Albuquerque nach Houston. Am fünften Tag von Houston über Dallas und Los Angeles nach San Francisco, wo sie wiederum zwei freie Tage verbrachte. Schließlich, die Woche war noch nicht um, landete sie mit zwei Zwischenstationen wieder in New York und wurde per Computer, denn Papier war für Crew-Listen nicht mehr verfügbar, für einen Interkontinentalflug eingeteilt.

Wir wollen den Ereignissen jedoch nicht vorgreifen und mit dieser Aufzählung fürs erste das Kapitel Amanda Primavera schließen. Denn ihre unheilvolle, süße Zuckerspur verlor sich in einem dichter und dichter werdenden Geflecht sich überschneidender Papierkatastrophen, die Rückschlüsse auf ihre Urheberschaft einfach nicht mehr zuließen.

Ich mußte Zeit gewinnen, koste es, was es wolle, und sei es um den Preis der etwas bizarren Freundschaft zu diesem Professor.

Darüber hinaus war es wichtig, ihn sicher zu isolieren. Einerseits vor der mit mir unter Umständen konkurrierenden Kriminalpolizei. Denn dies war einzig und ausschließlich *mein* Fall. Ich war keinesfalls bereit, die mutmaßliche Affäre Kaminski an andere Ermittler abzugeben und den Ruhm der Aufklärung des Zucker-Phänomens mit irgend jemanden zu teilen.

Andererseits war ich entschlossen, den Professor vor dem Zugriff der Massenmedien abzuschotten, die zwar nur noch elektronisch funktionierten, aber rund um die Uhr neue Papierskandale und Horrormeldungen von der Zuckerfront sendeten. Das Unheil putschte die Sensationsgier hoch, aber auch die Aktienkurse von Computerkonzernen, Plastikfabriken, Aluminiumschmelzen und Steinmetzfirmen. Die nichtpapierverarbeitende Wirtschaft, so schien es, konnte die Katastrophe noch am ehesten verkraften. Jedes Desaster, auch Kriege, produzieren in irgendeiner stillen Ecke ja letzten Endes satte Profite. Zwar stets auf Kosten anderer, aber das wiederum wäre ein Kapitel für sich.

Der reichlich vorhandene Zucker, dieser süße Überfluß, wurde in manchen Kreisen durchaus seiner ureigensten Bestimmung zugeführt. Kinder rösteten sich auf kleinen, improvisierten Feuerchen Karamel, die Mütter machten Crêpes, mit Zucker bestreut. Und die Wespen- und Bienenplage war unbeschreiblich.

Zahnärzte und Dentisten sahen nach Jahren der Dürre – wegen intensivster Zahnhygiene – wieder Licht am Ende des Tunnels, und die Regierung gab nun auch auf

zentraler Ebene durch persönliche Auftritte der Ministerpräsidentin beruhigende Parolen aus. Die wurden allerdings, wie üblich, nur von ultrakonservativen, braven Bürgern ohne Hohngelächter zur Kenntnis genommen und sogar geglaubt.
So ging alles seinen gewohnten Gang, wie das in Krisen- und Notzeiten eben so ist. Hin und wieder zerfiel zwar ein Automobil ohne ersichtlichen Grund während einer einzigen Nacht am Straßenrand zu einem handlichen Häufchen braunem Rost. Aber das wurde bereits nur noch beiläufig diskutiert. Aus der Überfluß- und Wegwerfgesellschaft war nun eine neue entstanden, die sich mit dem Problem allgemeinen Zerfalls arrangieren konnte. Der Mensch als solcher ist anscheinend flexibel.

Zurück zu Professor Dr. Dr. Dr. Leo Kaminski. Seine Schuld oder Unschuld standen nun unter meinem persönlichen Copyright. Ich hatte mir nämlich von ihm, für alle Fälle, sämtliche Verwertungsrechte am Ursprung des Unheils, sofern er daran beteiligt sei, zum Zwecke einer Veröffentlichung notariell übertragen lassen. Mit der Begründung, ihm Zeit und Ruhe zum Denken und Grübeln zu verschaffen, zog ich ihn schlichtweg und vorläufig aus dem Verkehr und versprach, ihn bei freier Kost und Logis sicher und komfortabel zu internieren.
Wir fuhren also – nein, diesmal nicht mit meinem Rad – mit dem Überlandbus nach Westen, in die Highlands von Cambria, in die Schwarzen Berge von Wales, in

das berühmt-berüchtigte *Merthyr Tydfil.* Mein Fahrrad hatte ich, als erste Spuren rostigen Zerfalls zu erkennen waren, bei Cardiff im Meer versenkt.
Die Südwestküste von Wales ist nur karg besiedelt. Dieser Menschenschlag, direkte Nachkommen der eigensinnigen Kelten, der seit Jahrhunderten in zersplitterten, weitverstreuten, windverblasenen Siedlungen unter Strohdächern lebt, bildete schon wegen der Sprachbarriere und der freundlichen, wenn auch konsequenten Verschlossenheit, eine ideale Isolierung für ein gefallenes Genie. Man würde den Fremdling, der nur Englisch sprach und kein Wort Gälisch, zwar sorgsam beobachten, aber letzten Endes in Ruhe lassen. Gastfreundschaft schloß in diesem Teil der britischen Insel menschliche Kontakte nicht zwangsläufig mit ein.
In einem Tal von unendlich trostloser Schönheit hielt er schließlich, unser Bus, der in den letzten dreißig Minuten gut und gern zweihundert Kurven auf enger Straße zu bewältigen hatte. Hohe, brombeerüberwucherte Steinmauern säumten Wege und Felder. Hin und wieder stand im Windschatten zerzauster, niederer Eichen eine der rohgemauerten Hütten. Manche davon aufgegeben und verlassen mit eingesunkenem Dach. Die Alten waren weggestorben, die Jungen ausgewandert. Die taten jetzt Dienst als Polizisten in New York und gaben sich fälschlicherweise als Iren aus, nur weil sie ebenso dickköpfig waren wie diese.
Ich half dem Professor sein Gepäck auszuladen: ein kleiner Koffer, eine größere Tasche mit Sekt und Hundefutter und das Golfbesteck. Den Pudel namens Bonny, Lydias Hund, schleppte er auch auf dieser Reise ins Ungewisse mit sich herum. Es war wie eine Bußübung. Ein letzter Liebesdienst an der verschwun-

denen, verunglückten oder beseitigten Gattin. Andererseits – wohin auch sonst mit dem Tier?
Kaminski stieg aus: »Wo?« fragte er und sah sich hilflos um.
»Dort unten!« Ich zeigte auf eines dieser kleinen Häuschen, gemauert aus Feldsteinen und Erbe eines entfernten Verwandten, das für jeden Aussteiger, für jeden Stadtflüchtling, den echten, langgehegten Traum vom alternativen Leben bedeutet hätte. Nur Leo Kaminski mäkelte: »Ist das Ihr Ernst? Robert! Ein Schafstall?«
»Das Haus freier, gälischer Bürger. Dreihundert Jahre alt«, erklärte ich ihm, und er war beruhigt.
Ein abgestorbener, bizarr verästelter, silbern ausgebleichter Baum stand wie ein Skelett neben dem Haus. Und ringsherum weideten Schafe. Ein Bild des Friedens. Ich versuchte es ihm nahezubringen, bis der Fahrer des Busses ungeduldig hupte.
»Leben Sie wohl, Professor!« Ich stieg ein, und von der offenen Tür aus erhielt er meinen allerletzten Kommentar zu diesem eigenwilligen Paradies: »Ich hoffe, der Platz ist zum Denken und Grübeln, wie Sie es nennen, Professor, einsam genug. Proviant bringt der Farmer gegen Abend. Das Dach ist noch ziemlich dicht. Aber heute wird es vermutlich nicht mehr regnen.«
»Verbindlichsten Dank!«
Möglicherweise war diese Bemerkung des Professors ernst und nicht ironisch gemeint.
»Oh, bitte sehr, Professor!«
»Ich weiß gar nicht, womit ich das verdiene!«
Er wußte es sehr wohl. Ich hatte es ihm die ganze Fahrt über erklärt.
»Viel Erfolg, Professor, bei der Suche nach Ihrer Weltformel der Dummheit!«

Er lachte und fand es nicht der Mühe wert, mich zu korrigieren.
»Bei Gelegenheit schaue ich wieder bei Ihnen vorbei!« versprach ich ihm.
Ich winkte zum Abschied, und er winkte zurück.
Der Bus fuhr los, wendete an der nächsten Kreuzung, und kurvte nun wieder zwei Stunden lang in unsere papierlose Zivilisation zurück.

Leo Kaminski schulterte also Hund und Gepäck, stapfte los und erreichte nach nur zweihundert Metern schweißgebadet sein neues Domizil.
Die Tür stand offen, hing schräg in den Angeln und war grüngrau verwittert. Die Scheiben der winzigen Fenster waren blind von Staub und Spinnennetzen, dafür allerdings überwiegend heil. Alles hat eben so seinen Preis.
Mit Überwindung und der ihm eigenen Scheu betrat Kaminski zögernd das ihm fremde Territorium, stellte vorsichtig die Tasche mit den Sektflaschen ab und warf das Golfbesteck umso nachlässiger in eine der Ecken.
Er prüfte die nicht vorhandene Elastizität der Matratze und wischte Staub und Laub von der schmalen Pritsche.
Um auf andcrc, freundlichere Gedanken zu kommen, entnahm er der Tasche ein sorgfältig eingewickeltes Glas und die erste seiner zehn Flaschen *Dom Perignon* und begann sie zu öffnen. Nachdem er die für Champagner viel zu hohe Temperatur erfühlt hatte, nahm er von diesem Vorhaben vorläufig wieder Abstand,

tauchte sein Handtuch in den veralgten Brunnen neben dem Haus und wickelte es nach alter Seglertradition um die Flasche.
Dann fütterte er zunächst den fiependen Hund, nahm anschließend einen dicken Filzstift aus der Tasche seines Jacketts und machte über der Pritsche in seinem Kalender einer freiwilligen Gefangenschaft einen allerersten Strich.
Da knallte es hinter ihm, sein Blut gefror, sein Adrenalinspiegel hüpfte nach oben: Aber es war nur die halbgeöffnete Sektflasche, der die Reise im Bus und die stark erhöhte Temperatur nicht so recht bekommen war.
Der Korken war weggeflogen. Und nun stand der Professor Dr. Dr. Dr. Leo Kaminski in einem Regen teuren und viel zu warmen Champagners.

Am nächsten Morgen, zu sehr früher Stunde, gab ich mich dem Reiz absolut illegaler Recherchen hin und durchwühlte Kaminskis Haus. Nichts war mir heilig. Kein Küchenregal, keine Schreibtischschublade, weder Keller noch Speicher. Die Ausbeute war allerdings gering, mit anderen Worten: Was immer ich fand, es war für meine Ermittlungen nutzlos und als Beweis für Schuld oder Unschuld mehr als bescheiden. Indizien, sofern es je welche gegeben haben sollte, daß die Verbreitung der Zuckerseuche hier begonnen haben könnte, waren nun selbst zu Zucker zerfallen. Das Unheil hatte den Nachweis seines möglichen Ursprungs selbst getilgt.

Ich war gerade damit beschäftigt, an Bettpfosten und Waschbecken die diversen Fingerspuren, an Tassen und Gläsern Lippenabdrücke zu identifizieren, um die Existenz dieser ominösen Amanda Primavera zu erkunden, als plötzlich ganz ungemein störend, überraschend und erschreckend, erst lautes Klopfen, dann das energische Hämmern von Fäusten gegen die von mir verschlossene und verriegelte Eingangstür durch das enge Treppenhaus hallte.
Darunter mischte sich das impertinente Schrillen einer dieser Drehklingeln, wie sie früher einmal in Haustüren eingebaut worden waren.
Ich schreckte hoch und dachte mir: »Was ist das? Wer zum Teufel kann das sein?«
Ich wußte es nicht, hatte nicht die geringste Ahnung und beschloß fürs erste, das Klopfen, Hämmern, Pochen und Schrillen ganz einfach zu ignorieren.
Ich war unbemerkt in dieses Haus eingedrungen. Mir konnte die Störung also nicht gelten. Wenn ich sie nicht zur Kenntnis nahm, würde dieser irritierende Lärm schon irgendwann von selbst verstummen.
Aber er verstummte nicht.
Im Gegenteil.
Also ging ich schließlich nach unten, durch das morgendlich-dämmrige Treppenhaus, durch die düstere Halle.
»Jaja, ich komme schon«, rief ich. Und eine Stimme antwortete mit einem gedämpften: »Hallooo!«
Ich entriegelte, schloß auf, öffnete die Tür und war erstaunt.
Dort draußen stand ein junges Mädchen in knappen Shorts und noch knapperem T-Shirt und nahm gerade den signalroten, posteigenen Dienststurzhelm ab.

»Ein Telegramm, Sir!« sagte sie. »Aus New York!«
»New York? Wie hübsch«, antwortete ich.
Sie lächelte, schüttelte ihre lange, blonde Löwenmähne und schien, während sie mich eingehend musterte, irgendwie enttäuscht: »Das letzte Mal, Sir, waren Sie nackt!«
»Nackt?«
»Ja, Sir, und ein wenig älter.« Dann, allerdings, kamen ihr gewisse Zweifel: »Oder sind Sie es gar nicht?«
»Wer, bitte, soll ich denn sein?«
»Professor Dr. Dr. Dr. Leo Kaminski!«
»Nein«, gab ich ehrlicherweise zu, »der bin ich nicht! Aber geben Sie her.«
Sie war, was diese Aufforderung betraf, ziemlich verwundert und betrachtete mich mit unverhohlenem Mißtrauen: »Telegramme werden doch nur noch papierlos zugestellt, Sir! Wir erhalten sie per Bildschirm. Ich habe es auswendig gelernt!«
Erstaunlich, dachte ich, wie sich selbst dieses konservative Dienstleistungsunternehmen der Königlich Britischen Post an veränderte Bedingungen anzupassen versteht.
»Gut«, sagte ich. »Also, dann: Ich höre!«
»Zusprechung erfolgt nur direkt an den Empfänger!« wurde ich belehrt. »Post- und Fernmeldegeheimnis, Sie verstehen!«
Ich verstand und nickte notgedrungen.
»Wo ist er?« fragte sie nun sehr direkt. »Der Professor?«
»Nicht hier. Aber ich habe Vollmachten!«
»Ja bitte...!« Sie streckte die Hand aus und war bereit, diese Vollmachten entgegenzunehmen.
»Vollmachten werden nur noch papierlos ausgestellt. Mündlich. Sie müssen mir das einfach glauben!«

Sie war nicht so ohne weiteres zu überzeugen.
Und daher eröffnete ich ihr mit gedämpfter Stimme, weil es authentischer klingt: »Der Professor ist untergetaucht. Es geht um eine weltverändernde Erfindung. Sagen Sie mir daher ruhig den Text des Telegramms.«
Und als sie immer noch zögerte, machte ich ihr ein Angebot, das sie nicht ablehnen konnte: »Ich verrate Ihnen dann auch, wo der Professor sich aufhält. Vertrauen gegen Vertrauen!«
Sie durchdachte nochmals kurz alle einschlägigen Regeln und Vorschriften und gab sich schließlich einen Ruck: »Also gut!« Und dann zitierte sie aus dem Gedächtnis: »*New York City, U. S. A., Aufgegeben gestern abend 23. 10., Code Nummer 45A111.347.983, Absender Amanda Primavera. Text: Zucker-Chaos in New York und überall in den USA seit meiner Ankunft unbeschreiblich. Stop*...«
Natürlich war das Telegramm noch um etliches länger, und ich erfuhr bei dieser so überraschend aufgetauchten Gelegenheit so ziemlich alles, was ich wissen mußte, um den Fall Kaminski weiter am Kochen zu halten.
Großzügig wies ich der jungen, kessen Postbotin den Weg in die Einsamkeit des *Merthyr Tydfil* im Cambrischen Hochland, und sie setzte sich den Helm auf, schwang sich wieder auf ihr posteigenes Mofa und machte sich auf den langen Weg.
Womit bewiesen war, daß in den gerade erst anbrechenden papierlosen Zeiten der Kontakt von Mensch zu Mensch weit besser gedieh, als in jener vergangenen Epoche, wo bunte Postkarten aus Urlaubsorten mit ihren immer wiederkehrenden Phrasen und Motiven, über Jahre hinweg mitunter die einzige Berührung, die einzige Verbindung unter alten Freunden war.

»Herr Professor...! Herr Professor Kaminski!« Eine kesse Person in knappen Shorts und noch knapperem T-Shirt, die blonde Löwenmähne unter einem roten posteigenen Schutzhelm verborgen, kam knatternd auf ihrem Motorrad über die steinige Schafweide auf Leo Kaminski zugefahren. Der hatte die karge Gegend rund um die Hütte zu einem riesigen Golfplatz mit zwölf Löchern umfunktioniert, achtete nicht weiter auf die Ankunft der Postbotin, obwohl er über ein wenig Abwechslung eigentlich hätte erfreut sein müssen, sondern »puttete« den Ball mit großer Konzentration und mit Mühe in das selbstgegrabene »Hole«. Als das geschafft war, blickte er auf und hatte auf Anhieb tatsächlich fröhliche Gedanken. Diese ganze langweilige Gegend in ihrer malerischen Trostlosigkeit, dieses gottverlassene Ödland, diese granitgraue Einsamkeit, alles schien auf einmal Farbe und einen freundlichen Charakter angenommen zu haben.
»Herr Professor Kaminski...! Herr Professor Dr. Dr. Dr. Kaminski!« Die Rufe der Postbotin gingen im Geknatter des Motorrades weitgehend unter, den Rest verschluckte ein roter Sturzhelm und das hysterische Gekläff von Lydias Hund, der hinter dem Motorrad herjagte. Daher war der Versuch, unter Aufbietung aller estimmlichen Kräfte auf sich aufmerksam zu machen, eigentlich höchst unnötig. Die Ankunft der Königlich Britischen Post war trotzdem nicht zu ignorieren.
Die Postbotin nahm den Sturzhelm ab, schüttelte, wie gehabt, ihre darunter gebändigte Löwenmähne, strahlte Leo Kaminski an, wie es noch nie eine Postbotin vor ihr in Ausübung ihrer Dienstpflicht getan hat, und sagte atemlos: »Endlich finde ich Sie, Sir!«

»Ja, endlich...« antwortete er und strahlte zurück, »...endlich finden Sie mich!«
Dann wurde sie amtlich: »Ich stelle fest, Herr Professor Dr. Dr. Dr. Kaminski, Sie sind mir gewissermaßen persönlich bereits bestens bekannt!«
Sie musterte ihn von oben bis unten, und er folgte irritiert ihrem Blick, wobei er erleichtert feststellte, daß er dieses Mal korrekt gekleidet war.
»Es geht nämlich um ein Telegramm aus New York City!« verriet sie ihm.
Diese Mitteilung gab ihm zu denken. Und was er sich dachte, verwirrte ihn.
»Nicht hier draußen«, bat er. »Gehen wir hinein!«
Sie war einverstanden und folgte ihm und dem Hund, das Motorrad schiebend, bis zur Hütte. Dort, im Inneren, erfolgte dann die persönliche, mündliche, vertrauliche Zusprechung des Textes gemäß der Königlichen Post- und Fernmeldeordnung, wobei wir uns den bereits bekannten, ausführlich-langatmigen Einleitungssermon mit Absender, Code und die Mitteilung über das Papierdesaster in den USA ersparen können.
Widmen wir uns dem wesentlicheren und auch kürzeren zweiten Teil, den die Postbotin ebenfalls aus dem Gedächtnis – wie sonst – und mit großer Überzeugungskraft darbot, als sei dieser höchst intime Text der ihre: »...*Ich liebe Dich über alles, Professor-Darling, stop, und freue mich wahnsinnig auf unser Wiedersehen, stop, eintreffe Donnerstag via Chicago elf Uhr dreiundvierzig, stop, Amanda Primavera, stop...*«
Sie beendete den persönlichen, mündlichen Zuspruch, indem sie schlagartig ihre dienstliche Miene gegen ein privates Lächeln auswechselte, sich erleichtert aufrichtete und eine, für eine Postbotin in Amtsgeschäften un-

mögliche, schockierend indiskrete Frage stellte: »Freuen Sie sich auch so wahnsinnig, Sir?«
»Es geht!« bekannte Kaminski, und seine Miene bei diesem ehrlichen Geständnis war eher traurig-tragisch als wahnsinnig erfreut.
»Sie kommt immerhin aus New York via Chicago!« gab die Postbotin zu bedenken. »Ihretwegen, Sir! Aus Amerika! Das kostet doch ein Vermögen!«
»Amanda Primavera ist Stewardeß einer Fluglinie.« Mit dieser kurzen Information klärte Leo Kaminski den wahren Sachverhalt auf. »Sie fliegt umsonst, und sie kommt, weil sie muß! Es ist ihr Job!«
»Und sie kommt öfters«, fragte die Postbotin voll naiver Neugier.
»Hin und wieder.«
»Regelmäßig?«
»Es ist, glaube ich, kein Verlaß darauf. Die Dienstpläne der Fluggesellschaften sind, ich würde sagen, unberechenbar und launenhaft. Außerdem kenne ich die junge Dame lediglich von einem einzigen ihrer Zwischenstops hier in England.«
»So kurz erst?« stellte Amanda fest, und es klang irgendwie erleichtert.
Leo Kaminski ging nicht weiter darauf ein, sondern fragte besorgt: »Wann ist Donnerstag?«
»Zum Beispiel: übermorgen...!« schlug die Postbotin vor.
»Richtig!« Leo Kaminski zählte die Striche über seiner Pritsche. Es waren bereits fünf.
Und um auf den unerwarteten Besuch zurückzukommen, stellte er ein wenig unhöflich fest: »Gleichgültig, ob heute, morgen oder übermorgen: Diese Amanda Primavera kommt mir denkbar ungelegen!«

»Wie traurig!« stellte die Postbotin fest, wirkte echt betrübt und kraulte den Hund, der auf ihren Schoß gesprungen war. »Sie lieben sie nicht, Sir?«
»Ich habe mich hierher zurückgezogen«, verriet der Professor, »um wie ein Eremit die Wahrheit zu finden. Und um meine Haut zu retten. Und weil ein Diplomkriminologe mir dazu dringend geraten hat.«
Er streckte sich auf der Pritsche aus und starrte zur Decke. »Diese Amanda Primavera«, fuhr er nach einer sehr nachdenklichen Pause fort, »ist der einzige Zeuge meiner Schuld. Der eingeschriebene Eilbrief, morgens um fünf nach sechs, als ich nackt in der Tür stand. Erinnern Sie sich?« Er richtete sich auf und sah die Postbotin mit einem verzweifelten Lächeln an. »Das ist noch keine Woche her!«
»Ich erinnere mich, Sir!« bekannte sie. »Und ich werde es nur vergessen, wenn Sie mich ausdrücklich darum bitten!« sagte sie höflich.
»Ich bitte Sie ausdrücklich darum!« beschwor sie Kaminski. »Dieser Brief ist mein Todesurteil. Obwohl es ihn schon längst nicht mehr gibt. Aber Amanda Primavera war dabei, als ich ihn geöffnet habe. Mit einer Schere. Nackt und frierend. An meinem Schreibtisch. Und dabei das Unheil in die Welt entließ! Wenn sie aussagt, bin ich ein toter Mann!«
»Es gibt keine Todesstrafe mehr in Großbritannien!« klärte die Postbotin Kaminski auf.
»Ich weiß! Es war mehr symbolisch gemeint. Aber warum zum Teufel erzähle ich Ihnen das alles?«
»Weil Sie Vertrauen in unser Postgeheimnis haben, Sir!« Es klang ungemein treuherzig und verläßlich und in Kaminskis Ohren sehr beruhigend.
»Gut!« sagte er und bemühte sich um konspirative

Komplizenschaft mit diesem Mädchen. »Dann vergessen Sie als erstes das heutige Telegramm! Ich bitte Sie ausdrücklich darum! Ich habe es nie erhalten!«
»Dann verliere ich meinen Job!«
»Ich biete Ihnen einen neuen!« Das klang wie ein ehrliches, ernstgemeintes Angebot. »Leisten Sie dem Eremiten hier Gesellschaft! Beim Denken… beim Grübeln… zum Beispiel.« Er machte eine kleine Pause, die sie möglicherweise richtig verstand.
»Darf ich Sie etwas fragen, Sir: Sind Sie verheiratet?«
»Ich bin Witwer!«
»Ach…!«
»Ja. Schon seit fünf Tagen.«
»Oh, entschuldigen Sie, Sir, daß ich gefragt habe. Das war sicher taktlos!«
»Keineswegs. Mein Problem ist nur: Ich kann es nicht beweisen! Ich kann auch nicht beweisen, daß ich verheiratet war oder je geboren wurde: Die Urkunden der Standesämter, die sogenannten Personenstandsverzeichnisse, sind samt und sonders zerfallen. Man wird das Volk neu zählen müssen und per Computer registrieren. Das wird viel Unmut geben.«
Dann machte er der kessen Person bereits das nächste, ernsthafte Angebot: »Mögen Sie ein Glas warmen Champagner?«
»Gern!« Sie schien es überhaupt nicht eilig zu haben. Vermutlich hatte sich der mündlich-persönlich-vertrauliche Telegramm-Zusprechdienst der Königlich Britischen Post als Alternativ-Service noch nicht genügend herumgesprochen.
Leo Kaminski stand von seiner Pritsche auf, merkte dabei, wie üblich, daß er täglich ein wenig älter wurde, holte aus der Reisetasche zwei Gläser und eine neue

Flasche und begann sie sehr behutsam, sehr langsam, sehr, sehr vorsichtig zu öffnen.
Und die Postbotin folgte jedem seiner Schritte, jedem seiner Handgriffe mit bewundernden Blicken.
»Sie haben mir neulich gesagt, Sie studieren Philosophie?« wechselte der Professor das Thema.
»Das haben Sie sich gemerkt, Sir?« Sie war darüber echt glücklich und stolz.
»Und Sie haben hinzugefügt, das sei nur vorläufig und Sie sattelten vielleicht um.«
»Weil Sie mir gesagt haben, Sir, ich könnte eine Menge bei Ihnen lernen!«
»Natürlich!« Er war bereit, die Probe aufs Exempel zu machen: »Hören Sie zu!«
Anstatt in seiner Tätigkeit fortzufahren, die widerspenstige Champagnerflasche zu öffnen, begann der Professor nun zu dozieren: »Ich bin auf der Suche nach der *Weltformel einer allgemeinen Wissensbeschränkung*. Mein Problem ist dabei nur: Ich muß zuerst den Begriff der *Dummheit* neu definieren. Bei dieser Gelegenheit habe ich allerdings ein hochbrisantes Naturgesetz entdeckt und – für die Nachwelt – aufgeschrieben!«
»Worauf, Sir?« Die Postbotin hielt das für eine vordringliche und entscheidende Frage: »Aufgeschrieben – worauf?«
Da zeigte der Professor ihr seine Handflächen vor, die beide mit blauer Tinte eng beschrieben waren: »Soll ich es vorlesen?«
»Oh, ja!« Die Postbotin nickte begeistert und fuhr sich mit der Zungenspitze interessiert über die Oberlippe.
Vergessen war die noch nicht einmal halbgeöffnete Champagnerflasche, und Leo Kaminski begann zuerst

von der linken Handfläche folgendes abzulesen: »Erstens: Ein junger Mann mit gewissen Talenten und einem *guten Charakter* – macht eine gewisse Karriere!«

Diese Feststellung enthielt keine kontroverse Behauptung, und die Postbotin stimmte ihr voll zu. Daher fuhr der Professor fort und las nun von der rechten Handfläche ab: »Zweitens: Ein junger Mann mit gewissen Talenten und einem *abgrundtief schlechten Charakter* – er ist korrupt, skrupellos, unmoralisch und geht über Leichen, mit einem Wort: ein Schweinehund! – macht ganz gewiß *eine wesentlich größere Karriere!*«

Auch diese Behauptung fand bei der Postbotin ungeteilte Zustimmung. Und nun, da keine Handfläche mehr verfügbar war, zitierte der Professor den Rest seiner These frei aus dem Gedächtnis: »Conclusio – die Schlußfolgerung lautet: Daher findet in den hohen und höchsten Spitzen von Politik, Verwaltung, Wissenschaft und Wirtschaft, fortwährend und geradezu zwangsläufig, eine *Anreicherung von korrupten, skrupellosen, unmoralischen Schweinehunden* statt!«

Die Postbotin applaudierte begeistert, bis zum allgemeinen Erschrecken der auf dem Tisch abgestellte Champagner knallte, ganz von selbst und ohne Einwirkung von außen. Leo Kaminski reagierte diesmal jedoch gewitzter und vor allem routinierter und rascher, griff zu und goß sprudelnd, überschäumend die Gläser voll. Und dabei bekannte er: »Ich kann, nach allem, was ich erreicht habe, nach allem, was ich angezettelt habe, aus Ehrgeiz, aus Geltungsbedürfnis, aus Egoismus, Berechnung und Eigennutz, eines nicht ausschließen: daß ich ebenfalls zu diesen korrupten, skrupellosen, unmoralischen Schweinehunden gehöre... Prost!«

Die Postbotin hätte an dieser Stelle der Konversation widersprechen können. Aber sie tat es nicht. Sie war beeindruckt und schwieg. Sie nahm das ihr angebotene Glas und Leo Kaminski erhob das seine: »Auf diese Selbsterkenntnis! Und auf die unmoralischen, skrupellosen Schweinehunde!«

»Auf Sie, Sir!«

Die Postbotin wahrte die Form, stieß an mit Leo Kaminski, die teuren Gläser klangen hell, und der Augenblick wäre günstig gewesen, sich menschlich näher zu kommen...

Da ertönte draußen vor der Hütte von dieser kargen, öden, steinigen Schafweide her – mit ihren zwölf Löchern – eine penetrante Hupe.

Leo Kaminski, von einer bösen Ahnung getrieben, stand auf, noch ehe er den ersten Schluck getrunken hatte, und trat, mit dem Glas in der Hand, zu einem der Fenster mit den halbzerbrochenen Scheiben. Und er erbleichte!

»Sie sind da!« flüsterte er. »Sie sind gekommen: Meine Henker!«

Dic Postbotin drängte sich dicht neben ihn, um ebenfalls einen Blick nach draußen, auf diese Henker zu werfen.

Diese stiegen gerade aus einem dieser altmodischen, Londoner Taxis, das mit gehörigem Abstand unter dem alten, toten, silbergebleichten Baumriesen parkte.

Sie wirkten sehr offiziell, sehr dienstlich, behördlich, öffentlich, diese Herrn, und sie trugen alle vier die formelle, feierliche Uniform für ernste Anlässe, nämlich einen mehr oder weniger schwarzen Anzug mit schwarzer Weste, schwarzer Krawatte und einem steifen schwarzen Hut. Sie starrten erwartungsvoll zur Hütte herüber, flüsterten miteinander, und einer rief schließlich: »Herr Kollege Kaminski!«

Da verließ der Professor seinen geheimen Ausguck am Fenster und erschien in der halboffenen Tür, sehr ernst, sehr gefaßt, immer noch das volle Sektglas in der einen, die Champagnerflasche in der anderen Hand. Und er gab sich als der Gesuchte zu erkennen.

Die Herrn traten näher, nur wenige Schritte zwar, aber das nun folgende Ritual schien eine gewisse Annäherung zwingend vorzuschreiben.

Und während Leo Kaminski mit einiger Spannung der Dinge harrte, die da so überraschend auf ihn zuzukommen schienen, und die Postbotin hinter einer der zerbrochenen Scheiben die Ereignisse überaus interessiert verfolgte, rief der Sprecher dieser schwarz gekleideten, offiziellen Schar: »Meine Gratulation, lieber Kollege! Das Komitee hat entschieden! Von der Staatsanwaltschaft haben wir erfahren, wo Sie sich aufhalten. Man wird Ihnen übermorgen den *Oskar-Flobell-Preis* für Bio-Technologie, Molekular-Biologie und Genetik verleihen!«

Professor Dr. Dr. Dr. Leo Kaminski blieb ungerührt. Über seine Schulter hinweg flüsterte er der Postbotin zu: »Übermorgen kommt wieder einmal alles zusammen!« Und dann, mit Blick auf sein immer noch volles Glas: »Und wir haben unseren warmen Champagner eine halbe Minute zu früh geöffnet!«

Sagte es, hob den offiziellen Boten dieser hohen Ehre das Glas entgegen und trank es mit einem einzigen Zug aus.

Der Vorwurf, ich hätte Professor Dr. Dr. Dr. Leo Kaminski ausgerechnet an seinem Ehrentag wissentlich und absichtsvoll in den Tod getrieben, ist ungerechtfertigt und absolut falsch. Ich habe als Diplomkriminologe und als Praktikant in der Staatsanwaltschaft Ihrer Majestät meine Pflicht getan und unter Beachtung aller einschlägigen Vorschriften fair und gewissenhaft ermittelt. Sonst nichts.

Im Gegenteil: Mit seinem Freitod hat er mir mein Konzept vermasselt. Ein Schauprozeß wäre mir lieber gewesen!

Den ersten Teil der Feierstunde habe ich überdies versäumt. Sie fand in der alten, traditionsreichen Queen-Victoria-Halle des King's College statt. Dort stehen unter anderem die Marmorbüsten von Newton, Galilei, Benjamin Franklin und Albert Einstein. Oppenheimer, der Vater der Wasserstoffbombe, hat hier irgendwann einmal einen Vortrag über Wissenschaft im Dienste der Friedenssicherung gehalten, und das vor über fünfhundert geladenen Gästen. Bei der diesjährigen Verleihung des *Oskar-Flobell-Preises* an Professor Leo Kaminski waren es allerdings wesentlich weniger.

Ich blieb dem Beginn der Veranstaltung, die auf zwölf Uhr mittags angesetzt war, nicht nur deshalb fern, weil ich keine Einladung erhalten hatte. Diesen Umstand hätte ich verschmerzt. Außerdem wäre es mir mit mei-

nem Dienstausweis der Staatsanwaltschaft Ihrer Majestät problemlos möglich gewesen, mir Zugang zum Festakt zu verschaffen.
Nein, es gab zur gleichen Stunde für mich Wichtigeres zu tun: Amanda Primavera landete pünktlich um elf Uhr dreiundvierzig, und bereits kurz vor zwölf stand sie mir Rede und Antwort.
Und während der Rektor der Universität, der Dekan der Naturwissenschaftlichen Fakultät, der Präsident und der Vizepräsident der *Oskar-Flobell-Preis*-Stiftung, jeder für sich und in immer neuen Varianten, Leben und Wirken des Kollegen Kaminski den interessierten Zuhörern nahebrachten und gebührend interpretierten, während Laudatio auf Laudatio folgte und Leo Kaminski mit seinen Verdiensten aus längst vergangenen Tagen wieder einmal aufs peinlichste konfrontiert wurde, hatte ich Glück und wurde im Erinnerungsvermögen der schönen Amanda fündig.
Sie erinnerte sich nämlich problemlos an alle Details: An die überraschend zahlreichen Umarmungen im Bett ihres Professor-Darlings, an die morgendliche Störung durch Klopfen und Schrillen der Haustürglocke, an das schwarzglänzende Plastikkuvert, das nur mit Mühe und mit einer Schere zu öffnen war, an den Text der Botschaft und an deren irrwitzig-schokkierenden zuckrigen Verfall.
Sie berichtete von Leo Kaminskis plötzlicher Panik, zitierte aus dem Gedächtnis seine von Entsetzen geprägten Erklärungen, schilderte bildhaft die zahlreichen Beinahezusammenstöße mit einem Radfahrer auf dem Weg zur Königlichen Staatsbibliothek, beschrieb die Konfrontation mit immer wieder neuen Polizistinnen und Polizisten und addierte im Kopf die Summe der

zahlreichen Strafzettel. Schließlich erzählte sie mir unter Tränen von jenem Abschied fürs Leben irgendwo am Straßenrand.
Mit diesem lückenlosen Geständnis wäre es mir nicht nur leicht, sondern sogar ein Vergnügen gewesen, noch während des Festaktes Professor Kaminski der fahrlässigen Entfesselung einer Kulturkatastrophe – zu der das »Zucker-Phänomen« inzwischen geworden war – zu überführen.
Ich bedankte mich schließlich für die verständnisvolle Mitarbeit und stellte das Tonband, von dem sie nichts ahnte, ab.
Da endlich begriff diese schöne Amanda Primavera, was sie mit ihrer naiven Plauderei im Hinblick auf ihren Professor-Darling angerichtet hatte und daß die Ausbreitung des Unheils in den USA auf ihr persönliches Konto ging, und sie versuchte unter Anwendung von Gewalt dreimal zu entfliehen.
Ich ließ sie kurzerhand festnehmen und beantragte Haftbefehl.
Eskortiert von zwei Polizeioffizieren in Uniform und mit Amanda an meiner Seite, die ihrerseits mit Handschellen an eine Beamtin gekettet war, erschien ich am Portal der Queen-Victoria-Halle des King's College und fand es verschlossen.
Das hatte Gründe. Denn das altehrwürdige Gebäude wurde von einem guten Dutzend junger Protestler belagert, der eine Hundertschaft Bereitschaftspolizei mit Helm, Schlagstock, Tränengas und herabgelassenem Visier gegenüberstand, einer Übermacht also, die von Staats wegen alle Vollmachten hatte.
Die Mädchen und jungen Frauen, durch Streß und vegetarische Kost etwas blaß, versuchten vergeblich, an

die militanten Bewahrer von Recht und Ordnung Blumen zu verteilen. Die Männer der Protestgruppe, eigenartigerweise fast ausnahmslos Bartträger, hatten sich weiße Binden um die Stirn geknotet und hielten sich an ihren selbstgemalten Transparenten fest: *Stoppt die Bio-Technologie! Schluß mit der Gen-Manipulation!* So und ähnlich lauteten die Forderungen.

Mein Erscheinen erregte Aufmerksamkeit, besonders mein Dienstausweis und die Erklärung, daß mein Auftritt mitsamt der angeketteten, verhafteten Amanda Teil der Veranstaltung sei.

Der kommandierende Sergeant der Bereitschaftspolizei klappte sein Visier nach oben und nahm über ein Funksprechgerät mit seinem Kollegen im Inneren des Gebäudes Verbindung auf, was technisch nicht ganz einfach war. Schließlich wurde mir und meiner Begleitung ohne weitere Rückfragen das Portal geöffnet.

Daß bei dieser Gelegenheit die Protestierenden ohne jede Gewaltanwendung mit eindringen konnten, war eine vorhersehbare, wenn auch bedauerliche Panne, die sich leider nicht verhindern ließ. Ich gebe zu, daß das dabei ausbrechende Chaos, die Panik bei den Ehrengästen, die skandierten, gereimten Rufe wie: »Stoppt die – Bio-Technologie!« viel zu dem tragischen Freitod Professor Kaminskis, den ich nicht ausschließlich nur als Kurzschlußtat einordnen würde, beigetragen haben dürfte.

Doch zurück zur wirklichen, authentischen, selbsterlebten Chronologie der Ereignisse.
Wir Eindringlinge wurden von blendender Helligkeit und mit feierlichem Orgelklang empfangen. Man spielte, wie in Britannien bei solchen Anlässen üblich, gerade *Pomp and Circumstances* von Elgar, eine marschähnliche Hymne, die neben *God Save the Queen* viele meiner Landsleute immer noch für eine zweite Nationalhymne halten.
Auf über hundertjährigen, abgewetzten, samtbezogenen Stühlen aus der Zeit der Queen Victoria hatten die etwa fünfzig Ehrengäste zu Füßen einer lorbeer- und chrysanthemengeschmückten Bühne Platz genommen. In der ersten Reihe, neben dem Stuhl des diesjährigen Preisträgers, saß eine kesse Person in einem süßen, knappen, rosafarbenen Cocktailkleid, einen posteigenen Motorradsturzhelm zu Füßen und Lydias weißen Pudel auf dem Schoß. Von diesem erfreulichen Farbtupfer einmal abgesehen, war anscheinend schwarze Trauerkleidung Pflicht, selbst bei den Kameraleuten des anwesenden Fernsehens, die, an Unvorhergesehenes gewohnt, ihre Objektive und Scheinwerfer sofort auf uns Eindringlinge richteten. Und erst als sich meine Augen an die blendenden Lichter gewöhnt hatten, sah ich, daß der Zeitpunkt unseres Erscheinens bei diesem Festakt nicht vorteilhafter hätte gewählt werden können. Leo Kaminski stand auf der Bühne und nahm gerade aus der Hand des Präsidenten der *Oskar-Flobell-Preis*-Stiftung außer der großen Ehre eine abstrakte Bronzeplastik samt einer Holztafel in Empfang. Letztere fungierte offenbar als zuckermikroben-resistente Urkunde.

Ich gebe zu, daß unser Auftritt bei diesem Ritual etwas störte.
Die Herren auf der Bühne trugen, wie bei solchen Anlässen üblich, Talar und Barett, die Farbe der Krägen fein abgestimmt nach Rang und Bedeutung. Und sie erstarrten zu Salzsäulen, als sie unser ansichtig wurden, wenn auch aus individuell verschiedenen Gründen.
Rektor, Dekan und Präsidenten nahmen voller Abscheu Kenntnis von diesem Protestgeschrei. Man glaubte sich schließlich durch die Staatsmacht hinreichend geschützt, zum Beispiel vor Störungen dieser Art. Aber nun wurden die wenigen Protestierer auch noch von einhundert Bereitschaftspolizisten verfolgt, eingefangen und aus dem Saal entfernt, und zwar mit Methoden, die ich zu beschreiben nicht verpflichtet bin. Diese Aktion ging sehr zu Lasten der festlichen Stimmung.
Leo Kaminski andererseits richtete sein entsetztes Augenmerk nur auf mich und die angekettete Amanda Primavera, die ihm überflüssigerweise über den infernalischen Lärm, über Orgelhymne, skandierten Protest, Schmerzensschreie und polizeiliches Siegesgeheul hinweg eine Warnung zurief: »Lauf weg, Professor-Darling! Renn! Flieh! Er weiß alles!«
Derjenige, von dem behauptet wurde, daß er bereits alles wußte, war vermutlich ich. Und da ich den Anschein erweckte, als sei ich zu allem entschlossen, befolgte Kaminski spontan Amandas Rat – und entfloh!
Er hätte es nicht tun müssen.
Er hätte es – vor allem – nicht tun sollen.
Es war dumm und überstürzt und wirkte wie das Eingeständnis aller Schuld.
Nun rannte er, mit Bronzeplastik und Holzurkunde

bewaffnet, gegen den auf die Bühne drängenden und vor der Polizeiübermacht fliehenden Strom der Protestanten an, wehrte sich, so gut er konnte, schlug sich geschickt durch die beiden Fronten, kam schließlich frei und hastete mit wehendem Talar eine sehr lange, sehr breite und überaus repräsentative Treppe hinauf. Er flüchtete, scheinbar verfolgt von versprengten, bärtigen Gestalten mit weißen Binden um die Stirn, die jedoch selbst nur vor militanten Polizisten flohen.

Ich wünschte mir die Zeit der alten, freundlichen Bobbies zurück, als Probleme dieser Art beiläufig und, ohne Aufsehen zu erregen, auf eine menschlich akzeptable Art gelöst werden konnten.

Kaminski, von Gejagten gejagt, rettete sich auf die erste Galerie, auf die zweite, schließlich auf die dritte.

Die Ehrengäste hatten sich längst in die entfernteste Ecke des Saales gedrängt und beobachteten von dort das Getümmel mit Empörung, mit atemloser Gespanntheit, mit Sensationsgier und heimlicher, perverser Angstlust, jedoch ohne über den mutmaßlichen Ausgang des Dramas Wetten abzuschließen, was ungewöhnlich war.

Inzwischen hatte Leo Kaminski das Ende der dritten Galerie erreicht und sah sich umzingelt. Da er nur schwer zwischen Freund und Feind unterscheiden konnte, entschloß er sich, die einzige und allerletzte Chance, die sich ihm bot, zu ergreifen und zu nutzen.

Er stieg auf die Brüstung, ohne Bronzeplastik und Holzurkunde fallen zu lassen, jonglierte waghalsig an diesem drei Stockwerke hohen Abgrund entlang, klammerte sich an den Marmorbusen einer Karyatide, von denen zwölf das Kuppeldach trugen, und blickte schaudernd hinunter in die schwindelnde Tiefe, als ich

ihn von der Mitte des Saales aus anrief: »Herr Professor Kaminski...! Herr Professor Kaminski...! Das hat doch alles keinen Zweck! *Sie waren es!* Ich weiß es. Und ich habe jetzt die Zeugin, die ich brauche, um Sie der Tat zu überführen!«
Möglicherweise war diese Form der Argumentation in einer Situation wie dieser psychologisch gesehen grundverkehrt. Statt zur Vernunft zu kommen, kletterte Kaminski in blinder Panik weiter. Er verharrte erst, als er auf dem Kopf der Karyatide kniete und ihm kein weiterer Fluchtweg mehr offen stand. Denn Kaminski war Wissenschaftler, Segler und Golfer und keinesfalls Alpinist.
»Hallo, Professor-Darling! Mach keinen Unsinn! Komm wieder herunter!« rief Amanda und winkte ihm zu, unglücklicherweise mit ihrer linken Hand, die an die Polizeibeamtin gekettet war.
Kaminski sah es mit Entsetzen. Absichtlich oder unabsichtlich, wer weiß, entledigte er sich der Bürde, die man ihm samt der Ehre des Preises auferlegt hatte: Als erstes polterte die abstrakte Bronzeplastik nach unten und verlor beim Aufschlag auf den Marmorboden einen filigranen Spiralarm.
Anschließend folgte das Holzbrett mit Kaminskis Namen und dem aktuellen, eingeschnitzten Vermerk des Tages sowie dem klassischen Zitat Oskar-Flobells: *per aspera ad astra* – auf rauhen Wegen zu den Sternen. Oskar Flobell war Astrophysiker, galt als der Erfinder des Gasglühstrumpfes und starb 1888 an Tbc.
Befreit von diesen Gewichten, richtete sich Leo Kaminski langsam auf. Gleichzeitig erstarb die Orgelmusik, ebenso das aufgeregte Geschrei von Ehrengästen, Protestierenden und Polizisten.

»Herr Kollege, nein!« rief der Dekan der Fakultät in die plötzlich einsetzende Stille hinein, getrieben von bösen Ahnungen.
Auch den Präsidenten der Stiftung ergriff blankes Entsetzen, als er Kaminski dort oben schwankend stehen sah, und er sah sich genötigt, ihn entsprechend zu warnen: »Seien Sie vorsichtig, Herr Kollege!«
Natürlich war Kaminski vorsichtig. Vorsichtiger kann ein Mensch in dieser Situation nicht sein.
Er ergriff die dünne Kette, die zu den Lüftungsklappen in den Oberlichtern der Kuppel führte, zog sie in voller Länge zu sich heran, knotete daraus eine Schlinge und legte sich diese um den Hals...
»Tu es nicht! Leo! Ihm zuliebe!« rief die kesse Person in ihrem knappen, rosafarbenen Cocktailkleid am äußersten Rand der entsetzten Menge schwarzgekleideter Ehrengäste und hielt mit hocherhobenen Händen Kaminski den weißen, winselnden Pudel entgegen.
Aber auch diese Beschwörung nutzte nichts mehr. Leo Kaminskis Entschluß stand unumstößlich fest.
Und nun führte er ihn auch aus.
Wie ein waidwunder Adler breitete er seine Arme aus und murmelte in die so erschreckende Totenstille hinein klar und deutlich vernehmbar: »Ich bekenne mich schuldig!«
Dann stürzte er sich, samt Barett und wehendem Talar, vom Haupt der Karyatide hinab in die Tiefe.
Ein Aufschrei ging durch die Menge. Die Festversammlung flüchtete nach allen Seiten. Ehrengäste prallten gegeneinander, gingen zu Boden, fielen über umgestürzte Stühle, starrten schließlich voller Grauen hinauf zur Kuppel der Queen-Victoria-Halle, wo der bereits leblose Körper des Professor Dr. Dr. Dr. Kaminski

über ihren Köpfen pendelte – einmal hin – und einmal her. Einmal hin –
Da löste sich das Barett von seinem Kopf und segelte zu Boden, und es landete sanft auf dem edlen, vielfarbigen Marmormosaik, genau vor meinen Füßen.

»Ein Sühnetod...!«
»Einer der unsrigen hat sich geopfert...!«
»Er setzte der Welt ein Zeichen...!«
»Und er starb für uns alle...!«
»Der forschende Geist...!«
»...auf dem schmalen Grat zwischen Segen und Fluch...!«
»...zwischen Triumph und Schuld...«
»...entreißt der Natur nicht ungestraft ihre letzten Geheimnisse...!«
»Wer von uns wirft den ersten Stein...?«
»Wer von uns ist unschuldig...?«
»Vor Gott...?«
»...und Mensch...?«
»Vor Natur...?«
»...und Schöpfung?«
»Ein endgültiges Urteil steht nur der Nachwelt zu...!«

Vier Tage nach dem Festakt, der auf so tragisch-dramatische Weise gewaltsam beendet wurde, trafen sich am Grab des Leo Kaminski die gleichen honorigen Kollegen, Rektor, Dekan und Präsidenten, und wiederholten ihre bereits schon einmal verkaufte Laudatio nunmehr als Nachruf.

Das »Zucker-Phänomen« und Leo Kaminskis eindeutige Schuld wurden mit keinem Wort konkret erwähnt.

Nur in Andeutungen kam die Katastrophe zur Sprache. Eigentlich gab es sie nicht!

Ich achtete darauf, notierte mir einige der oben bereits erwähnten Zitate auf meiner Schiefertafel und hielt mich, zusammen mit Amanda Primavera, etwas abseits.

So abseits, wie auch die Postbotin mit Lydias weißem Hündchen, die sich hinter einem alten, verwitterten Grabstein versteckt hatte und ihren Tränen freien Lauf ließ.

Amanda Primavera war immer noch mit Handschellen an eine Polizistin gekettet, denn noch immer bestand akute Fluchtgefahr unter Gewaltanwendung. Obwohl ich die ganze Nacht höchst intim, höchst vergnüglich mit ihr verbracht hatte und bei dieser Gelegenheit von ihr die letzten, geheimen Details erfuhr, und obwohl ich bei dieser Gelegenheit ihr als Kronzeugin außerdem weitgehende Straffreiheit zugesichert hatte. Wobei die gesamte Staatsanwaltschaft Ihrer Majestät im Augenblick daran herumrätselte, welches Delikt ihr eigentlich vorgeworfen werden könnte. Denn das unwissentliche Herumschleppen und Verbreiten gefährlicher Bakterienstämme steht ebensowenig unter Strafe

wie das Hinbringen und Auslösen einer Epidemie in einem fernen Kontinent, wie zum Beispiel den USA.
Aber von all diesen juristischen Skrupeln ahnte Amanda nichts. Sie nahm die Dinge, wie sie waren und wischte sich, ähnlich wie die kesse Person von der Post, während der ganzen Beisetzungszeremonie die reichlich fließenden Tränen aus dem Gesicht. Und da sie überzeugte Linkshänderin war, tat sie es stets mit der gefesselten Hand, was einerseits ihr Make-up ruinierte, andererseits die an sie gekettete Polizistin zum Wahnsinn trieb.

Der Präsident der *Oskar-Flobell-Preis*-Stiftung sprach als letzter und kam erfreulicherweise irgendwann auch zum Schluß: »Lieber Kollege Dr. Dr. Dr. Kaminski, lieber Freund, lieber Leo, wir rufen dir zu: Dein Leben und dein Tod sollen uns allen Vorbild und leuchtendes Beispiel... Nanu...?!«
Er stutzte, verstummte und wurde ganz überraschend auf ein näherkommendes Phänomen aufmerksam.
Vor aller Augen und mit größtem Erstaunen von sämtlichen Anwesenden beobachtet, wehte eine leicht zerknitterte, auseinandergefaltete, vergilbte Zeitungsseite, von einer leichten Brise angetrieben, die Gräberreihen entlang.
Sie wurde hochgewirbelt, schlug eine, zwei Kapriolen und landete schließlich, welch ein genialer Zufall, direkt neben dem blumengeschmückten Sarg, der bereits auf Bohlen über der offenen Grube stand.
Scheu, zögernd, zweifelnd trat einer nach dem anderen

aus der Reihe der Honoratioren und näherte sich respektvoll diesem alten Stück Papier, bis sich schließlich die gesamte Trauergemeinde um dieses Relikt aus längst vergangenen Tagen scharte.
Die Verwunderung kannte keine Grenzen.
»Papier...?« fragte der Präsident ratlos und blickte entgeistert in die Runde.
»Erstaunlich...!« bemerkte der Rektor, der es gewohnt war, sich kurz zu fassen.
Einem der Vizepräsidenten gelang eine höchst banale Aussage, die niemand so recht anzweifeln konnte: »Die Zeitung hat ganz offensichtlich überlebt! Hier im Gebüsch!«
»An diesem Ort der Vergänglichkeit...!« ergänzte der Dekan der Theologischen Fakultät mit einem leicht mystischem Unterton. Er fungierte bei dieser Grablegung anstelle eines Priesters als eine Art Zeremonienmeister.
Einer der Herren wurde konkret, und er fragte, da er seine Brille nicht fand, nach dem Datum des Blattes.
»Wieso?«
»Aus Interesse!«
»Halt! Nein! Nicht berühren!« rief der Rektor, als zum Zwecke der Datumsüberprüfung ein überemsiger Leichenträger nach der Zeitung griff. »Wir sind, vermutlich, alle unrein!« orakelte er als Biologe.
Da ging der Präsident der *Oskar-Flobell-Preis*-Stiftung in die Knie, stützte eine Hand gegen den Sarg, die andere gegen den Kranz der Ministerin für Forschung und Technologie, beugte sich dicht über das Blatt, so dicht, wie er nur konnte, jedoch ohne es zu berühren, und entzifferte persönlich das Datum, das offensichtlich von so großem, allgemeinen Interesse war.

»Es ist der Donnerstag...«, rechnete er laut vor sich hin, »...vor dem Phänomen!«
»Erstaunlich!« Nun ging auch der Rektor in die Knie und nach ihm der Dekan der Theologischen Fakultät, der Vizepräsident der Hochschulgewerkschaft, der Generaldirektor eines Pharmakonzerns, der Pedell der Universität. Bald knieten sie alle rund um das vergilbte Zeitungsblatt im locker aufgeworfenen Erdreich neben dem Grab, die gesamte Gemeinde der trauernden, hinterbliebenen Kollegen. Sie holten ihre Lese- und Halbbrillen vor, putzten sie und setzten sie auf, und sie lasen und lasen und lasen. Was immer es auf diesem einen Blatt auch zu lesen gab.
Ich habe gute Augen und sah es von fern: Es war der Sportteil der *Daily Mail*.
Wieder kam ein leichter Wind, eine kapriziöse, unerwartete Brise, und die wirbelte das Zeitungsblatt hoch und davon.
Da erhoben sie sich alle wieder, mehr oder weniger ungelenk, putzten ihre schwarzen Anzüge ab, und der Dekan der Theologischen Fakultät mahnte die Anwesenden: »Wir sollten die Sache hier zu Ende bringen!«
Also brachten sie die Sache hier zu Ende und nahmen allesamt wieder eine entsprechend endgültige Miene an.
Auf einen Wink hin senkten die Sargträger, die mit Zweispitz und Pellerine zu diesem Zweck bereit standen, den Sarg in die Grube. Ein Bläserquintett intonierte den Trauermarsch von Chopin. Lydias Hund begann zu kläffen. Und der Präsident griff als erster, kaum waren die Sargträger zur Seite getreten, auch schon zur Schaufel und warf dreimalig Erde in die Grube.
Einer nach dem anderen folgte seinem Beispiel.

Schließlich auch die Postbotin mit dem geerbten Hund.
Da flüsterte mir Amanda Primavera zu: »Ich auch, bitte...«
Und als ich zögerte und mein Einverständnis nicht spontan erteilte, fügte sie noch sehr leise, sehr überzeugend hinzu: »Ich war schließlich ebenfalls seine Geliebte!«
Ich wechselte daraufhin erst einen Blick mit ihr, dann mit der Polizistin an ihrer linken Hand und signalisierte in beiden Fällen Zustimmung. Die Damen schritten daraufhin als allerletzte zum Rand des offenen Grabes. Dort ergriff Amanda die Schaufel, durch die Handschelle leicht behindert, und blickte erstaunt – statt ins Grab – in die Höhe.
Das Zeitungsblatt kam, durch eine Drehung der Windrichtung dazu veranlaßt, wieder angeflogen, wirbelte zuerst ein wenig unentschlossen hin und her, umkreiste Amandas schwarzen Struwwelkopf und landete schließlich überraschend im offenen Grab.
Amanda war irritiert, beugte sich weit über die Grube, entzifferte bei dieser Gelegenheit die Schlagzeilen und nahm dieses letzte Bild an eine real existierende Zeitung mit in ihr ferneres Leben.
Dann schaufelte sie. Dreimal. Erfüllt von Ergriffenheit und von echter Trauer. Und sie sprach dazu unter einer Flut von Tränen, die ihren Blick auf Sarg und Blumen und Zeitungsblatt in einem diffusen Nebelmeer verschwinden ließen, jenen uralten Beschwörungstext:
»Asche zu Asche...!
Staub zu Staub...!
Zucker zu Zucker...! Oh, Verzeihung...!«